六界妖后 1

張廉

插畫／Izumi

Kadokawa Fantastic Novels DX

目錄

第一章 漂亮女人必是妖

「天地初開，生陰陽，陽孕男子陰孕女……」陰暗的世界中，是動聽悅耳的稚嫩童音：「男為太陽聖帝，陽帝造蒼生萬物……」

「放屁放屁放屁！」三聲大喊嚇得童聲戛然而止！

我坐在旋轉的金光法陣之中，黑色的衣裙破破爛爛遮蓋在自己的身上，大腿裸露在裙襬之下，甚至連鞋子也早就爛得灰飛煙滅。倒是我這一頭已經及腳的長髮可以當作布料，蓋在腿上。

金光法陣圍繞在我的四周，日夜旋轉，符文看得人眼暈，可怕的法陣即便我的髮絲觸及它們，也會瞬間被化作灰燼。

金光法陣之外，是空洞的黑暗世界，只有一個幼小的男童呆立在我的法陣之前。

男童不過六歲，唇紅齒白，皓眸如夜，黑色的長髮在頭頂紮了個髻，用藍白的絲帶束緊，一身崑崙小小的天蒼仙袍，藍色的絲條垂掛在他下襬上，穿得齊齊整整，一絲不苟，像尊精緻的娃娃。

崑崙仙袍用的是蒼天的顏色，宛如他們崑崙與天接近。

哼，愚昧的凡人，以為穿上天的顏色就跟天神接近了？

粉嫩嫩的小男孩兒被我的憤怒打斷，嚇得發不出聲，只會呆呆看著我，一雙黑溜溜的大眼睛裡，眼看就要冒出淚光。

他叫鳳麟，活該他倒楣，被我逮到。

我還記得那天他好奇地鑽進這裡，然後，呆立在我的法陣前，痴痴地看著我，叫了我一聲：「仙女姊姊……」

哈！小子把我當仙女。

但是很快的，他知道我不是。

我不是仙，也不是神，而是被鎮壓在崑崙鎖妖塔下的妖。而且還是一隻老妖。至少，外界是這麼傳說的。

從那時開始，也不知道誰教會了他一句話——

「長得漂亮的女人一定是妖精！」小鳳麟鼓起臉，像是用盡他全身的力氣對我喊出：「妳這個壞妖女！我再也不來看妳了！」他氣呼呼地把書捲好，放進自己小小的衣服裡，大大的書把他的衣服撐得疙疙瘩瘩。

「哈哈哈——」我在法陣內仰天大笑，然後緩緩俯臉看他：「怎麼，你不來看我這個娘親了嗎？」

他的臉登時漲得通紅，更加生氣地朝我大喊：「妳騙我！妳根本不是我的娘親，仙尊爺爺都告訴我了！妳這個壞女人！」

「那你為什麼還來看我？」

他一下子語塞，小胖臉在黑暗的世界裡憋了個通紅……

那一天，他呆呆地看著我，喊我仙女姊姊，然後問：「妳為什麼會被關起來？」

我揚唇壞壞看他：「因為我生了你，觸犯了天條。」

我至今還記得他那時吃驚的模樣，黑溜溜的眼睛幾乎撐到了最大，然後，眼淚刷的流下，哭著喊著跑到我的法陣前，直喊我娘。

我知道我很惡劣，欺負一個小孩子，但誰教我關了那麼久，終於有個活人讓我消遣呢？

我讓他來講些故事給我解悶，他還真來了。

「妳怎麼可以騙我……」他難過地低下胖嘟嘟的小臉，失落到了極點，一邊抹鼻涕和眼淚，一邊又哭了起來：「妳怎麼可以騙我說妳是我娘……妳這個壞人……」

我側躺在法陣內，長髮蓋滿全身，揚起唇角，帶起一抹邪笑：「這樣，你就知道漂亮女人不僅是妖精，而且，她的話……也絕不能信。」

他擦了擦眼淚鼻涕揚起臉，眨巴著淚汪汪的眼睛恨恨地看著我，忽然間，他的黑眸中露出了一絲可憐：「所以妳被關在這兒了？因為妳說謊？」

我在他的話中緩緩收回目光，看向周圍的法陣：「不，是因為我信了漂亮的男人的話，所以，小鳳麟——」我微笑地再次看他：「將來你變成漂亮男人，一定不要說謊，因為你會害一個女人被這樣關在一個沒有天日的地方，永遠……永遠……都無法離開……」我漸漸失神地看著面前的法陣，我的力量在法陣中一天天地削弱，我不會死，但也無法掙脫這個囚籠，註定一直與黑暗為伴……

「仙尊爺爺！」小鳳麟的呼喚讓我回了神，我收回目光，看向出現在小鳳麟身邊鶴髮童顏的男子，他是現在崑崙的第三十代仙尊清虛。別看他面冠如玉，恰似二十花樣青年，但也有一百二十歲了。

對於修煉中人來說，時間、年紀，皆化虛無。

他面無表情地看著我，輪廓分明的容顏帶出一絲威嚴與嚴肅。他先是把小鳳麟攬到身邊，如同護小雞仔的老母雞。天蒼色的仙袍讓他出塵脫俗，如果不是他眼中的蒼老，沒有人會把他當作老頭來看，只會被他清俊的風姿傾倒。

「我問妳，崑崙的大劫是不是要到了？」他的眼中和他的神情一樣，沒有半絲半毫感情的變化，即便是面對將至的大劫。

「哼。」我冷冷一哼，坐起身，全身的長髮隨我而動：「你們崑崙的大劫，關我屁事？」

他微微垂眸，俯望還有些懵懂的小鳳麟：「我希望妳能保護這孩子。」

我不由挑眉，好笑看他：「你居然讓我幫你顧孩子？你不怕上面知道嗎？哈，堂堂崑崙仙尊居然尋求妖魔的庇護，清虛，你是不是越修越糊塗了。」

「我才不要妳保護呢！」小鳳麟倔強地大喊。

清虛依然面無表情，只是抬手摸了摸小鳳麟的頭，小鳳麟抱住他的腿，生氣地瞪我。

清虛再次看我：「整個崑崙就妳這裡最安全，這個孩子，對我很重要。」

「嗯——？」我壞笑地起身，長髮垂於胸前，纖長的腿從烏髮中滑出，鬆散破爛的衣領也從肩膀滑落，冰冷潮濕的空氣印在了我裸露的肩膀上。

清虛依然面無表情地看著我，整個崑崙，也只有他看著我會無動於衷。

我歪下臉看他：「清虛啊清虛，你莫不是空虛了，和一個女人生了這孩子吧？」

「壞女人！妳在亂說什麼？不要詆毀仙尊爺爺！」小鳳麟真是吃一塹長一智，這麼快就學會不要相信人了。

「哈哈哈——」我仰天大笑，看向依然神容不變的清虛。他只是淡淡看我一眼，垂眸道：「謝謝妳教會麟兒不要輕易相信別人。」

我瞇起雙眸，這個漂亮老頭，心裡總是另有盤算。

「我們修道之人除妖伏魔，而妖魔狡詐多端，多為美豔魅惑，修為不夠之人多被迷惑，慘死在妖魔手中……」

我不悅地側開臉，不再看他半分。

「有妳在此，可讓麟兒知道妖魔的美豔與狡詐……」

「死老頭，你說什麼？」我橫眉厲喝！

清虛神容依然淡定，但也不看我半分。我瞇起眼睛：「再敢對本尊有半句不敬，他日本尊出去掀翻你的崑崙！吃了這孩子！」

「啊！仙尊爺爺！」小鳳麟嚇得立刻躲到了清虛身後，害怕地偷偷看我。

清虛依然面不改色心不跳，只是拉起小鳳麟的手，轉身攬住他被嚇壞的小小身體：「別怕，她不會吃你，她會保護你的。」

「呿。」我冷笑坐下。清虛回頭看我一眼：「刑姬，我知道，妳會做到的。」

「別叫我刑姬！」我橫睨他一眼，再次躺下：「沒人有資格給我取名字！」刑姬，是崑崙給我取的名字，意為受刑的女人。因為他們沒資格知道我的身分，至少上面的人是這麼認為的。

那一老一小消失在法陣外的黑暗世界之中。我伸手撫上那看似薄如空氣，卻堅硬無比的法陣，手心立刻被法陣灼傷，帶出一縷黑煙。

我收回手，淡淡俯看焦黑的手心漸漸復原。

「哼。」輕笑一聲，我躺落在平台之上，閉上了眼睛。沒關係，這樣的日子不會太久了，我是一個很有耐性的人。

可是，第二天，小鳳麟又來了。

「小朋友，太好奇可不好～～～」我慵懶地側躺在法陣裡，吹拂自己的長髮。

他走到法陣前，隔著法陣看我：「妳到底被關了多久？」

「你的仙尊爺爺可真疼你，連這裡也讓你自由出入。」鎖妖塔底非仙尊不可入；所以歷年來，我只見過崑崙的仙尊們，見了一個又一個……

小鳳麟沒有說話，低下臉，然後從身後取出一個包袱，塞入我的法陣。法陣對凡人無害，他還是個孩子，未曾修仙，所以法陣不會傷他。

我坐起身，打開包袱，裡面卻是一些糕點。

我笑了，久久看著那些糕點，孩子，總是能觸動人心。

「這個給妳，我長大了就不能來看妳了。」他在外面說，純真純善的眼睛裡，已經再也沒有怒氣，他不再氣我騙他。

「為什麼？」我拿起糕點，一邊吃一邊問。

像誰。

「哎……」他忽然也老氣橫秋地長嘆了一聲，神情和那清虛老頭如出一轍，孩子跟了誰，便

「我要是長大了，那個洞就鑽不進來了。」他轉身指向遠處，黑暗的世界看不出哪裡有洞。

「啊？」我愣住：「原來你是鑽洞進來的。」

「嗯。」他點點頭：「鎖妖塔年久失修，那裡有個洞，我就鑽進來了，仙尊爺爺並不允許我來看妳……」

「哈哈哈——」我大笑不已，手執糕點舔了舔，瞥眸看他：「這樣，我教你縮小咒如何？」

他一驚，黑溜溜的眼睛裡露出欣喜：「縮小咒！是法術嗎？」

「嗯，是法術。」

「可是……可是仙尊爺爺說我年紀太小，還不能學仙法。」

我揚唇一笑：「你仙尊爺爺不過是個凡人，我是誰？我說你能學便能學。從今往後，你跟我學，我讓你做崑崙第一！」

「哇——」他崇拜地看著我，胖嘟嘟的小臉因為激動而開始發紅，如那紅紅的果兒。

我揚手，指尖輕觸空氣，黑紫色的魔光從指尖而現，緩緩而下，寫下符咒，小鳳麟看得仔細，在外面用手指在地面上認真地畫。

他是個堅強又很有毅力的孩子，他不停地練，絲毫不知休息。我坐在法陣裡看著眼前的金光法陣，它並非只有一個，而是由六個上古封神陣緊密相接而成，形成一個金光罩子將我罩住，壓在這崑崙山下。

他們那六個人，我絕不會忘記！

那時，還沒有崑崙山，也沒有鎖妖塔。

哼，用六個封神陣封印我，他們也真是看得起我。

「刑姬姊姊……」

「不要叫我刑姬！」我收回神思，心煩地白一眼法陣外的小鳳麟：「那是那群老頭給我取的名字，難聽死了。」

他眨了眨如同夜空般的眼睛：「那我可以給妳取個名字嗎？」

「哼。」我冷笑橫睨他：「怎麼，想把我當寵物？」男人就喜歡給女人取名字，告訴別人，這個女人是自己的所有物，就像當年的他。

他委屈地低下臉：「不、不是……那我該怎麼叫妳？」

「娘啊。」我揚唇邪笑。他嘛起肉嘟嘟的紅潤雙唇，再次生氣：「不要！」

我笑了：「那就師傅。」

「好。」他爽快答應，眨了眨星星般閃亮的大眼睛，好奇看我：「師傅，妳不用尿尿嗎？」

我哭笑不得地看他，單腿曲起，長髮滑落膝蓋：「等你修煉成仙，也不用那麼麻煩了。」

他懵懵地拉緊褲腰帶：「不尿尿不會憋死嗎？哎呀，我憋不住了，我明天再來看妳。」

說完，他飛快地跑了出去，小小的身影慢慢消失在黑暗之中，隱隱可見他鑽進一處黑暗，然後圓圓的小屁股扭了扭，便徹底消失在我的世界。

我知道，他明天一定還會來。

因為他是個孩子，只有孩子不會說謊……

❖

一轉眼，

為師十二年……

一個包袱從黑暗中直接扔了過來，扔包袱的主人已經沒有半點禮貌可言。

我接住包袱。他緩緩從黑暗中走出，身姿修挺，青衣飛揚，天蒼的顏色，藍色的絲絛，在他長腿邊飄擺。他很適合這顏色，因為他膚白。

俊挺的面容劍眉飛揚，星眸如浩瀚天宇，深邃幽遠，櫻花般的紅唇厚薄適中，水潤的光澤增添一分撩人，削尖的下巴拉長了他臉部的輪廓，讓他多了一分酷冷與少年的桀驁不馴。

兩鬢長髮束起，越發拉長了他的眼睛，讓他的雙眼變得狹長，黑眸清澈，水光隱現，清水靈靈，恰似女子般百般迷情。不過，這雙本該迷人的眼睛卻因那過於成熟的眼神，多了一分精銳和疏遠。

「你對我這師傅態度可越來越差了。」我瞥他一眼。他長大了，而我依然沒變。最近他看我的目光似乎挺火大，像是在幽怨什麼，又像是在鬱悶什麼。

「我不會再來看妳了！」他清朗的聲音在法陣外響起，不再是稚嫩的童聲，而是清澈動聽如同山泉。

真是長大了，我還挺懷念他變聲期時那有點哽啞帶沙的聲音，從他嘴裡唱出來的歌聲特別動人，帶著天生的一種悲傷。

而現在，是聽不到了。長大了，越來越不聽話。

我從包裹中拿出糕點高高舉起，衣袖從手臂滑落，露出裡面白皙剔透的肌膚。然後，我揚起臉，張開雙唇，鬆開指尖的同時，糕點也落入口中。

我慢慢吃下糕點，瞥眸看他，揚唇邪笑之時，舌尖舔過唇瓣。他氣定神閒地站在法陣外，和清虛那老頭子一樣淡定。

「你每次都這麼說，但每次還是會在第二天來看我。」

他抽了抽眉，側轉身體，緊握腰間仙氣流轉的仙劍。他長大了，有了仙劍跟隨，更學會了崑崙仙術，成為同齡人中進步最快，最讓崑崙驕傲的天字號劍仙。

「崑崙大劫降至，我要守護崑崙。」他認真地說。

我唇角微揚：「我可以教你。」

「不用！」他擰緊雙眉，低落臉龐：「我不能再跟妳學習妖術！」他變得有些煩躁，還有些心緒不寧。

修仙之人不能再修妖術，一旦被人察覺，必會被褫奪靈力，逐出崑崙。

我轉身單腿曲起，單手支臉：「你覺得……我教你的是妖術嗎？」

他身體微微一怔，是不是妖術，他自己清楚。

他心煩意亂地轉回身，大步朝我而來，伸手放上我面前的法陣，立刻金光閃現，他被震開落地，右手輕顫。

他擰眉起身，黑眸憂切看我：「妳到底是什麼？師傅！」

我落眸看他，見他掌心一片灼傷：「快去清虛老頭那裡治傷吧。」

他放下灼傷的右手，神情複雜而有些低落。從他修煉開始，他再也無法入我的法陣，因為，他不再是凡人。

「師傅，這是我最後一次叫妳師傅了。」他有些低落地說，目光垂落，看著地面。

我輕笑：「傻小子說得怎麼像生離死別？」

他靜了片刻，在我法陣外也盤腿坐下，低下已經不再稚嫩的臉龐：「大劫將至，我不知道自己還能不能活著。師傅可以長生不老，但我不能……」

「哈哈哈。」我在法陣內大笑。他仰起臉，氣鬱胸悶地白我一眼：「妳真的一點也不愛我這徒弟嗎？我小時候還以為妳是我娘呢！」

「哈哈哈——」我笑得更是前仰後合，烏髮亂顫，好半天才緩過勁，笑看他已經鬱悶到繃緊的容顏：「崑崙大劫每三百三十三年一次，在你們看來，如臨末日；但在我眼中，就像是女人的月事，總要來上一次。」

他立刻蹙緊雙眉，狹長的眼中滿是不自在：「師傅妳怎麼能這麼比喻？所以，我也不過是師傅眼中的一粒塵埃罷了，師傅不會在意我的生死？」他閃亮的眸光落在我的臉上，靜靜仰臉看我，似是期待著什麼，又似是在害怕著什麼。

我到法陣邊，單手撐落地面，長髮滑落臉邊，幾近法陣。他見狀著急站起：「師傅！小心法陣！」

我笑了，抬手撐上法陣，他驚慌大喊：「師傅！那會弄傷妳的！」

「真的嗎？」我撐開手心，他一時看愣，發現法陣已不能再弄傷我，我微微而笑：「看，好徒兒，時間才是最可怕的。這法陣在削弱我力量的同時，自己也撐不了多久了。」

「這法陣撐不了多久……」他輕輕自喃，神情複雜地看我身周巨大的法陣，眸光閃爍，裡面是份外矛盾的情愫。

我揚唇而笑：「依我看，你死不了。這不是崑崙第一次大劫，也不是最後一次，你和崑崙都會好好的。更何況你是我徒弟，你只需用我教你的……」

「我不會用的！」他變得有些煩躁，最近他浮躁了許多。

隨著他的長大，他對我的感情也變得越來越複雜。最初之時，他只是個單純的孩子，單純地崇拜我，以我為師，心中無有種族之分。

可是，他漸漸長大了，正邪不兩立、妖魔必誅的觀念漸漸深入他的心，他在敬我為師的同時，也在掙扎於我可能是妖魔對立的身分。若不是妖魔，又怎會鎮壓在此處？

但他的心沒有像別的男人那樣善變，即便知道我是妖魔，依然敬我為師，而沒有棄我而去。

這倒是讓我有些意外，或許……是時候沒到？

哼，只要是男人，心中便只有自己，即便滿嘴甜言蜜語，說愛妳心不變，到最後還是會為了自己的權益，將妳捨棄。

我冷笑看他：「既然不用，為何要學？」

他為之語塞。

「哼。」我冷笑：「你以為你學的是妖術？」

他心煩地轉身，擰緊雙眉：「我知道不是妖術！我也不知道妳到底是什麼。但眾神把妳封印在此處，妳必不是善類！」

「那你為何還來看我？敬我為師？讓自己現在如此煩惱？」我坐下冷冷看他，他站在黑暗中一時無言以對。

「我沒有後悔拜妳為師！」他轉回身忽然說。我繼續冷冷看他，他低落臉，神情格外認真：「但我也不會用妳教我的法術！」

「哼！自尋煩惱的凡人。」我拂起順滑的長髮，不屑地瞥眸看他：「對我有情卻又不敢背叛崑崙。」

「師傅！」他情急地上前一步。

我甩甩手，懶得看他：「算了算了，我才不在乎你心裡到底是崑崙還是我，是你自己在自尋煩惱。心不寧，這仙我看你也別修了。」

他靜了下來，始終像做錯事的孩子站在法陣之外。

深深呼吸的聲音在寧靜的世界裡響起，他在讓自己平靜，面色也開始正經。他終於將目光再次落在我的身上：「師傅，妳說這法陣撐不了多久，那妳出來後，會不會……傷人？」他直直地盯視我，深邃的目光絲毫不移開我的眼睛。

我看了他一會兒，微抬下巴，凜然地俯視他：「若我真的傷人，你又會怎樣？」

他的神情凝重起來，咬了咬唇，捏緊腰間仙劍，垂下目光，似是痛苦地抉擇，然後低沉而語：「我會殺了妳！」

「哼。」輕笑從我口中而出，我俯看他緊繃的身體：「不，你不會，因為你現在連看都不敢看我一眼。」

他在我的話音中越發低垂臉龐，咬緊了下唇。

「呿，殺我可不是你的責任。放心～我不會傷人～」

「呼……」他大大鬆了口氣，唇角也放鬆地露出了微笑，揚起臉看向我，為不用與我為敵而慶幸。

我揚起臉，冷冷凝望上空：「因為，我的仇人不是人！」殺氣從我身上而起，整個世界因我陰冷的話而凝固，即使是他的呼吸也不例外。

我俯落冰冷目光之時，看到了僵滯在法陣外的他。他深邃的目光中開始捲起深深的不安，甚至是一絲惶恐，他呼吸變得不穩，匆匆轉身，沒有再說半句話地大步離去。

我冷冷看了一會兒他不安的背影，再次緩緩坐下，長髮鋪滿整個玉台。金光法陣的光芒漸漸微弱。那個人應該很快就會來了，他會加固這個法陣，不會讓我自由。

我深吸一口氣，閉上了雙眸。

那個人怕我。

因為他知道，如果我自由，那麼他的大劫該到了……

現在，就看時間更寵愛誰。

鳳麟在那天離開後，再未前來，他眼中的不安，莫不是怕我出去真的掀翻整個崑崙，吃了他？想起他小時候當真害怕的神情，至今依然讓我回味無窮。

「轟！」地動山搖的轟鳴忽然震盪我身下的玉台，我立刻起身，看向上方，掐指算了算，又是三百三十三年整！

崑崙大劫到了。我不由得有點擔心鳳麟那小子。他若肯用我傳授的法術，何懼小妖？

「轟！」又是一聲巨大的撞擊聲，有人在闖鎖妖塔！

我的嘴角已經開始上揚，伸手摸向那金光微弱的法陣，它們在一聲聲猛烈的撞擊中出現了一絲裂痕。

法陣也有時限，而我身上的力量亦可削弱它，它與我是互剋的。

「轟——」當一聲格外巨大的轟鳴在我上方響起時，無數的塵灰從我頭頂墜落，這是從未有過的現象！從未有人能將鎖妖塔重創至此，除非，他帶了神器！

嗯~~~這一次的傢伙很厲害呀，居然能震破鎖妖塔的底座。

閉上雙眸，耳聽千里，上方的聲音已經入耳。

「把我娘交出來！否則我用震天錘敲碎你整個崑崙！」

嘖嘖嘖，崑崙怎麼總是抓別人的娘？

震天錘？難怪能撼動鎖妖塔。

我揚唇一笑，黑紫的魔力開始包裹全身，雙腳隨即緩緩離地，周圍的法陣立刻感應到我的魔力，迅速射出金色鎖鏈鎖住我的全身，制住我的身體。我輕悠悠地喊道：「孩兒……娘在這兒呀……孩兒……」

悠悠的聲音輕鬆地穿透法陣，破除層層阻隔，直傳上方！

「孩兒……娘在下面……快用震天錘敲碎鎖妖塔地面，救娘出來……」

「娘！娘——」

當憤怒的怒喊響起之時，「轟！」震天巨響也隨之而來！

登時大塊的落石從上方落下，狠狠砸在我上方的金光法陣之上！

「哈哈哈——哈哈哈——」我仰天狂笑，黑紫色的魔力瞬間纏上那縮緊我的鎖鏈。當陽光從上方射入之時，全身的魔力頓時擰斷所有鎖鏈，我穩穩立在法陣之中，冷冷凝視面前世界！

旋轉的符文開始一個個剝落，一道紅影從上空陽光中迅速飛落，一頭火紅的長髮在身後飛揚，如同火鳳的尾翼般絢麗迷人，又像火焰般熊熊燃燒！他毫不猶豫地掄起手中的震天錘，狠狠敲在我上方的法陣！

「住手——」清虛白色的身影緊跟在他的身後！

但為時已晚，木已成舟！

今天，註定是我自由之時！

「轟！」

我迅速用魔力化作蛋卵護住周身，金光的法陣與震天錘撞出了強大的力量，將那紅髮男子與清虛一起震開！雙雙撞在牆面之上，緩緩滑落。

「仙尊！」震起的煙塵中，鳳麟御劍而下，接住了滑落牆壁的清虛。

「我要為我娘報仇——」紅髮男子已經殺紅了眼，從牆壁上躍出，直接朝鳳麟與清虛撲去！

清虛立刻推開鳳麟，劍指劃過身前，青藍的仙劍已經飛出，與紅髮男子的震天錘撞在了一處！

普通的仙劍怎是震天錘的對手？頃刻間，仙劍碎裂，紅影如同一抹紅色的流星般迅速掠過震天錘旁，狠狠一掌打在了清虛身上！

「仙尊！」驚呼從鳳麟口中而出，他迅速御劍，再次接住從空中墜落的清虛，紅髮男子手持震天錘，狠狠看著鳳麟：「你們崑崙的人都該死！」說話間，他揮舞震天錘俯衝而下。

我立刻從蛋卵中破出，黑紫色的蛋卵再次化作魔力席捲在我的身後，迎上紅髮男子之時，我高高躍起，撐開雙臂，懸浮於他的上方。他猩紅的瞳仁裡露出驚詫之色，我直接一腳踩落他的胸口，把他從空中直直踩下！

喀嚓！地面被我踩裂，震起厚厚煙塵，他重傷躺倒在凹陷裂開的地面之中，喀的一聲，咳出了鮮血！

黑色的長髮在我身後飛揚，鳳麟懷抱清虛，怔立在塵煙之中。

邪氣在我身周飛揚，我邪笑地俯視腳下之人。赤裸的腳踩在他的胸口，黑紫的紋印開始纏繞在我裸露的雙腿。

「紅毛，誰是你的娘？」我笑得唇角揚起。而他也是美豔異常！我勾唇瞥眸看他：「我可不記得我生了個你。」

「妳！咳咳……」他咳出鮮血，視線渙散地看向我：「妳……妳不是我娘……妳利用我！咳咳！」

我俯身，在鳳麟驚訝的目光中聞上紅髮男子的臉龐，他的紅瞳立刻收縮，似是終於看清了我的容貌，神情陷入驚訝與呆滯。

「嗯……」我深深一吸：「你身上有神族的味道，看來又是哪個混蛋沒管住自己的身體，和妖精生出了個你，難怪你這麼厲害。哼，你該去找你爹報仇！如果不是他拋棄你和你娘，你又怎會淪為妖？快滾！不然天上的人到了，你想走也走不了。」

我起身收回腿，他立刻回神起身，似是胸口的劇痛讓他一時無法站起。他趔趄地起來，美豔的紅瞳裡依然帶著一絲暈眩與渙散，還有深深的憤怒。

他痛得咬牙，我這一腳讓他無法再造次！

我悠然抬手，他手中的震天錘立刻飛出，落到我手中。他驚訝地、不可思議地看我，我撫摸手中漸漸縮小的震天錘：「還不滾？再不滾你就會跟我一樣，被那群神困在封印法陣之中！你可是個私生子，你以為你爹會讓你活在世上？」我瞥眸冷冷看他。他咬了咬滿口的血牙，狠狠看我一眼手中的震天錘，轉身飛起！

「不准走！」鳳麟一聲厲喝，立刻御劍攔住，我站在下面冷笑：「鳳麟，清虛那老頭子快死了，你還追什麼？」

「仙尊！」在鳳麟急急看向清虛之時，紅髮男妖立刻奪路而逃，回頭狠狠看我一眼，極為不甘。

「仙尊！」鳳麟立刻飛落清虛身邊，小心翼翼地扶起清虛虛弱的身體。清虛滿頭的白髮沾上了點點血絲，原本花樣的容貌也因重傷而漸漸蒼老。

「刑姬……刑姬……」氣若游絲的呼喚從清虛口中而出，他遠遠地朝我伸出了右手，雙眉已經發白，皺紋布滿了臉龐，瞬間成為一位古稀老人。

我心煩地擰眉，他們和妖族的恩怨我不想插手。所以，我幫了清虛一次，也幫了那妖男一次。

「刑姬……」

真煩，老頭子一定有事求我。

我拋起已經和耳墜大小無異的震天錘，它落在我的耳邊，化作耳墜，乖乖垂掛在我的耳垂。

我飛落清虛身邊蹲下，握住他的手。他緊緊握住我的手，努力將渙散的視線聚攏在我的臉上，殷切地、懇求地看著我：「刑姬……求……求你……護住……這……孩子……」

我閉起雙眸，清虛的記憶不斷湧入我的腦中，那個美麗的女孩……那隨風飄零的淚水，和那個……可愛的嬰兒……

『不要讓他入魔，求妳了……』面前是清虛沉靜的面容，他靜靜立在花瓣飄飛的桃花樹下，黑色的雙眸中是如父母對孩子的一分牽掛與擔憂……

「你該用什麼還我？」我同樣沉靜地站在他面前，他腦海的深處。

他垂下了目光：「我什麼……都給不了妳……」

我微微擰眉：「那我憑什麼要幫你？」

他緩緩抬眸：「你對那孩子真的半點感情都沒有嗎？」他目露哀傷地深深凝視我，宛若在為鳳麟哀傷，又宛若是在為自己。

我沉默了片刻，邪邪笑起，看著他在桃花花瓣中清俊的容顏：「死老頭，怪不得讓他從小就跟我，就算養條狗也是會有感情的。好，他歸我了，你走吧。」

白髮掠過他微笑的唇邊，他安心地朝我下拜：「謝刑姬大人……」

我緩緩睜開眼睛，見鳳麟痛苦地抱緊清虛的身體，努力不讓自己哭泣。

我靜靜地看著清虛，他也虛弱地靜靜看著我，我笑了，而且是壞笑：「死老頭，難怪你對我無動於衷，原來是有心愛之人啊。」

「呵呵……」清虛也笑了，紅唇在蒼老的笑容中漸漸失去色彩：「我哪敢對妳……有非分之想……」

「師傅！什麼時候了，妳還有心思取笑仙尊？」鳳麟目含淚光憤怒看我：「妳那麼厲害，求妳救救仙尊！」

我好笑看他：「救他？你仙尊爺爺好不容易功德快要圓滿，這次死了下次沒準就能上天為仙了，你讓我救他？哈，這不是在阻撓他成仙嗎？況且，若是我救了他，他便與我有了干係，別說這輩子，下輩子、下下輩子、下下下輩子，他都別想成仙了。」

鳳麟驚訝看我，眼中依然是對我冷血的一絲失望，淚水從他眼角滑落，他埋入仙尊的頸邊：「仙尊……」

我伸手撫上清虛的眼睛：「去吧。」

「謝……謝……」涼涼的氣息從清虛的唇中吐出之時，他安心地合上了雙眼。

淡淡的靈光在他的身上漸漸浮現，鳳麟立刻抱緊他的身體：「不！仙尊！不要離開麟兒！」

靈光從清虛的身上緩緩飄離，匯聚在了空中。鳳麟哀傷地仰起臉，淚水滑落他清俊的臉龐，清虛在靈光中漸漸浮現，微笑地凝視鳳麟：「要好好聽刑姬的話……」

「仙尊！」

一對光翅在鳳麟的呼喚中剎那撐開，振出點點星光的同時，清虛也徹底消失在了我們的面前。

「到了下面見了冥王，可別出賣我呀──」我仰天大喊，整個世界只有我的聲音在迴盪。

我低臉拉起鳳麟的胳膊：「老頭死了，該走了！」

他仍舊在悲痛清虛的死，對他而言，清虛是他的親爺爺。他依然緊緊抱住清虛的肉身：「不！我不走！我不是妳！我是有感情的！」他朝我憤怒地嘶啞大吼，然後埋落臉龐，抱緊清虛的身體。

我冷冷看他，心中被他的怒吼激怒，抬手，一個響指打響，「啪！」在暗沉的世界久久迴盪，清虛的身體登時在鳳麟懷中砰的一聲化作灰燼，衣衫垮落。鳳麟瞬間呆滯，淚水凝固在唇邊。

他雙手輕顫地捧起清虛剩下的衣衫，隨即抬起憤怒和悲傷的臉：「妳……妳怎麼可以？怎麼可以──」

「噓！」我迅速伸手捂住他的嘴，他憤怒地手捧清虛的衣衫看我，呼吸在我的手心下顫抖。

我看向上空：「他們來了！走！」我用力拉起他，隨手扯斷一絲長髮，甩入陰暗的角落，然後撕裂面前的黑暗空間，不管鳳麟高不高興，直接把他丟了進去，然後躍入！

雙腳落在柔軟的草地之時，迎面撲來的除了清新自由的空氣，還有無數的悲傷、憤怒與怨恨！我放開鳳麟的手臂，腳踏柔軟冰涼的草地，一步一步往前走去，直到站在草地邊緣。開闊的雲天之間，是無數此起彼伏的浮島，錯落有致，連綿不絕；一條條索橋和廊橋將它們相連，讓它們成為飄浮在空中的宮殿！

硝煙混在雲霧之間，讓整個世界變成了灰色，遠遠可見浮島上的建築損毀嚴重，一片狼藉。我張開雙臂，深深呼吸；悲傷、怨恨、痛苦，是那麼地美味！我深深呼吸著每一絲空氣……不，我現在還不能吸取它們，因為他會發現。

我有些不甘地睜開眼睛，只能看著我力量來源的美食從我眼前隨著那些硝煙與雲霧一起飄散，但願晚上還有殘留。

「仙尊……」鳳麟懷抱清虛的仙袍緩緩跪落，哀傷哽咽。他抬眸看向遠處狼藉的崑崙，更是陷入了久久的失神，那張失魂落魄的臉讓我看著就來氣。

「人總要死的，你以為你隨便修百來年就能成仙？不死幾次怎麼上天？你有什麼好傷心的？」我不屑地瞥他一眼，面朝雲煙盤腿坐下。

他憤憤地橫睨我一眼，然後轉身背對我。這是不想再跟我說話了？

隨他去。

我在悲涼的、布滿血腥和死亡的氣息中閉上眼睛，神思回到那黑暗的世界，那關押我數千年的牢房，通過我留下的髮絲，窺視他們的到來。

煙塵依然飄浮的那片黑暗世界中，忽然間依次出現了三個裂口，只見他們一一從裂口中走出，身穿真神的華袍，站在囚禁我的玉台邊，久久不言，深深凝視！同樣俊美無瑕的面容上，是各色神情。

終於又見面了，哼！

一幫老不死的臭男人！別想再把我關回去！

「嫣紅師妹！師妹！」鳳麟悲痛的呼喚讓我不得不退出神思，我有些心煩地看過去。鳳麟的身邊不知何時又多了一個血肉模糊的女人，血濺滿草地。看那副慘樣，像是從上面掉下來的。

鳳麟悲痛地半跪在那女孩兒的身邊，緊閉雙眸擰緊雙拳，殺氣開始浮現他的全身，清粼粼水晶的仙劍緩緩從他身邊浮起。

「你喜歡這女孩兒？」我問。

他立刻抬眸憤怒地朝我看來：「師傅！嫣紅師妹已經死了！請妳不要再羞辱她！」

「羞辱？哼。」我輕笑，起身到那女孩兒身邊。女孩兒的身體摔得無法直視，幾乎和一個麵團摔落地面摔扁沒有兩樣，腿完全骨折，折疊在她的身後。

面容還勉強保存完好，可以看出是個長相柔美端莊的漂亮女人，只是死不瞑目有點懾人。

「這女孩兒真是死透了，連魂都已經被冥界收去了。」我捏住她的下巴想仔細看看，忽然被人啪的一聲緊緊扣住手腕，正是鳳麟。

他狹長的雙眸裡是極度克制的憤怒火焰：「師傅！請尊重死者！」他幾乎是咬牙切齒地說。寒意從我眸中而出，我瞥眸睨他：「你知道為何崑崙會有此劫？」

他咬了咬唇，深吸一口氣，努力讓自己冷靜，他撇開臉，放開我的手腕：「天意。」

「狗屁天意！」

他一怔，轉回臉。

我笑道：「是為了不讓太多人成仙。」

吃驚頓時布滿他的雙眸。

我闔上那女孩兒的雙眼：「為了不讓太多人成仙，才會總有劫難，讓你們修道之人或是自相殘殺，或是與妖魔相戰，都說情劫難過是因愛之魅惑，又有誰注意恨一樣讓人滋生心魔，無法成仙？你想為仙尊、師妹報仇，你說是因為你對他們有感情，但在我看來，就是讓你心中生恨，無法修成正果。」我緩緩撫過女孩兒的身體，她緩緩化作花泥，沒入冰冷的綠草之間，衣衫上和滿地的鮮血也散入空氣，只剩下那件美麗如同晚霞的女子仙裙。

他變得平靜，單膝跪在我的身前，久久不言，纖纖髮絲在淒冷的風中飛揚，他此刻靜得像一尊雕塑。

我起身，手拂過長髮，髮絲在空氣中飛舞，纏繞，如那女孩的髮型盤於腦後。指尖輕動，地面上的仙裙緩緩浮起，鳳麟緩緩回神，目光隨那仙裙而起，仰臉看向了我。

我雙臂撐開，仙裙加身。他怔怔起身，站於我的身前。

紅霞的仙裙垂落膝蓋，蓋住我破爛衣衫下裸露的雙腿，雙腳緩緩離地，女人的鞋襪套上我常年赤裸的雙腳，腰帶束緊，髮帶纏繞。我落地之時，已化作那嫣紅的容貌，耳垂上的震天錘輕輕搖擺。

我對鳳麟邪邪一笑：「怎樣？看見老情人開不開心？」

他的臉瞬間炸紅，再次目露生氣：「師傅！嫣紅師妹已經死了！請妳不要再開她玩笑！」

「是嗎？」我摸摸臉：「我看你一副想為她的死拚命的樣子，還以為你喜歡她。喔～我忘了我的徒兒長大了，已是十八少年，心有所愛也是正常。」

「師傅！」他幾乎是厲聲怒喝了。

我笑看他：「冷靜了？」

他一怔，側開臉，又是一臉不想跟我說話的模樣。

我一步跨到他身前，與他咫尺相近。他慌忙後退一步，踩到了清虛的衣衫，眼神有些失措，無法落在我的臉上。

我仰臉睇眼看他別開的緋紅臉龐：「那老頭兒可是說了，要你聽我的話；不想讓他失望，想得道成仙，就先忘了報仇這件事。」我低眸看看他的腳下：「喂，你踩著你最愛的仙尊爺爺的衣服了。」

他一驚，幾乎是趔趄地跳開，滿臉內疚地拾起清虛的衣衫，自責愧疚地抱緊。

忽然間，仙劍掠過頭頂，又是一青衣崑崙弟子落地。他比鳳麟略高一些，柳葉的眉，卻不似女子般纖柔，而帶有一分雋永和飛逸，雙目也是因修仙而炯炯有神，但眸光遠比鳳麟柔和溫柔許多。面容清秀溫潤，如翩翩君子，又如文雅書生，讓他出塵脫俗之中，又多了一分儒雅。

他擔心地朝我們看來，溫潤的雙眸裡是深深的關切：「鳳麟師弟，嫣紅師妹，你們沒事吧？」

鳳麟匆匆捧好清虛的衣衫，對他搖搖頭：「天水師兄，我們沒事。」

「嫣紅——嫣紅——」忽然傳來女孩兒的喊聲，又是一個身穿晚霞仙裙的女孩兒急速飛落，過於著急而顯得有些莽撞，幾乎要撞上那位天水師兄。她急急跳落腳下仙劍，跌跌撞撞朝我跑來，擔心地握住我的雙臂把我前前後後看了個遍：「還好還好，沒事沒事。嚇死我了，看見妳被妖精打落，還以為妳摔死了……哦，不，呸呸呸！」

在她碰到我身體的那一刻，我已經知道了她的名字：芸央。

我看向面前這個靈氣逼人的女孩兒，她有一張圓圓的娃娃臉，唇紅齒白，雙眼皮的黑亮大眼睛，十分可愛。

我微微而笑：「我沒事，是鳳麟師兄救了我。」

鳳麟在我身邊一怔，不可思議地朝我看來。我看向他，瞇眼一笑：「多謝師兄相救。」

他張了張口，眼神瞪了瞪我，憤憤地轉開臉：「沒事！」重重的話音讓那叫天水的男子目露疑惑，開始注視鳳麟的神情。

「妖族已經敗退，大家沒事就好，只可惜那些修煉不久的師弟師妹們……」芸央說著說著哽咽起來，低下臉難過哭泣。

「噹——噹——」渾厚的鐘聲從遠方而來，震盪大戰後的雲天。

天水望向東方：「是北極殿的鐘聲，讓大家集合！」

鳳麟點點頭，輕輕托起清虛的仙袍，小心的動作宛如抱著清虛的肉身。

天水俯看他手中的仙袍，大驚：「這不是仙尊的嗎？」

鳳麟悲傷低臉，天水的目光渙散了一下，也悲痛地垂下眼瞼，哀傷呼吸，長而疏密的睫毛在他顫動的呼吸中輕顫。

芸央疑惑而著急地看向他們：「仙尊到底怎麼了？你們說話呀！說話呀！不要嚇我！」

「我們走吧。」鳳麟低低地說了聲。

天水略帶哽咽地點點頭，仙劍已飛向他的腳下，他躍起，落在仙劍之上，鳳麟看向他：「師兄你和芸央先去，我隨後就到。」

天水點了點頭，隨即俯望我，目露疑惑：「嫣紅師妹，妳的仙劍呢？」

我隨口道：「碎了。」

他一驚，目光變得柔和：「那我帶妳去吧。」

「不用！」鳳麟脫口而出，天水微微一愣，再次深思看他。鳳麟微微擰眉，眸光變得有些銳利地看向我：「我會帶她去的。」那目光不像是要幫我，反而更像是怕我伺機害了別人。

天水不再說話，看向芸央：「芸央師妹，我們走。」

「哦。」芸央疑惑地看看我和鳳麟，躍上仙劍，與天水飛向東方。

我仰起臉，看他們離去的身形。

「師傅！妳到底想幹什麼？」鳳麟大步到我面前，認真地、嚴肅地、無比正經地質問我，澈黑的眸子裡還有著憂切與憂急。

我落眸看他：「扮作嫣紅啊，難道……你還是想讓我掀翻崑崙，吃了你？」我揚起唇角壞壞一笑，十二年前他可是被我這句話嚇得渾身發抖。

他睜了睜黑黑大大的眼睛，氣悶地擰緊眉，無比認真看我，大聲厲喝：「妳敢！」

「哼。」

「師傅！」他變得有些著急。

我斜睨他：「管好你自己，我需要一個凡人的身分來掩護。」說完，我走過他身邊，走了兩步，感覺渾身不舒服，總覺得身體這裡那裡被絆住。

「師傅，妳讓我忘記報仇，妳難道不想復仇嗎？不恨那些把妳封印在鎖妖塔下的人？」布滿硝煙味的渾濁空氣裡，是他低沉的反問。

我頓住腳步，不看他，拉齊整自己的衣裙：「你懂什麼？殺了仇人就快活了嗎？當然是要活得比仇人更逍遙自在，時時刻刻成為他眼中釘，心中恨，日日夜夜念想我，時時刻刻思及我，身心煎熬，那才是對他最大的報復。」我轉身陰邪而笑，看著他深深不解的神情，勾勾手指：「過來，背我。」

他愣了愣，立刻睜大漂亮的雙眸，瞟我兩眼：「妳不是會飛嗎？」

我睨他一眼：「我不太習慣用腳走，難道你想讓大家看著我直接飛過去嗎？」飛，與御劍飛是兩個概念，更是兩個級別！自己能飛，才是真正的仙。所以，即便是崑崙的仙尊，也只能仰賴御劍。

他氣鬱地翻了個白眼，到我身前，狠狠瞪我一眼，把清虛的衣袍捲了捲，藏入自己懷中，甚至不交由我來拿，份外珍視。他藏起衣袍的胸口登時鼓起，讓我想起他小時候把大大的書卷藏在懷裡。

他轉身單膝跪地，我趴到他背上，他的身體微微一僵，顯得有些緊繃，我靠近他後心之處，感覺到他的心跳也變得紊亂。

我壞壞而笑，低眸扶上他的肩膀：「你第一次跟女孩子這麼親近？那麼緊張？」

他氣悶地不說話，緩緩起身，伸過右手環住我的臀下。

「我是你娘啊，你背娘有必要那麼緊張嗎？」

「我沒娘！」他沒好氣地說完，躍上了他的仙劍，拔地而起。

風迎面而來，俯瞰整個崑崙，更是一片瘡痍，沒有完好之處，雲霧混著黑煙，滾滾而起，到處是嗆鼻的煙味。

我在他後背上左看右看，輕動之時立刻覺得衣服絆身，很不舒服。我伸了伸手臂，立刻傳來他的氣語：「師傅！在我身上能不能別亂動！」

「我不舒服！」我心煩地說。

「那妳下去！」他更是沒好氣。

我一眯眼，下一刻，我就環緊他的脖子，他的身體瞬間緊繃。我壞笑湊到他耳邊：「大逆不道的臭小子！敢這麼跟師傅說話？」

他的耳根瞬間血紅，彆扭地撇開臉：「妳不是說不舒服嗎？」他有些生氣地說，卻是嘟囔，明顯沒了剛才的煩躁。

「那是衣服。」我扯著自己的衣裙：「你是知道師傅之前只穿多少衣服的，現在忽然穿那麼多，裹那麼緊，我有點不舒服……」我摸上胸口，深吸一口氣，立刻被裹胸包緊：「悶死了，你們現在的女人怎麼穿那麼緊的內衣？」

他的身體又是一緊，我貼在他的後心，明顯感覺到他的心跳一陣紊亂：「師傅！男女有別！」

他幾乎是抗議地說：「請妳自重些，別在徒兒面前說這種事！」

「嗯？」我眨眨眼，伸手摸上他的臉，他煩躁地甩開臉，我笑了：「好燙啊，哈哈，小徒兒害羞了。可是這衣服確實緊繃，為師穿著很不舒服，而且頗為悶熱，為師能脫了褲子，把裙子剪短嗎？」

「不行！」他大聲說：「不准脫長褲！不准把裙子剪短！不准露腿！不准寬衣！不准露……露……」他咬咬牙，像是難以啟齒：「不准露肩！師傅！妳現在是嫣紅師妹了，別做那些奇怪的事情，影響師妹清譽！」

「清譽？呿。」我在他後背冷視他烏黑的墨髮：「我怎麼從不見你給我送件衣服來穿？」

「我！」他變得語塞，再次撇開臉。

「哼！你們這種凡人，只穿凡間衣衫，又怎知真正的仙衣的舒適？就像穿慣了絲綢，忽然穿粗布，怎會舒服？」我瞥眸不再看他：「我得先弄件真正的仙裙穿穿。」

「那是妳的事！」他氣悶而語：「馬上到北極殿，請妳別再說話！最好！一個字！也別說！」

喲，徒弟居然敢命令師傅了？

在鳳麟背上，我俯看黑煙之下，是按照北斗排列的七座浮島。北極星之處是座七層殿閣，那裡便是崑崙的中心：北極殿。

原來崑崙外面是這麼一個樣子。

此刻，崑崙弟子從四處而來，紛紛落在北極殿之前，他們或是相互攙扶，或是背著同門，有的重傷難行，有的趔趄疲憊，一場大戰讓整個崑崙元氣大傷。

鳳麟帶我而下，我躍落地面，他掠過我的身後，再次低語警告：「不准說話！」然後從我身邊躍落，不再看我一眼，手捧清虛的仙袍匆匆入殿。

我瞥眸好笑看他，他到底在怕什麼？

殿內殿外已經站滿崑崙弟子。我知道崑崙弟子也分等級，只有高級別的弟子可入這北極殿。我和其他弟子一起站在殿外，殿外廣場上十四根盤龍參天石柱，兩兩相對。我站在石柱一旁，芸央看見我立刻跑來：「妳總算來了。」她把我拉到一邊，殿內殿外此刻一片肅靜。

大殿前方，是幾位和清虛一樣鶴髮童顏的尊者，他們是清虛的師弟，也是崑崙的天尊與師尊。

「天尊……」鳳麟站在殿內，悲痛地托起清虛的仙袍緩緩跪下，立刻，悲傷的氣氛開始瀰漫整個崑崙。

「仙尊……」那些童顏老頭悲痛地撫上清虛的仙袍，殿內殿外的弟子悲傷地一起跪落。

「仙尊——」崑崙弟子哽咽地呼喚，低臉哭泣。

我站在巨大的石柱後，淡淡俯看這些下跪的崑崙弟子。他們身上正散發出源源不斷的悲傷、迷茫、彷徨與餘悸……

我能清楚地感覺到這些崑崙弟子不像鳳麟他們充滿憤怒與滿心的復仇，而是在滿目的死亡中顫顫發抖。

哪有人不怕死？更何況這是他們經歷的第一次與妖族的生死大戰。

我深深吸入這些氣息，嗯……這才是我想要的，它們被我的內丹吸收，成為我力量的源泉。

但是，這些實在太少了，簡直不夠塞牙縫。

崑崙畢竟是修仙之府，它滿滿的清氣對我造成了很大的干擾與影響。

「嫣紅……？」芸央哭了一會兒才發覺我沒有跪，滿臉淚痕地仰臉看向我：「妳……怎麼不跪？」

我冷冷俯看她：「妳哭妳的，管我做什麼？」

她在我冷淡的話中吃驚地瞪大眼睛，眼淚凝滯在眼角。

她呆滯地轉回臉，半天沒有回神。

「噹！噹！」喪鐘敲響整個崑崙，頃刻之間，仙氣繚繞的崑崙被一股陰翳的氣息沉沉籠罩。

崑崙這次傷亡相當慘重，三百二十名弟子在這場大戰中犧牲，另有一百三十五名弟子重傷，剩餘的弟子三百不到，正如芸央所說，死傷的基本是崑崙較為低階的弟子。在他們眼中，這是一場無比殘酷的戰爭，在我眼中，這只是一次淘汰。

他們永遠都不會明白，到底怎樣的戰爭才是真正慘烈的！

第二章　鎖妖塔下三千年

仙尊的突然離世讓整個崑崙陷入消沉，崑崙弟子們像是忽然失去了方向般目露迷茫，或是落寞地回到各自的房間，或是垂頭喪氣地坐在草坪上哀悼死去的同門。

鎖妖塔裡的妖類也四處逃竄，沒有受傷的崑崙弟子開始四處巡邏搜查，但少有被捉回，因為一部分是在混戰中被擊殺，而有一部分則是趁亂已經逃出崑崙。

女弟子開始負責照顧傷患，傷患集中在玉衡殿裡，玉衡殿位於北斗七星中玉衡星的位置。男女弟子傷患分於兩殿，身穿同樣仙裙的女弟子忙忙碌碌，敷藥的敷藥，清洗的清洗，整座浮島瀰漫著藥香與血腥味。

在崑崙，女弟子的仙裙名為霓虹仙裙，鳳麟身上的男子仙袍為天蒼仙袍。

呿！

只因自己修仙，身上的衣服就叫仙裙仙袍了？人還真是會努力地抬高自己的身分。

這仙裙可是穿得我噁心死了！

我獨自走到殿外，崑崙需要修整，我也是。

玉衡島邊緣有一白色涼亭，我走進去，甩了鞋襪，直接席地而坐，單腿曲起，凝望面前無垠夜空。浩瀚星空就在眼前，硝煙已經散去，只剩青雲連綿起伏，星月在青雲後若隱若現。

仙鶴從雲層中飛出，落於亭外草坪，伏於地面，與我一起靜坐。

深沉的夜色中，天蒼色的衣襬隨風輕揚飄擺，鳳麟腳踏水晶般的仙劍降落我的亭外。他的眸光亮如他背後繁星，複雜的眼神落在我的身上，他在擔心，我知道他在擔心什麼。我瞥他一眼，勾唇輕笑：「哼，放心，我不吃人，我嫌吐骨頭麻煩。」

他變得沉默，在亭外靜立片刻，看看我身後，似是見無人，再次認真看我：「師傅，別亂走，天尊他們要捉妳。」

「哼。」我輕笑：「就憑他們？」

他躍落仙劍，仙劍隨他而動，靜靜停在島外。天蒼的衣襬落地之時，他半蹲在我面前，黑眸深深看我：「師傅，妳到底是什麼？雖說只有仙尊能見妳，但他也不知道妳的身分。而且，仙尊今日離世突然，各位天尊、師尊更不知妳身分，他們以為妳是妖，要捉妳！師傅，我很擔心妳！」

我瞥眸看他擔心的臉一眼，睨向別處：「別說謊了，你是在擔心我害人。」

「我怎會對妳說謊？」他有些生氣，我再次瞥向他，他的神情陷入猶豫與掙扎：「是！我一直擔心妳會不會傷人。師傅，封印妳的法陣，我和仙尊查遍所有古籍都未曾見過，妳讓我、讓我們該怎麼想？」他無奈地朝我看來：「正常人都會覺得妳一定是十惡不赦的可怕妖魔，才被那樣的法陣封印！」

「哼哼哼哼。」我轉回目光壞壞而笑：「倘若我真的是呢？」我抬起裸足，腳尖輕輕戳上他的肩膀，他立刻一驚，快速地扣住我的腳踝，眸光緊了緊。下一刻，他開始尋找我的鞋襪，看見時，匆匆拿起，給我快速穿上，氣鬱瞪我：「師傅！在這裡女子不准露體！以後不要這樣了！」

他有些生氣地給我穿上鞋襪，我歪著臉勾唇看他：「現在怎麼規矩那麼多？」

他一臉鬱悶，一邊給我穿鞋襪一邊說：「既然妳躲在這裡，就請遵守這裡的規矩，別讓人懷疑！」這話更像是叮囑。

「呿。」我懶得看他，反正這裡只是暫時用來恢復力量之處。

「如果妳是妖魔，妳出來的時候，以妳的性格怎會放過我們崑崙，還救我們？」他一邊給我穿鞋，一邊氣悶地說。

「哼。」我笑了，他倒是了解我。

他拿起荷花繡鞋輕輕套上我的腳，動作輕柔而小心，如同關懷自己親人般的體貼與呵護。他放落我的腳再抬眸看我，目光清澈得像夜空中閃動的星光，讓人心動。

我轉開臉，髮絲在夜風中掠過我的唇畔，我抬手半撐臉龐支在曲起的膝蓋上：「我的力量在越空時已經用盡。」

「越空？跳躍時空？」他愣了片刻，恍然想起：「那個時候！」

我點點頭，轉回臉看他：「而且現在，那幾個人正滿天下找我，估計已經通緝六界。但是，他們絕對想不到我還會留在崑崙，這個曾經囚禁我的地方。」

他微微一怔，回眸看我：「最危險的地方，也是最安全的地方？」

我瞇眸邪魅地微微揚起下巴，右手放上曲起的膝蓋：「不錯。他們和你一樣，很了解我，他們知道以我的性格定不會留在這個曾經囚禁我的地方……」我凝望夜空中起伏的浮島：「我一定會取回自己的神器與神獸，殺回來，掀翻崑崙，再找他們算帳。所以……」我收回遙望的目光看鳳麟：「我需要做出一些改變。」

「所以妳還是要掀翻我們崑崙是嗎？」他的視線變得格外認真，黑眸之中閃現出一抹守護崑崙到底的決心。

「嗤。」我好笑地瞥他一眼：「放心，我力量耗盡，現在和常人無異，掀不動你的崑崙，我需要恢復力量。」

「怎麼恢復？」他切切看我，深邃的目光裡有對我的憂切，也有對我的防備。

我懶懶地掃過他一本正經的帥氣容顏：「這個你無需知道。」

「我必須知道！」他忽然認真起來，他擰擰眉，似是刻意避開我的目光地側開臉：「妳是我師傅，我不會出賣妳；但我是絕不會讓妳傷害我的同門和崑崙的，所以我有責任看管妳。」

「你？看管我？哈，你有這本事嗎？」我再次抬腳戳他，他有些煩躁握住我的腳踝摁落，轉回臉瞪我：「師傅！請自重！別逼徒兒！」

我眯起眼邪邪而笑：「喂～男女授受不親吶～～這可是你說的哦～～」

我抬抬他握住我的腳，他臉立刻一紅，匆匆放開，氣鬱地轉開臉：「是！我是看不住妳，妳本事那麼大；可如果妳做出傷及我同門的事，我就算死也要阻止妳！」他轉回臉狠狠看我，堅毅的目光顯示出他真的下了很大的決心。

空氣微微震顫，又有人前來了。我收回看他的目光，他也有所察覺，立刻看向身側，如絲的墨髮隨他的轉動而輕輕震顫。

同樣是天蒼的仙袍緩緩落下，是天水。

「你們在這說什麼？」天水溫潤俊秀的臉上始終帶著三分微笑，他溫和的目光略帶疑惑地在我和鳳麟之間打量，眸光溫潤中卻帶著絲絲精銳，像是在揣測什麼。

「天水師兄。」鳳麟起身，神情鎮定，目光清冷：「嫣紅師妹需要一把仙劍，我帶她去。」

天水沒有說話，只是繼續盯著鳳麟看，長長的髮絲沒有像鳳麟那般束起，而是垂在後背，只在髮間用淡淡的、幾乎快與白色相近的藍色髮帶捆起小小的一束，輕盈的髮帶與髮絲一起在月光中飛揚。

「好。」他收回看鳳麟的目光，轉而俯視我，目光溫柔如視親人：「嫣紅師妹，今日妳也受傷了，早些回房休息吧。」

我不看天水懶懶起身，直接走過他的身前，他微微怔愣。經過我寶貝徒兒鳳麟時，隨手拍了他一下肩膀：「走了。」

鳳麟微微擰眉，瞪了我一眼，似是我做錯了什麼。

我冷睨他，小子想幹嘛？敢瞪你師傅我？

鳳麟水晶般的仙劍落在我腳前的浮島邊緣，我收回目光踏上仙劍，鳳麟躍落我的面前，髮絲飛揚。

仙劍飛起之時，天水抬臉看向我們，目露深思。

「師傅，嫣紅師妹是不會不搭理天水師兄的！」鳳麟在我身前說，長髮在我眼前飛揚。當雲霧散去，夜空清澈如洗，星河在我身邊如銀藍的絲帶，飄蕩在繁星之間。

「所以呢？」我冷冷看他背影。

他微微轉臉：「嫣紅師妹……她一直欽慕天水師兄。」他說完，轉回臉。

我看他一會兒，坐下，橫坐在仙劍之上，仙劍隨我坐下而變寬變長，晚霞般豔麗的裙襬在夜空中飛揚：「那天水喜歡嫣紅嗎？」

他搖搖頭。

「嗤！」我輕笑：「男人就是這樣，女人對他百般殷勤時，他不屑一顧，女人不理不睬時，他反而黏上來。」

「師傅，我也是男人！」他有些氣鬱地轉身，沒看見我時愣了愣，才發現我坐了下來，然後俯看我：「別把我們男人說得那麼不堪。」

「呿。」我瞥眸看向別處。

「而且，天水師兄是不會對女人動心動情的。」他篤定地雙手環胸。

我抬臉看他：「他喜歡你啊。」

「噗！咳咳咳！」他瞬間岔氣，連連咳嗽，俊臉嗆地緋紅。

我收回目光，雙腿在空中搖擺：「看他跟你那曖昧樣兒，你到哪兒，他到哪兒，看你還要看半天。」

「師傅！」他氣鬱地蹲在我身邊，櫻花般的紅唇已經因為生氣而更豔一分，清粼粼的黑眸裡是滿滿的鬱悶：「我們修仙之人，怎能動情？」

我不屑地瞥眸看他：「只要是人，都會動情，只是時間問題，你，也逃不過。你以為情劫是擺著看看的嗎？」

他怔住了神情，深深看我。

我白他一眼，看向星河：「你最愛的仙尊爺爺心裡也都還有個女人呢，所謂修仙不談情，不過是為了專心修仙而已，真的愛了，即使放棄修仙也會願意。等你有了心上人，你自會明白。」

身邊變得安靜，幽幽流轉的夜風從我這裡，流到他那裡，帶起我長長的髮絲，掠過我的唇畔，飄向他的臉龐。

情，誰也躲不過。

我收回凝望星河的日光，轉臉看向他：「你跟我說那麼多，無非是讓我做得更像嫣紅一些。所以，你想讓我去暗戀那個天水師兄嗎？」

「不是！」他著急地伸手握住了我的手臂，看我一眼，似是感覺自己失禮又匆匆收回手低下臉：「我只是……不想讓別人懷疑妳。天水師兄很聰明，他一定已經看出端倪。」

「怕什麼？」我橫睨他一眼：「我很快就會離開這裡，他不會再看見我。」

「離開？去哪兒？」他有些低沉地問，俊臉微垂：「我不會放妳走的！」他說得堅決：「看住妳，是我的責任！」

「哼。」我笑了，不看他：「那簡單，我去哪兒，你就跟我去哪兒。這樣你便可以一直看著我了。」

他變得沉默，轉身也坐在仙劍上，久久不言。

仙劍停留在星河之下，緩緩向前，如飄蕩在河中小舟，飄飄擺擺。

窸窸窣窣地，他從懷中拿出了一張符紙，遞到我的面前，我俯看上頭，符紙上的符文是最初級的同心咒，我輕笑：「怎麼，想束縛我？」

他攤開掌心，符紙在他的靈力中緩緩飄浮起來，他側開臉回避我的目光，俊挺的側臉在夜空中多了分猶豫：「師傅，我不想騙妳，更不想偷襲妳，所以請妳不要反抗，讓我施咒。我必須時時知道妳的情況，如果妳敢傷人，我就……」

「自殺？」我接了他的話，他抿緊薄唇側落臉龐，符咒在他手心裡閃現藍光。他轉回臉複雜而深邃地看我：「我知道我打不過妳，但妳神祕的身分實在讓我無法放妳離開。如果妳是妖魔，如果妳會危害蒼生……」他面色擔憂矛盾起來：「那、那我不是罪孽深重？但妳是我師傅，妳對我好，妳傳我法術，所以，我、我只能……」他無法再說下去，不粗不細的雙眉擰在了一起，低落臉，百般的猶豫與掙扎，還有一絲因為猶豫和掙扎而帶出的痛苦。

世人啊，總是喜歡自找煩惱。

我看了一會兒，笑了，轉眸看向遠方：「同心咒可讓兩個人同心同命，多用在與妖獸訂立契約，做為己用，一來可獲得妖獸長久的性命，二來在妖獸暴走時，也可以及時控制。可你知道最初同心咒是用來做什麼的？」

他搖搖頭，抬起臉再次看向我，臉上的神情稍稍平靜。帥氣的臉龐，也在燦爛的星光下染上了一層迷濛的星輝，每一根纖細的髮絲都被鍍上了一圈銀藍的光芒。

我微微瞇眸，眸光柔和地看他：「同心咒，同心同情，是上古神族情侶之間戲情時創造出來的法咒。」他的眸光在我的話音中顫動了一下，隨即垂落。我看著他的側臉：「此咒對我無用。你認為上古神族會用此咒來束縛自己的性命嗎？」

他微微一怔，眨了眨眼吃驚看我：「師傅是神族？」

我冷笑道：「我不屑做神族，但此咒對我確實無用。你想和我同心，時時刻刻知我在哪兒，我有個更簡單的方法。」

「什麼？」他收緊目光，認真看我。我揚唇一笑，朝他探身之時，在朦朧的星光之中吻上了他那櫻花般的紅唇。時間在這片刻間凝滯，他忘記呼吸地呆滯看我，盈盈的水光布滿他的黑眸，深邃的眼神開始將裡面的清澈漸漸吞沒。

黑紫的法光在我唇下隱現，直入他的心，我離開他的唇，邪邪一笑：「現在，你是我的人了。」

他恍然回神，匆匆撫上自己的唇，幾乎是倉皇地起身，有些混亂地撫上額頭，單手扠腰，深深呼吸。

忽然，他再次轉身，有些生氣地俯看我：「妳對我做了什麼？」

我舔舔唇，勾起唇：「你不是想跟我同心，時時知道我在哪兒嗎？所以，我給你一個契約之吻，你和我已經訂下相隨相伴的契約。從此無論我們相隔多遠，你依然能感應到我，這樣萬一哪天我被那群混蛋抓回去，你也可以來救我。」

「妳、妳是為了這個……」他深吸一口氣，大口吐出，像是頭痛地抱住頭，無比鬱悶地蹲落我的身邊，深深呼吸。

「呵。」他忽的笑出聲，更像是氣得發笑：「師傅，妳這麼厲害，捉妳的人肯定更厲害！妳憑什麼認為我能救妳？」他無語地轉臉看我，面紅耳赤一直到他白皙的脖子。

我對他眨眨眼：「那幫混蛋很自戀的，所以一定會輕敵。」

他再次捂住臉，連連搖頭，滿滿的懊悔神情：「呼……」

我看著他笑了：「啊！那該不是你的初吻吧！」

他登時全身僵硬。

「哈哈哈——」我朗朗大笑，抬手放落他的頭頂，他全身一僵：「小子居然沒親過女孩兒，你的青春真是浪費了。」我順著他順滑的長髮緩緩撫落，他的身體也越來越僵硬，幾乎一動不動地蹲在我的身旁，形如泥塑木雕，宛如連呼吸也在他的身上消失。

我撫落他的長髮，順勢環住他的肩膀，靠在他僵硬的肩膀上，閉上眼睛：「當然……師傅也不想再被那些人封印，好不容易自由了……」

他的身體漸漸放鬆，不再說話，靜靜在我身邊，讓我輕靠……

我靠在他身上深深呼吸，吸入殘留在崑崙空氣中悲傷死亡的氣息。崑崙山是修仙之處，所以黑暗的力量被淨化很快，我要恢復，還是要去人間，那裡烏煙瘴氣，才是我的饕餮盛宴。

❖

緩緩睜開眼睛時，鳳麟的仙劍已經降落在一處浮島，浮島滿是整齊的花圃，花圃之間圓石鋪地，通往一間間精緻的小屋。

「師傅，嫣紅師妹的房間在那裡。」他揚起手臂，終於開了口，聲音有些沙啞，指向一間小屋。

我只是看了一眼那黑漆漆的小屋，在他肩膀上再次閉眸：「我不去，我要跟你睡。」

「什麼？」他大驚地從我身邊跳開，我差點倒落。

他撲簌地落於花圃間，落地時還微微趔趄，我坐直身體睜眼看他，他一臉的驚訝與緋紅。

「師傅！」他又叫我一聲，看看四周，急急朝我走了一步，壓低了聲音：「妳是女子！」

「然後呢？」我懸坐在他的仙劍上，面無表情地看他。

他深吸一口氣，一手扠腰，一手撫上額頭，深深呼吸，似是強行讓自己冷靜，然後氣鬱地指指自己：「我是男子！」

「所以呢？」我繼續問。

「我們……我們不能睡在一起！」他幾乎是抓狂的低吼。

我眨眨眼，上上下下打量他：「哦……你長大了。」

「不錯！」他重重強調，拍上自己的胸脯：「我知道我在妳眼裡永遠都是個孩子，但我真的已經是男人了！」

我無趣地揚手看嫣紅的指甲：「關鍵不在於你是不是男人，而是你心裡……」我瞥眸看他：「在意我是個女人。」

他在我的目光中一怔，眸光閃了閃，拂袖側身，煙灰色的飄逸罩紗在夜風中微揚：「師傅，你們妖精怎麼這麼隨便？」

「隨便？哼。」我冷笑：「你是想說淫蕩吧。」

「我沒這個意思！」他立刻轉回臉，又氣又急地看我。

我冷冷瞥他一眼：「不錯！我們妖精就是隨便，就是不想一個人睡，就愛抱成一團。」

「那妳可以等芸央她們回來！」他重重說。

「嗤！」我躍落仙劍，雙腳落在仙花之中：「女人的身體……哪有男人靠著舒服？」我昂首瞪他，雙手背於身後。

「師傅！」他赫然轉身，秀髮與衣襬一起飛揚。他的眸光中帶出了一絲惱怒。

我蔑然地睨他一眼：「怎麼？想把我再關回那黑漆漆的世界？」

他氣得一時無言，立在仙氣繚繞的仙花之中，五彩的鮮花在他天蒼色的衣襬下搖擺。

我收回目光，雙手環胸：「別再假裝關心我了。我在鎖妖塔下一個人睡夠了，你知道那種和黑暗常年相伴的寂寞空虛嗎！我現在只想在人氣多的地方，不想再在黑漆漆的地方一個人睡。」

他在我的話音中怔住了神情，緩緩地低下臉，久久不言。夜風拂起他臉邊的髮絲，飄飛在漸漸而起的夜霧之中，為他增加了一分仙姿幽然。

「師傅，我沒有假裝！」他低沉的聲音裡帶出了一絲低哽：「既然……妳不信我，為何當年又收我為徒？」

「無聊唄。」輕輕巧巧的話從我口中而出，隨著清清冷冷的風拂向身後，我轉身隨意地看他低落的臉龐：「你知道我被關在那兒多少年嗎？難得有個人來給我消遣，我當然不會放過。」

「哼。」一聲苦嘆般的輕笑飄散在空氣裡，他點點頭，不看我地側開臉看向別處：「好，那隨便妳，愛找誰睡找誰睡！」他一口氣說完，躍上仙劍飛離花圃，花瓣隨他而起，在月光中留下一條破碎的、五彩的流光。

我單手負於身後，久久看他，直到仙鶴從天而降，我微笑看牠們：「你們是來陪我的嗎？」

「嗷！」牠們仰首輕叫，我向牠們招招手，牠們飛躍到我身邊，我撫上牠們的羽毛：「還是你們可靠。人類嘛……哼。」

我揚起手，吸入的悲傷和死亡的氣息化作了我的力量，花瓣開始從仙鶴之間而起。我看向仙鶴：「對不起，你們的毛歸我了。」黑氣纏上仙鶴的身體，根根羽毛從牠們身上脫落，與花藤一起開始纏繞。

「嗷！」褪盡羽毛的仙鶴靠在我的身邊，一張羽毛花床漸漸形成，雙手緩緩抬起，柔軟的床掛上高樹，我一躍而起，帶仙鶴一起落於溫暖的羽毛之間。牠們挨近我的身體，我抱住牠們只剩一層短短絨毛的身體，仰望近在眼前的星空。

終於出來了……

今晚不知為何，這星空怎麼也看不夠。

仙劍的流光再次劃過面前，鳳麟懸浮在我的上空，他別開臉不看我，看到仙鶴時卻大吃一驚，立刻躍落，心疼地輕撫仙鶴：「妳怎麼把牠們拔光了？」

「你怎麼又回來了？」我轉眸看他。

他擰了擰眉，別開臉，唇抿了又抿，欲言又止，又猶豫不決，最後，他似是心一橫，轉回臉直直瞪我：「我擔心妳去勾引崑崙弟子！妳是不是靠吸男子陽氣恢復力量？」他近乎質問地問我，深邃的視線緊緊盯視在我的臉上。

我愣住了，他說什麼？我靠吸男人的陽氣來恢復力量？

他的神情在星光中變得格外地認真，帥氣的五官因為他的認真而帶出了一分深沉與凜然。那眸光顯然在說：我即使死，也絕不會讓妳傷人！

我騰地起身，他一愣，下意識地微微後退，我伸出雙手直接按住他的肩膀。在他驚訝之時，我迅速貼上他的身體，他就此被我按落羽毛花床。他纖細的髮絲掠過我的臉龐，砰的一聲，輕盈的羽毛被他的身體震起，輕輕飄飛在我們的身旁，在星光中如同白色的精靈般飛舞。

他全身緊繃地看我，臉上認真的神情被我徹底打亂，再無對我的防備與那守護崑崙的決心，黑眸之中帶出一絲失措。他第一反應是伸手推上對方的胸膛，似是察覺方向不對，慌忙改變方向按住我的肩膀。

「師傅！妳如果敢……」他的話音在我褪盡嫣紅容顏時頓住，我露出自己真正的容貌，嘴角壞壞揚起，緩緩俯下臉，他的黑眸在星光下映出天上繁星，如同整個宇宙映入他深邃漆黑的雙眸之中。

「我的好徒兒……」我充滿蠱惑的聲音輕輕吹上他的臉龐：「不如……你把你的陽氣給師傅吧……」

他的眸光顫動了一下，雖是劃過一抹猶豫，但他很快變得堅定。並非打算順從我，犧牲自己讓我吸了他的陽氣，而是堅定地要守護崑崙，除掉我這個妖孽！他雙眉立刻收緊，仙劍也開始在一旁緩緩飛起。

「噗嗤！」我終於忍不住笑了起來，額頭靠上他心跳劇烈的胸口大笑：「哈哈，哈哈哈哈哈哈——」我翻身躺落他身邊，雙手撐開仰天大笑：「哈哈哈哈哈——哈哈哈哈哈……白痴，白痴，哈哈哈——」

仙劍豎立他的身旁，他豁然起身，單腿曲起坐在我身旁，側臉十分不爽地俯看我：「師傅！」

「凡人的陽氣對我沒用，傻小子。」我伸手拍上他後背，笑著輕咬下唇：「而且，人的陽氣我不稀罕。」

他在我的壞笑中收回目光，看向前方撫上胸口，大鬆一口氣：「呼……」他不用再擔心我去吸他師兄弟們的陽氣了。

在他鬆氣之時，我看他的背影：「最後，你還是選擇了崑崙。」

他的背影微微一怔，仙劍在他身邊緩緩躺落花瓣之中，他變得安靜，因為他無言以對。剛才的抉擇已經說明在他心裡，什麼更重要。

「沒關係，師傅不會怪你。」我輕拍他的後背：「你們人類有很強的是非觀念，所以會常常陷入痛苦，你抉擇得那麼痛苦，說明你心裡有師傅。」

「師傅……」他低落地垂下臉，身上浮起深深的愧疚之情，長長的髮絲在夜風中飛揚，讓他像是夜幕下的柳樹一樣地安靜。

他長於崑崙，自小受崑崙正邪不能兩立的影響，做的是降妖伏魔，匡扶正道，始終以正道為先。他心裡一直很矛盾，他是崑崙修仙弟子，又怎能以妖魔為師？

如果我是神，或是仙，應該會讓他安心不少吧。

我看他一會兒，放於他後背的手一把抓緊他的衣衫，用力拽下！

砰！他再次重重摔落。我隨手按住他想起來的身體，一手指向天空：「看！」

他愣了愣，隨著我的手指看上夜空，點點安魂燈正在飛起，如同星星動了起來。安魂燈是崑崙弟子用來悼念逝去的同門。

「那是安魂燈。」他解釋，在安魂燈忽明忽暗的燈光中再次哀傷，因為哀傷而再次平靜。

我收回手放於腦後，不屑地瞟他一眼：「誰讓你看安魂燈？我已教你開天眼，用天眼看。」

他轉臉微露一絲吃驚，狹長的雙眸裡眸光閃了閃，閉起雙眸。轉回臉時再次睜開雙眼望向天空，他俊美側臉上的神情頓時就此凝固。

只見無數藍色的光點像飄雪一般布滿整個天空，它們緩緩上升，朝那條長長的星河湧去。

「那是……」

「是你們身上的靈力……」我答。

「什麼？」他有些驚訝地轉臉看我：「靈力不是在我身上嗎？怎麼會？」

「修仙之人身上有靈力，你們平日能見。但當他們死後，靈力是不允許被帶入地府的，否則豈不比冥界的衙差厲害？所以，未能修成仙的修仙之人死後，靈力會被天河回收，那裡是靈力的源泉。」我指向那條緩緩流動的天河，可惜啊，這些力量我用不了。

「那仙尊……」

「最大的那顆便是。」我指向正迅速上升的一顆猶如龍珠般大的力量。修仙百年，也不過那點力量，所以他人的靈力真的不過是綠豆般大小了。密密麻麻地往上飛升，更像是一隻隻螢火蟲。

身邊登時變得哀默，絲絲哀傷開始布滿這靈光飛升的世界。那曾是他同門身上的光芒，現在，他像是在目送他們離開。

靈光從我們身下浮起，游過我的身旁，如同藍色的水珠從這個世界緩緩蒸發。

「原來我們修到最後，真的……一無所有……」

低落的話音在這漫天的靈光中響起，震動了那些緩緩而上的靈光，它們停頓了片刻再次緩緩而上。

我轉臉看他失落消沉的臉，想了想，伸出手去，黑紫的力量從指尖而出，直衝上空，穩穩地纏住了清虛的靈球。收指之時，靈球被我強行拽回在手中，翻身直接打入他的胸口。他尚未從悲傷中回神，見我忽然撲上他胸口，再次吃驚看我：「師傅，妳做什麼？」

藍色的靈光從我手心裡炸開，他猛地起身彈跳起來，發出一聲痛苦的悶哼：「唔！」

「快調息！」我立刻提醒。

他趕緊雙手歸元，元氣在指尖旋轉，周身靈光閃現。我坐在他後背，指尖頂在他的後心，助他調息，將仙尊一生的力量融入他的元丹。

他的額頭開始冒出汗絲，周身的靈光忽明忽暗，他很痛苦，顯得非常費力，要融合他人的仙力並不容易。黑紫色的力量從我指尖直接打入他的身體，法眼打開之時，他體內的元丹清晰可見，我的力量包裹他的元丹助他旋轉，融入清虛的力量。

在他穩定之後，我收回力量，他周身的靈光漸漸穩定下來，他長長吐出一口氣息。

「呼……」他雙手緩緩放落盤起的雙膝，開始吐納，呼吸平穩之後，他立刻轉身緊張看我：「師傅！妳把什麼東西放我身體裡了？」

我邪邪而笑：「是不是感覺力量增強了？」

我的話絲毫沒有讓他興奮，反而更加生氣：「我不要妳的力量。」

「誰說是我的？」

他一怔。

我指指天河：「是清虛那老頭子的，這麼大一顆，別浪費。」

他目瞪口呆地看我許久，俊挺的臉上是不可思議的神情，他似是整理了半晌才再次看向我：「師傅，妳是說我吞了仙尊的力量？」

「嗯。」我單腿曲起：「沒有我你也吞不了。」

他忽然變得生氣起來，胸膛大幅度地起伏，呼吸變得沉重，側開臉咬緊了牙關：「師傅，妳下次做事能不能先問問我同不同意？」

我懶得看他：「怎麼？還不想要？」

他氣結得又是一副快要抓狂的模樣：「那是仙尊爺爺的！」

「這樣你不就感覺他還是在你身邊？」

他怔住了神情，變得啞口無言。

我白他一眼，單手支臉輕觸跑過指尖的靈光：「真不明白你在糾結什麼。清虛已經死了，又不是偷他的，這些靈力回歸天河也是浪費，你想修到這個地步也要好幾十年，我才不要一個老頭整天喊我師傅師傅呢。」

他抿了抿唇，雙腿曲起抱住了頭：「我擔心妳被人發現……」

我瞥向他，原來他也會關心我。

我收回目光：「放心，今天死了那麼多人，少了一顆，上面也不會察覺。」

他面露吃驚：「還真有人會統計？」

「當然，天河裡的每一滴靈力就像你們人間黃金那麼貴重，自然會有人統計。但他們只統計回歸了多少，不會去算今天死亡的數量，因為他們關心的只是靈力，而不是人類，所以他們不會知道清虛的力量被我取走。」

他在漫天飛升的靈光中愣愣看我，宛如知道了什麼巨大的祕密。他越發深深地注視我，似是想知道我真正的身分，想知道為何我會知道那麼多天界的事。

我懶洋洋地躺落，抱住了身邊柔軟的仙鶴：「你用不著那麼糾結，我想清虛那老頭知道我把他的力量給了你，他也會高興的，這可是他的遺產。」

身旁徹底沒了聲音，我靠在軟綿綿的仙鶴身上，仙鶴細細的脖頸放上我的身體，乖巧得惹人喜愛。

輕輕的，身後傳來撲簌的、輕輕的聲音，他也緩緩躺了下來，但是他的身上依然是消沉的氣息。

今天這一天，他經歷了很多事。他最愛的仙尊爺爺死了，同門也死了，他對他們有情，所以會陷在這深深的悲傷中，無法自拔。

嘖，這就是凡人吶～～～

「師傅。」他在我背後有些低落地開了口：「我不像妳能長生，妳給我仙尊爺爺的力量又有何用……」

我輕撫仙鶴頸上絨毛：「至少在你遇到厲害的妖魔時，不會死太快。而且，這樣你也可以修習更高階的仙術，成為崑崙至尊，這不正是清虛那老頭子的希望？」

修仙說到底，還不是為了長生，逃脫死亡與無盡的輪迴，但能成仙的又有幾人？

「那妳……到底被封印了多久？」

低吟般的聲音裡，透出了他的認真與在意。

我閉上眼睛，在仙鶴柔軟的絨毛上蹭了蹭：「三千年。」

「三千年……」他徹底陷入了沉默，安靜的世界裡，只有靈光在繼續緩緩上升，回歸天河的懷抱。

「師傅……對不起……」充滿歉疚的話音從身後而來，如同耳邊喃語，幾乎被風聲淹沒：「我會……陪著妳的……」

唇角在他低低的聲音中揚起，我轉身面朝他，他微微失措地側開臉，俯看另一邊的羽毛。我抬頭直接枕上他的胸口，猛地被裡面劇烈的「怦怦怦」聲驚到，微微擰眉，往他頸窩挪了挪，他的身體也在我的移動中僵硬。

我終於舒服地閉上了眼睛，滿意而笑：「別擔心，別人看不見。」我隨即揚起手，無法可見的結界包裹住了這整棵樹，外面的人再也看不見這裡的一切。

他一直沒有說話，也不敢轉回臉。

我的手再次拂過他的臉龐，他的頭朝我這邊倒下，慢慢閉起的眼睛裡是混沌與迷惑。

我對著他緩緩垂下的眼瞼微微而笑：「這樣你才能放鬆，不然我可睡得不舒服。」

他的眼皮徹底蓋住了那雙被哀傷浸染得有些疲憊的黑眸，我點上他的鼻尖，靠在了他終於放鬆的身體上：「好徒兒，你現在可是我的人，不習慣也必須要習慣起來～～～」

三千年的封印，三千年的寂寞，還有三千年冰冷的玉台！

我會一點一點還給他們，讓他們絕對沒有機會翻身，再來復仇！

我冷笑地瞥眸看向高高天空。聖陽，你準備好了嗎？

哼！

❖

晨光漸漸散落，我枕在鳳麟溫暖的身上，享受晨光那絲絲的暖意。曾經，他的懷抱也帶著陽光的暖意，他的微笑也像寒冷冬天空中的暖日般溫暖你的心。可是誰會想到，溫柔，也是會變成陷阱的。

身下的人微微一動，寶貝徒兒醒了。

他先是僵硬了一下，然後始終保持僵硬的姿勢一動不動，連呼吸也屏住，不讓被我枕著的胸脯起伏，裡面的心跳正在急速加快。

我心中暗笑，原來少男心是這樣的？嗯～～～以後要多逗逗我這個小徒弟。

他一動不動許久，在確定我沒醒後，他輕輕抬起我的頭，小心溫柔地放在柔軟的羽毛上，然後輕輕起身，在寧靜的清晨裡輕輕抽氣。

我微微睜開眼睛，偷偷看他，晨光給他打上了淡金色的輪廓，連他每一根髮絲，也染上了迷人的金色。

他輕甩左臂，噝噝抽氣，看來是麻了。真是個可愛的蠢徒弟，他越是遵守清規戒律，我越是想讓他破戒。

「師傅。」他轉身輕輕喚我，我閉上眼睛，他輕戳我的手臂：「師傅，醒醒，妳現在是嫣紅師妹，是崑崙的弟子，要隨我去上早課。」

「煩！」我擰擰眉，心煩起身，沉臉睨他：「你們這樣做人太沒樂趣了。」

他也沉下臉，輕揉自己手臂，面露堅持與固執：「妳答應我的，會好好扮作嫣紅師妹。」

「呿。」我撇開臉：「我看是想看住我吧，不讓我離開你視線。」

「是的！」他甩袖起身，整理自己的仙袍，一臉正經八百地俯看我：「先給妳找把仙劍。但是仙劍有靈性，只能給妳先弄把普通的……」

他話未說完，我抬手輕彈耳垂上震天錘。震天錘立刻飛出我耳邊，在空氣中青金的光芒閃現，驚得他一時呆滯。

啪！一個響指打響，我起身扠腰，震天錘在晨光中頃刻間變成一把青金色長劍，青光閃爍的劍身上是黑金色絢麗的神紋。

我伸手，它飛入我手中，我劃出一個漂亮的劍花，側身斜睨鳳麟邪邪而笑：「好徒兒，看，這才是真正的神器，可隨心意所變。你們那些仙劍不過是會飛的玩具而已。」

他抿起嘴，俊臉微沉，執起自己的仙劍輕輕撫過，愛惜的神情宛如它即使是玩具他也不會嫌棄。

我揚起如同晚霞般的衣袖，拂過他面前，躍然飛起，裙襬飛揚，掠過他的眼前。他怔住了神情，神劍相伴身旁，飛出結界時懸浮於我的腳下，我低下臉看他：「還不走，傻站著幹什麼？」

他恍然回神，眨眨眼，劍指劃過身邊，仙劍滑於他腳下，立刻隨我而來。

崑崙恢復得很快，今天仙山的清氣已徹底淨化昨日的烏煙瘴氣，這對我很不利，也讓我很不舒服，因為我吸不到半點怨氣。

崑崙的鐘聲再次響起，讓大家前往北極殿集合，應是有大事要宣布。

鳳麟帶我前往北極殿，一路上，他像我爹一樣不停地囑咐。

「不要再亂說話。」

「嗯……」

我橫坐在震天錘上敷衍他，單腿曲起，右手隨意地放在唇邊。

「師傅！妳不能那樣坐！妳現在是嫣紅了！」

他壓低聲音，緊張地看四周。

「呿。」我白他一眼，放落腳。

他再看看四周，正好無人：「師傅，我先走一步，不能讓人看見我們在一起，會招非議。」

我去他爹的！事情真多！

「滾滾滾。」

我煩躁地甩甩手，做人真是太沒意思了！要守那麼多規矩。

鳳麟倒是對我恭敬地一禮，然後轉身飛離。

我橫睨他的背影，他可是我可愛的小徒弟，怎能讓他被繁文縟節糟蹋成聽話呆板無趣的人偶？本尊可不同意！

第三章　新的仙尊

北極殿內已經站滿師尊與各殿弟子。

崑崙浮島以二十八星宿為布局，以北斗七星為中心，北極殿是崑崙最重要也是最中心的大殿，除卻重要大事的宣布，弟子不得擅入。

此外，也是崑崙仙尊、天尊與各師尊議事之處。

而弟子也以此分等級，崑崙只選七人為精英弟子，稱之為北斗七子。其餘弟子見他們要尊稱為大師兄、大師姐。

我的麟兒也是其中之一，讓我備感驕傲。當然，他是我徒弟嘛，怎麼可能不是？

其餘弟子分散在二十八星宿殿中，二十八星宿又以青龍白虎、朱雀玄武為首。而修仙女子較少，故集中在南方星宿朱雀大殿裡，這嫣紅便是。

此刻星宿弟子們整齊站於北極殿之外，各師尊立於大殿門前高高的台階之上，北斗七子立於台階，鳳麟站於其中，位於那天水之後。

我的麟兒居然位於人下！

有點不爽！

一定是他故意隱瞞了實力，不想讓人懷疑。

臭小子，我教他的法術他就那麼不想用嗎？那他還每天跑來跟我學什麼？

「嫣紅，妳昨晚去哪兒了？」芸央在我身邊，小聲小心地問。她依然目視前方，只是嘴唇輕動：「房裡找不著妳。」

我也只看前方，不想搭理她，卻看見鳳麟直直射來的目光。我頓時不悅，心語道：「看什麼看？師傅的事你也敢管！」

只見他狹長的眼睛瞬間瞪圓，耳邊已經是他心裡的驚呼：「妳……？」

「哼。」我面對他揚起邪邪一笑：「你忘了，你我已經同心，自然可以神交。」

他驚訝地一直看我，久久沒有適應我能闖入他的腦海之中。

他身旁的天水俯臉看向他，我立刻道：「喂，天水在看你。」

他眨眨眼，回過神，而天水已經順著他的目光尋來，看到了我。清粼粼的目光中劃過一絲疑惑，然後對我帶著幾分關懷地微笑點頭。

我揚唇笑了笑，似是我的笑容有點壞，又讓天水目光中的疑惑再現，久久看我。我心中對鳳麟說道：「寶貝徒兒，你的天水師兄怎麼老看你？喜歡你？」

「咳咳……」鳳麟在天水旁咳嗽起來，天水收回目光，關切地看咳嗽的鳳麟，伸手輕撫他的後背，似是低聲輕語。

鳳麟趕緊擋開他的手，像是被我說多了，他自己也彆扭起來。

哼，天水真是個典型的「好」男人。我想我知道嫣紅為何欽慕這天水師兄了，想必是因為他的溫柔。可是這種男人對所有女人皆是一樣的，濫情的溫柔，濫情地對別人好，真讓人噁心。

「喂，嫣紅！」芸央這次索性放大了聲音。我睨向她：「妳煩不煩？」她的神情登時僵硬，水靈靈的大眼睛瞪到最大，目瞪口呆、不可思議地看我：「嫣紅……妳到底怎麼了？」

「師傅！」耳邊忽然響起鳳麟有些生氣的話音：「請妳做得像嫣紅一些！」他近乎是咬牙切齒了。徒弟大了，喜歡管師傅了。

我擰擰眉，啪的一聲握住了芸央的手，她又是一驚。我緊緊握住，她不解地看我。嫣紅更加詳盡的一切立刻映入我的腦海。

她溫婉可人，娉婷玉立，見人儀態大方，輕柔細語，惹人憐愛，是一個真真正正的大家閨秀，窈窕淑女。

我握住芸央的手，在她困惑擔憂的目光中溫婉而笑：「對不起，讓妳擔心了，最近發生了太多事，讓我心裡煩亂。」

芸央在我柔柔的話語中露出安心與心憐的神情，握上我的手：「我知道，大家都不好過。嫣紅，沒事的，我們一定能挺過去的……」

「嗯。」我點點頭，轉回眸遙看鳳麟，他露出了放心的目光，不再看我。芸央卻一直拉著我的手。她的心裡充滿了不安和對逝者的悲傷，這些感情順著她拉住我的手，不斷傳入我的心裡。

她和嫣紅是同一年入的崑崙，兩人一起修煉，一起執行任務，一起住，一起成為朱雀殿的師姐，一起以北斗七子為目標而努力。嫣紅喜歡上了天水，而她喜歡上了北斗七子中的潛龍。她們是好姊妹。

我看向高高站在台階上的北斗七子，除卻天水和我的麟兒，還有二男三女。他們此時都面朝大殿，無法看清容貌，但從他們身上的靈光可以看出，他們做為北斗七子，當之無愧。

前方幾位師尊讓開身形，恭敬地垂首。只見兩位天尊從殿內走出，也是與清虛一樣鶴髮童顏，保持青年英俊的容貌。

左側的天尊面容柔和一些，右側的天尊目光銳利，神容嚴肅，不苟言笑。

我和芸央始終手拉手，從她的腦海中得知左側的是清平天尊，右側是清華天尊。

清平天尊目露悲傷地目視眾人：「這些天，我們崑崙經歷了百年大劫，仙尊在離世前已有所感，可是，萬萬沒想到仙尊會在此劫中仙逝……」

氣氛在他悲傷的話音中再次低落。

真是夠了！

修仙之府，仙尊之位歷來競爭最為激烈，說不定這裡有人正為清虛那老頭的死燒香慶祝呢。

「仙尊是為護佑我們崑崙的安危，這裡的每一個人，都是仙尊所救！」清平天尊沉痛哽咽，悲傷得已經無法繼續言語。清華天尊看了看他，輕嘆一聲，也是哀痛搖頭。

在清華天尊下垂手立於首位的，是青龍星宿殿師尊穆蘇，穆蘇見狀上前一步，俯看眾人：「我們崑崙必須馬上振作。百姓的請願、逃離的妖怪，還有將至的仙法大會，沒有時間讓我們繼續哀傷悲痛，這只會讓仙逝的仙尊失望！所以，崑崙也不可一日無仙尊！」

「不錯……」清平天尊擦了擦眼淚，緩了緩勁，看向眾人：「經各殿師尊推選，現由清華天尊為我崑崙第三十一代仙尊，帶領我們重振崑崙！」

清平天尊朗朗的話音迴盪在高闊的雲間，氣吞山河。

「眾弟子聽令！拜見仙尊！」穆蘇師尊大聲喊道。

「拜見仙尊——」崑崙全體弟子俯首行禮，我看看左右，微微皺眉，我怎麼可能向一個小小仙尊行禮？我抬手拂過面前，用簡單的障眼法將自己遮蓋。

清華仙尊上前一步，面朝九天莊重一拜：「本仙尊必不負天神所望。」他鄭重地說完，俯看殿下：「我崑崙弟子，相互扶持，共度大劫，無懼妖魔。日後也要同心協力，共抗外敵，共振我威威崑崙！」

「謹遵仙尊法旨！」崑崙弟子頓時士氣大振，我瞇眼看那清華。清虛雖然沒什麼表情，也很無趣，但比這個明顯野心勃勃的清華來得親和許多。

嗯～～～我似乎聞到了陰謀的味道。崑崙之未來，讓人堪憂。

「青龍白虎七宿弟子聽令！」清華朗聲命令。

「弟子在！」

「速速捉拿逃離的妖犯，莫讓他們為禍人間！」

「是！」雄偉的喊音份外振奮人心！

「玄武七宿弟子聽令！」

「弟子在！」

「速速修葺鎖妖塔，七七四十九天內必須完工！」

「弟子遵命！」

一道道命令從清華口中而出，格外雷厲風行！

「朱雀七宿弟子聽令！」

「弟子在！」清靈女孩兒的聲音齊齊響起，氣勢絲毫不輸那些男弟子。

身邊的芸央格外賣力，對清華仙尊滿目的崇拜。

「照顧好受傷的崑崙弟子，採集仙草，整理民願！」

「是！弟子遵命！」

收集民願也是崑崙每日必行之事。民間若出妖魔，他們會請願天神護佑，但這些護佑會轉入凡間修仙之所，此謂民願。

然後，崑崙會派弟子前往斬妖除魔，在崑崙稱之為任務，也是崑崙弟子渴求的歷練。因為只有執行任務才能累積功績；功績一旦上升，在崑崙的資歷也會隨之上升，最終可入北斗七子。

「北斗七子聽令！」

終於輪到我寶貝徒兒他們。

鳳麟與其他六子出列，四男三女，成就崑崙精英。

師尊們看他們的目光也是份外地自豪與驕傲。

「備戰仙法會！沒有時間……讓我們悲傷了……」說到此處，清華仙尊的話音也轉為低柔：「贏得仙法會，贏過蜀山蓬萊，也是清虛仙尊的願望。你們要為了他多多加油。」

清華的話音看似比先前軟糯溫柔了許多，卻份外鼓舞人心。

只見鳳麟那傻小子臉上的神情與其他六子一樣，發生了巨大的變化，格外地認真肅穆，眸中更是燃起必勝的信念！

怎麼從沒見那小子用這種份外崇敬的目光看我？

所有弟子皆因為北斗七子神情的變化而變化，我深切地感覺到他們不再迷茫，不再困惑，不再在死亡的餘悸中畏懼，而因為北斗七子信念的堅定而堅定。原來七子對其餘弟子居然還有精神領導的作用。

清華成為仙尊後，迅速重振崑崙，各殿弟子各司其職，來去如風，一掃大戰後的悲傷，只有滿滿的鬥志。

清華果敢的作風與清虛截然不同！

❖

甲子號食堂內，此時聚集著各殿弟子。

玄武弟子目露嫉妒地看青龍與白虎殿的弟子：「你們可爽了，出去捉妖，我們卻在這裡修房子。」

青龍弟子笑了起來：「鎖妖塔也很重要，如果不修好，我們捉來的妖關哪兒？」

「玄武屬陰，你們啊，就該和女弟子一起～～」也不知誰說了這樣一句。

立刻，用餐的玄武弟子一個個站了起來：「誰？誰說的站出來！比一比，看誰更厲害！看誰更男人！」

「好了好了，大家都是崑崙弟子，任務不同，但一樣重要。」芸央站起來忙打圓場。

女孩們的勸說起到了作用，讓那些年輕氣盛的少年們一個個再次坐下，此謂陰能制陽。

我單手支臉，看著面前的粗茶淡飯，胸很悶。

我是吃肉的，才不是吃素的呢！

我忍不住磨了磨自己的尖牙，雖然不吃也沒關係，但既然開吃了，絕對不能沒肉！三千年沒吃肉了，我快想瘋了！

「也不知道誰那麼可惡，把仙鶴的毛都拔了。」身邊的女子氣憤地說，她叫玉蓮，與嫣紅、芸央一樣，是朱雀殿師姐一輩。我從芸央的記憶中見過她，她跟嫣紅、芸央私交不錯，為人沉穩內斂，和嫣紅相似，也是儀態大方。

「仙鶴們太可憐了，可怎麼也查不出是誰拔了仙鶴的毛。我們崑崙弟子肯定不會做出這樣的事。」芸央也愁眉不展，目露氣憤。

「難道是妖精？」玄武弟子湊了過來，似是唯恐天下不亂地故意喊道：「捉妖不是你們青龍白虎殿的事？居然讓妖精在我們崑崙肆虐？你們還在這裡吃什麼飯？」

「你們放心！我們一定會把他抓出來的！」青龍白虎殿的弟子立刻搭了腔，宛如發誓。

芸央擔心看我：「嫣紅，妳怎麼了，胃口不好嗎？」

「嗯。」我氣悶地雙手環胸：「你不用管我了，我看看就飽了。」

雖然我這麼說，可是芸央看我的目光越發擔憂。

「對了，玄武殿的，聽說鎖妖塔下面還有一層，關了一隻世上最可怕、最——厲害的妖怪，你們看見沒？」

整個飯堂的氣氛因為這個話題開始陰森起來，所有人都湊到了一起。明明是光天化日，卻偏偏一個個竊竊私語。

我瞥眸看他們，倒要聽聽崑崙到底流傳著我怎樣的傳說。

「我可聽說了。」整個飯堂開始變得鬼鬼祟祟，黑黑的腦袋全都湊在一起：「聽我們師傅說的，那妖怪沒人見過，只有仙尊能見，連天尊都不知道是什麼。聽說是一隻吸血殭屍王來著。」

「奇怪，我怎麼聽師傅說好像是傳說中的九尾妖狐？」

「不對不對，我們師傅說聽他的師傅說是千年鬼王，專吸人魂！」

「不是九頭妖蛇嗎？」

「那到底是什麼啊！」女孩兒們有些害怕：「我們師傅說不准問的。」

「是啊是啊。」芸央臉色有些發白：「那這次鎖妖塔出事，他還在不在？」

「不好！」一個玄武弟子忽的大聲驚呼：「昨晚我看見所有天尊和師尊都去鎖妖塔了，地板都穿了，你們說那妖怪還會在嗎？」

「嘶——」登時，所有人開始驚得抽氣。

「殭屍王！」

「九尾狐妖！」

「千年鬼王！」

「完了完了，如果把這妖怪放出去，凡間肯定遭殃。」

呿，我無聊地白他們一眼，他們這是在說鬼故事嗎？

什麼鬼王，殭屍，狐妖，蛇妖！本尊有那麼醜、那麼弱嗎？太貶低本尊的身分了！

「不要以訛傳訛！」就在大家講鬼故事講得份外起勁之時，傳來了一個格外沉穩的聲音。大家立刻看去，我看見了我的麟兒，以及北斗七子。

北斗七子不愧是北斗七子，長得也比普通弟子養眼許多。

我單手支臉懶洋洋地打量站在門口的俊男美女，除了溫潤的天水，我看到了在芸央腦海中的潛龍。

而說話的，正是那潛龍。

與溫潤儒雅的天水相比，這潛龍完全不同，可謂是帝王之相。雙目如鷹般炯炯有神，一副龍眉更增添他英武的霸氣，高鼻薄唇，輪廓分明，如同用力鑿刻出來一般，讓他顯得氣宇軒昂，肅殺逼人，讓人自然而然心生敬仰，莫敢仰視。而他傲然的目光也是份外地目中無人，墨髮高挽，紫金鑲玉冠固定。高傲之姿加上王者的貴氣，讓他立於人群之中，頓時萬眾矚目。

在他身邊，又是個漂亮人兒。一雙雙眼皮的大桃花眼清水靈靈，本該是一雙含情脈脈、迷倒眾生的漂亮眼睛，卻偏偏帶著幾分不屑，桀驁的眸光讓他那張雌雄莫辨的臉倒是少了分女氣，多了分紈褲子弟的痞氣與隨興。長髮不像天水完全披散，也不像潛龍全部高挽，而是在挽出一個髮髻後，下部留出一束，又編成一個小辮垂在右耳之下，北斗七子的四男中，髮型屬他最為花俏。這樣的男子在凡間，定是花花公子無異。在這兒？我想，是因為修仙的女子過於美麗，看膩了眼。此人應該就是北斗七子中最後一個男子：麒恆。

不管是溫潤的天水，還是霸氣的潛龍，還是那桃花眼的花花公子麒恆，都沒我家麟兒好看。所以，我的麟兒站在他們之中，一眼即見，不會被他們身上那耀眼的光芒淹沒。他身上獨特的酷煞的氣息，讓你不受控制地想去接近他，得到他溫柔一瞥。

「是潛龍師兄！」整個飯堂因為這北斗七子、崑崙精英的降臨，激動了！

「天水師兄！鳳麟師兄！麒恆師兄！」

「霓裳師姐！月靈師姐，還有朝霞師姐！」

一聲比一聲熱切的聲音是因為三位大師姐的來到。修仙之人，會越修越美，並且青春永駐。所以，從女子的容貌上，可直接判斷出該女弟子的修為。

站在天水一側的，是崑崙北斗七子中備受矚目的三位女弟子。

被人叫做朝霞的女子如同晚霞一般，豔麗中又帶一絲內斂，紅唇性感，微笑三分微露貝齒，一雙鳳眸眼角帶勾，如鳳凰柔美的尾翼，目光平和溫和，但只稍瞥你一眼，便是千嬌百媚，如那貓兒的爪子，撓癢男人之心。但她是修仙弟子，故而不會露出媚光勾引男子。

她的身邊是個身材嬌小玲瓏的女子，比她矮了一個頭，小小的瓜子臉格外精巧，使她的五官也變得更加精緻，細細的柳葉眉，大大的水眸，深深的雙眼皮又讓她眼睛大了一分，宛如整張臉上只有那一雙眼睛。小巧的滴水鼻下是一張櫻桃小口，讓人心生憐愛，忍不住想去淺啄。雖然身形嬌小，五官可人，她眼中的目光卻是份外地清冷，滿臉的冷漠明明白白寫著滾遠點。

這女孩叫月靈，我在芸央記憶中見過，還有最後那霓裳。

霓裳不如朝霞般豔麗，也不似月靈般可人，但她站在那裡，神態恰似大家閨秀，目光低垂，似是帶一分羞澀，楚楚可人的神態會讓男人心底柔軟。不大不小的鵝蛋臉，晶瑩剔透的肌膚，面上微帶薄紅，恰如三分桃花紅，同樣淡淡地紅的薄唇，上唇微翹，帶著恰到好處的水光。

嗯……這霓裳雖不出挑，但容貌倒是這三個女弟子中看著最讓人舒服的。

嘖嘖嘖，雖然這些女子與神妖相比遠遠不足，但在凡人中應是絕對的美人，我的麟兒怎就沒喜歡的？

還是……他有了不與我說？

感覺到了鳳麟的目光，他看到了我，視線微微瞇起，似是又在警告我好好做自己的嫣紅。我收回視線，轉向另一側，抬手撥弄桌上的饅頭。

「我威威崑崙何懼妖魔？」飯堂裡是潛龍傲然的聲音，崑崙弟子崇拜地看他，連連點頭。這些崑崙弟子見到北斗七子如見偶像般激動。

哼，真好笑。

「如果那妖怪厲害，又怎會被壓在鎖妖塔下？哼！我看也不過是以訛傳訛，把那妖怪給說厲害了！」他高傲的話音一出，我便瞥眸看向他，心中已生不悅。在我看潛龍之時，立刻，鳳麟的目光也穿過眾人直直朝我而來，宛如已經料到我要發作。

鳳麟立刻拉住潛龍的手臂：「師兄，走吧。」

潛龍傲然看他：「走什麼？剛來怎麼就走？我還沒說完呢，我們崑崙弟子可不能因為一個小小的被鎮壓在鎖妖塔下的妖怪而亂了人心！」

「潛龍說得對。」麒恆輕鄙地掃視眾人一眼：「不過是一個傳說，就把你們一個個嚇住，做為我崑崙弟子，你們丟不丟人！」

鳳麟立刻眉峰收緊，拉住潛龍手臂：「潛龍師……」

「我聽說……」我開了口，我的聲音雖然不高，但清澈得可以瞬間穿透一切，直接打斷了鳳麟的話音。所有人朝我看來，也包括鳳麟身邊的天水、麒恆與潛龍。

朝霞卻是看向了天水，月靈看一眼朝霞，搖搖頭轉開臉，而她身邊的霓裳似是在遊神，從頭到尾也沒注意大家說話。

我瞥他們一眼，目視前方，手拿饅頭：「那妖怪……是在有崑崙之前便有的，困住她的根本不是你們崑崙，而是天界真神設的封神大陣！」

「什麼？」驚呼登時四起，大家紛紛目露懷疑。

「封神大陣又是什麼？」

「是啊，我從來沒聽說。」

「嫣紅說得怎麼跟真的一樣？」

「嫣紅，妳可別亂說！」芸央著急地拉扯我的衣袖，低聲警告：「如果訛傳謠言，是會受罰的！」

「哼！」我冷冷一笑，不看眾人地提裙起身，一甩裙襬，轉身走向那潛龍師兄。左右人的目光也朝我聚焦而來，七子中的女子也朝我看來。

鳳麟立刻攔在我的身前，鄭重看我：「嫣紅師妹，在崑崙不可妖言惑眾！」他拚命瞪我，幾乎要把他那雙清靈的黑眼珠兒給瞪了出來。

我知道他在暗示我不要發作。

但怎麼可能？我可不是什麼慈眉善目的女神。

潛龍擰眉不悅看我：「嫣紅師妹，妳這話可有根據？若是沒有，哼，可別怪我依法罰妳。」

我推開鳳麟，在潛龍面前邪邪而笑：「做人說話，還是小心一點的好～～～不然……會爛嘴哦～～～」潛龍在我的邪笑中一時怔住了神情，雙目呆呆看我的笑容，臉上的傲氣也一時無存。

我拿起饅頭，一縷氣息從口中吐出，在眾人不知不覺間纏上那雪白的大饅頭。然後抬手，塞入潛龍因為發愣而微微張開的口中。

「嫣紅！」厲喝立刻從身邊而來。我瞥眸冷冷看去，正是臉陰沉到極點的鳳麟。

與此同時，飯堂裡是聲聲抽氣，宛如我做了什麼驚天動地的事情。

潛龍身旁的天水和麒恆也震驚地瞪大眼睛，而霓裳更是羞紅滿面地呆呆看我。朝霞目光怔愣，月靈目露惱怒。

「怎麼，我給潛龍大師兄吃饅頭也不行？」我昂首站於鳳麟面前，他憤憤地看我，似是氣鬱到了極點。

「當然不可以！」月靈忽然大步而出，立到我的身前：「嫣紅妳真是不知羞恥！」

周圍的崑崙弟子也立刻目露疑惑地對我指指點點。

哦……對了，現在的人男女有別到了苛刻的地步。女子怎能在大庭廣眾之下給男子餵食？

「哼。」我在眾人的指點中冷冷而笑，不屑看他們一眼，這裡的人果然無趣。我手中開始運力，黑色的魔力瞬間纏繞指尖。鳳麟再次到我身前，狠狠俯視我，就在他似是要帶走我時，芸央匆匆跑到我的身邊，一把攬住我的肩膀，我手中的魔力立刻收回。

「各位大師兄大師姐請見諒！」她急急地說：「嫣紅死裡逃生，性情大變，請你們見諒，她，她現在很混亂……對對對，她有點不正常，我這就帶她去吃藥！對不起、對不起。」芸央把我半推半拉地推出了飯堂，整個飯堂已經鴉雀無聲。

芸央把我匆匆拉到外面草地，我拂開她的手輕蔑一笑：「哼，都是些自以為是的東西。」

「嫣紅，妳說什麼？」身後是朝霞大師姐憤怒的厲喝。

「嫣紅！」芸央急得快要跳腳。

「嫣紅真的有點不正常。」

「她居然敢那樣說。」

「看來她是該吃藥了。」

「嫣紅，別再說了！」芸央低聲急語。我看她一眼，紅袖甩起，化作劍形的震天錘已然現於腳下，我直接躍上御劍而起，再也不想和這群自恃過高、孤芳自賞、目空一切的崑崙弟子多待一分。

「嫣紅——」芸央追隨我而來。

飛過一座座浮島，浮島的島身已被粗大的藤蔓纏繞，涓涓細流從上流下，化作水霧飄散在雲霧之間。

一隻被我拔了毛的仙鶴躍到島邊，探首看我，牠們會有很長一段時間不能飛翔。看見牠們，我再次勾起吃肉的念想；有時候一些事被吊起，會身心焦灼。

我落於仙池邊，池邊桃樹妖嬈，散發陣陣清新的香味。

芸央隨後落下，她尚未站穩之時，我便淡淡道：「潛龍不值得妳喜歡。」

她一怔，登時臉炸了個通紅！

「嫣紅，妳別再說了！」她羞紅了臉不敢看我。

「潛龍目中無人，妳若想讓他對妳留心，除非成為北斗七子，否則他連看都不會看妳一眼。」

芸央的神情在我的話音中漸漸失落，轉眸擔憂地看我：「嫣紅，妳到底怎麼了？以前的妳不是這樣的。」

「現在的我難道不好嗎？」我的嘴角邪邪揚起，撐開雙臂深深吸入一口氣，滿鼻的桃花香：「嘶——現在的我，更自由。」

「嫣紅……」

我轉眸看她：「我只是變了，是人，會變很正常。妳沒變，是因為還沒遇到讓妳變之事；待遇到，或許妳會變得連自己也不再像從前。」

芸央怔怔看我。

我抬步一步一步走到她的面前，俯到她耳邊喃喃低語：「若是不變，妳的人生也會一成不變，妳就在一個圓形的軌跡中，不斷地……迴圈……迴圈……迴圈……妳真的……想這樣過完這一生嗎？」

忽的，我感覺到強大的仙力掠過上空，我瞇起雙眸，邪邪一笑，緩緩退回腳步，望著神情有些恍惚的芸央：「不陪妳玩了。」

我飛身躍起，扶搖直上高闊天際。

腳下懸停，我頓在空中，遠遠看見清華仙尊一人飛向鎖妖塔的方向。

是他。

我心中轉念，看看身下，芸央已經回神正四處找我。收回目光，我緊跟清虛身後。

玄武弟子正在鎖妖塔周圍忙碌，修仙的弟子修房子倒是很快，他們用仙力運送木材石板，頃刻間屋成。才不過一日，鎖妖塔底座已經修復完畢，法陣光芒再現，這是鎖妖塔最初的封印。

清華飛落，眾玄武弟子立刻停下，恭敬立於原處。

清華俯視鎖妖塔底座片刻，深沉地俯看崑崙眾弟子：「你們去休息吧。」

「是。」玄武弟子放落木頭、基石，各自離開。

清華隨即向下進入法陣，我勾唇一笑，坐於震天錘上抬手輕輕吹出一縷黑氣，緊跟他的身後。雙眸閉起，神思已隨那縷黑氣進入法陣，再入鎖妖塔之下！

鎖妖塔下依然黑暗一片，殘石滿地，似是特意不准人進入修復此處。

清華落於原來囚禁我的玉台前，擰眉凝視：「妳到底是什麼……」

歷代修仙弟子對我的傳說各異，而離我僅有一步之遙的天尊更對我萬分好奇，誰都想看看鎖在鎖妖塔下的到底是什麼？

而有時好奇會變成一種執念、一種貪婪，甚至是一種強烈的欲望，可以見我更是慢慢演變成一種無上權力的代表！崑崙三十一代仙尊，不知多少是為看上我這傳說中的妖魔一眼而殘害前一任。

見到我，從好奇變成了權欲。這三千年來，我看不懂男人們為何覺得見我是崑崙至高權力的象徵。這讓他們對我、對這鎖妖塔下，更是志在必得。

而他們卻不知初代仙尊定下只有仙尊可以見我的規定，正是為了防止我魅惑清修的男人們，擾亂他們那顆效忠神族的心。

哼，全是狗屁！男人心中沒鬼，又怎會看我一眼就被魅惑？

現在，崑崙新一代的仙尊又站在了我的玉台前。他的心裡對我，定早生好奇和欲念。我看出他眼中那強烈的不甘，終於成了仙尊，卻看不見我一眼，不知這鎖妖塔下三千年的祕密到底是什麼，怎不讓他惱火？

我深吸一口氣，黑氣掠過地面，開始緩緩纏繞起四處煙塵。清華驚覺，立刻轉身戒備地看向四周，厲喝：「大膽妖孽！敢在我崑崙造次！出來！」

煙塵化作黑色的蛇身，我化作巨大的黑蟒游過他的身旁，他驚得後退一步。我繞過他，緩緩盤上玉台，高高揚起蛇首，俯視他目瞪口呆的臉龐：「清華……你在找什麼？」蠱惑的聲音從我口中發出，他驚得徹底呆立在原地，不知是因為看見我這黑蟒而呆，還是聽見我的聲音而呆。

我軟軟地俯下臉，帶一絲沙啞的女人聲音從我口中而出：「你是在找震天錘……還是……在找我？」黑蟒的身體漸漸化作黑裙，蛇皮褪卻，露出我那張被三千年前所有人定為邪魅美豔的容顏。他的雙眸頓時圓撐，看著我的臉徹底忘記了害怕，也忘記了修仙人對於妖魔的戒備。

他就那樣呆呆地立在我的身下，也不是第一個那樣呆立在我玉台前的男人。我俯臉邪魅揚唇，至少這三千年來，少有男人看我之時，可以依然淡定。

我飄落他身前，黑色的破爛裙襬在我的腿邊輕輕飛揚，他已經完全一動不動，任我擺弄。我靠近他的臉邊深深一吸：「嘶——嗯……看來崑崙這次的大劫，是有人裡應外合了。」

他驚然回神，連連後退，驚訝的臉上終於多了一分戒備：「妳到底是誰？是不是封印在這裡的妖王！」

「妖王？哼哼哼哼。」我輕笑地收回臉龐，身體如同虛無的空氣般繞過他的身體，身後纏繞的黑氣輕輕掃過他的衣襬：「你知道狗……為什麼可以辨認出養狗之人嗎？」

清華的身形隨我轉動，目光牢牢鎖定我的一舉一動。

我回眸邪邪一笑：「因為養狗之人的身上，帶有狗的氣味；所以，妖，也是一樣的。」

清華的視線再次定定落在我的笑臉上，我轉回臉，飄落玉台，慵懶地斜躺在玉台上，單手支臉看他看呆我的臉龐，邪笑揚唇，輕悠而語：「只要跟妖接觸過的人，身上一定會帶著妖的氣息，而你的身上，就有那紅毛的氣味。清華，你跟那紅毛做了什麼交易？那紅毛半神半妖能拿到震天錘也是厲害，你跟他合作，難道……是為了早日成仙？」我抬眸看他，他的眸光瞬間顫動起來。

我垂眸輕笑：「清虛死得突然，來不及告訴你。你既為新的仙尊，我可以告訴你，我不是囚犯，你們凡人要對我尊敬。捉我，不是你的任務，但你，要聽我的。」我抬手柔柔地指向他的眉心。

他回神沉眉看我：「妳不過是一面之詞，我不會信的！」

「哼哼哼……哈哈哈哈——」我仰臉大笑，再次低臉邪邪看他：「清華，從你跟紅毛接觸開始，你就已經選好自己的主人了。」

他驚然怔立。

「哈哈哈——哈哈哈——」黑袖甩起，化作黑煙散於黑暗世界之內，只剩下怔立在玉台前的清華。

睜開眼睛，神思回歸，我坐於震天錘上陰沉地俯看鎖妖塔。想長生，不是成仙，就是入魔。清華，你心裡其實已經有了選擇，只是你還在掙扎，還是覺得成仙更體面。

哼，三千年，不管崑崙仙尊怎樣地至高無上，受人敬仰，出塵脫俗，他們，始終還是凡人，是男人。只要是男人，他們面對的最大考驗，便是誘惑。

各種各樣的誘惑，權力的誘惑，女人的誘惑，金錢的誘惑，長生的誘惑。

三千年，山河變，世事遷，只有人，始終沒有半點進步。

我轉身拂袖而去，揚唇而笑，這個清華，可用。別再做無謂的掙扎，你的主人就在這兒，這是你逃不掉的命運，從你想見我的那刻開始。

好奇，真的是要付出代價的。因為我，可不是隨便什麼人想見就能見的。

第四章　無肉不歡

我高高坐在震天錘上，這樣的高空，崑崙之人的修為，無人能及。巍巍崑崙，現在在我的腳下了。

想當年，哪來的崑崙？不過是幾個山頭罷了。

而現在，這些山頭有了崑崙這個名字。它們拔地而起，飄浮半空，讓人神往，成為世間三大仙府之一。

當然，凡人無法窺見浮於半空的崑崙，這讓崑崙和修仙弟子又帶上一層神祕之色。

對了，打獵去。找點肉吃。

層層雲霧之下，是高聳的崑崙山脈，因沾上崑崙仙氣，樹林茂密，靈氣繚繞，雲霧升騰。

我落於崑崙山頂，懸崖之邊，大喊：「誰來給我吃！」

『吃……吃……吃……吃……』喊聲從我所站的崖邊而出，迴盪在峰巒疊嶂的群山之間。

我扠腰站在崖邊，開始等吃，卻看見鳳麟御劍而下，朝我急速飛來。

我頓時擰眉，這小徒弟跟得實在太緊。

「師傅！崑崙弟子不得隨意離開崑崙！」一聲到人到，他緊鎖的雙眉，和清虛一樣嚴肅的面容已經現於我的眼前。

他雙手環胸，絲毫沒有對我的敬意，立於仙劍上高高俯看我：「跟我回去！」

那語氣更像是在命令我。

我眯眼看他：「吃完再回去。」

「吃？」他不解地看我：「崑崙不是有吃……」就在他話音未落時，忽然，在他身後，黑壓壓的一片黑雲伴隨著鳥鳴鋪天蓋地而來！

鳳麟在我身前吃驚回頭，百鳥形成的黑雲從他頭頂呼嘯而過，揚起他煙灰色的罩紗與黑色的長髮。他下意識地用手微微遮擋，隨著百鳥的飛來轉回臉吃驚仰望。

與此同時，我腳下的地面也開始震盪，隆隆的聲音從我身後的樹林而來。我揚唇而笑，已經看到面前鳳麟不可思議的神情。

他走下仙劍，走上我身前的懸崖到我身旁，目瞪口呆地看著我的身後。

我轉身，站在他的身旁，和他一起看奔騰而來的百獸。山貓野兔、老虎豺狼，無論大小，無論種族，全部朝我而來。

猴子靈巧地在樹上飛竄，巨蟒大蛇在樹間纏繞。

我轉臉看我可愛的小徒弟，想必他是第一次看到百獸千鳥如此齊整地一起出現，互不捕食。

我緩緩伸出右手，在空中握拳。空中的飛鳥立刻齊齊落地，面前百獸安靜停下，宛如牠們一瞬間懂了人話，通了靈性。

「這、這是怎麼回事？」鳳麟驚詫地向前走去，百獸安靜排列站於林前，即使再凶猛的野獸此刻也安安靜靜，不敢上前傷人。

百鳥落在我們周圍，也是不見怕人，安靜站立。

我單手扠腰，邪邪而笑：「牠們都是來給我吃的。」

「給妳吃？」鳳麟驚呼轉身，黑眸圓撐到了最大，甩袖指向所有鳥獸：「牠們來給你吃？」他澈黑的眸中沒有懷疑，而是開始憤怒。

「嗯。」我唇角揚揚，伸手戳了戳他的腦門：「鳥獸的這裡比人類簡單許多。」

「單純妳也不能吃牠們！」他真的生氣了，朝我大喝。

我白他一眼：「你懂什麼，正因為簡單，所以牠們能感應到我的身分。」我轉眸看向崖外：「人類思想複雜，埋沒了天生的感應能力，不識善惡。即使心中時時防備，卻依然被表象所迷，所騙。而牠們……」我伸手指向鳥獸：「牠們是用心來感應的。牠們知道我是誰，牠們願意給我吃，你管得著嗎？」

「嗤。」鳳麟在一旁輕嗤搖頭，忽的甩起袍袖，驅趕鳥獸：「你們走啊！走啊！你們就這麼想給她吃嗎？快走！」他著急地大喊，但鳥獸無一離開。

「你們！你們到底怎麼回事！」鳳麟幾欲抓狂，怒不可遏。

我好笑看他氣急扠腰的背影，抬起手臂，一隻飛鷹立刻飛落，站於我的手臂。我抬手輕撫飛鷹羽毛，冷嘲而笑：「沒用的～～牠們知道被我吃了來世能做人～～」

「什麼？」鳳麟轉身驚詫看我，我振臂，飛鷹撲啦啦離開，我雙手背在身後，笑咪咪地從我的小徒弟身前走過，看向老虎，沉下臉：「你的肉太老了，走！」

老虎們失落地低下頭，呼的一聲轉身離開。

「你居然還好意思挑牠們！」鳳麟受不了地朝我大喝。

我不理他，繼續打量打量狐狸：「你太騷了，走。」

「嗚！」狐狸們又垂頭喪氣地離開。

我掃視一圈：「除了兔子，全都走。」

百獸紛紛失落轉身。

我開心地看向剩下的小野兔，有一隻又肥又美，烤起來一定很香。

忽然，天蒼色的衣襬掠過面前，鳳麟已經伸手攔在我的面前。比我高一個頭的他撐開雙臂，完全護住了身後的野兔，更像一堵牆堵在我的身前，他帶一絲倔強地狠狠看我：「不許殺生！」

我眯起雙眸，窸窸窣窣，小野兔們從他衣襬下鑽出，再次跳到我的面前，站起肥肥的毛茸茸身體，前爪抓在我的裙襬上，圓溜溜的眼睛水汪汪地看我，一臉「求吃」的模樣。

他立刻抱起那隻小白兔，放到我面前，氣道：「牠們這麼可愛，妳、妳捨得吃嗎？」

「呿。」我瞥開眸，雙手環胸，看向一旁的飛鳥，隨手一指鴛鴦：「那我吃牠們總可以了吧！」

「不准！」他懷抱小白兔，又是厲喝一聲，生氣地大步到那對鴛鴦前：「都說只羨鴛鴦不羨仙，鴛鴦一生一世只一雙，牠們比人更加專情專一，師傅妳、妳怎麼能讓牠們分離？」他嫉惡如仇般瞪我。

我眨眨眼，看他一會兒：「所以我吃一對啊。」

他登時僵滯，櫻花般的紅唇半張，半天說不出半個字。

我妖妖嬈嬈地步到他面前，對他一笑，俯臉輕輕蹭上小白兔軟軟的絨毛。他懷抱白兔的身形越發僵直，我的鼻尖與白兔的鼻尖輕輕相觸，牠伸出小小的爪子向我求抱。

我笑了，撫上牠小小的腦袋：「怎麼辦？我寶貝徒兒不讓我吃你，如果我吃了你，他一定又會生氣好幾天，然後不理我，我可不想他不理我，跟我鬧彆扭～」

小兔子不開心地張開嘴，毫不留情地在懷抱牠的鳳麟手上就是一口。

「啊！」鳳麟痛得鬆了手，小白兔落在地面，又用後腿狠狠蹬了他一腳，生氣地跑入樹林。

「哈哈哈——」我捧腹大笑。

鳳麟一臉氣悶地握住自己被咬傷的手，白皙的手上是一個小小的兔子牙印：「罷了，至少牠不會被妳吃掉了。」他露出稍許安心。

我收起笑，站在他身前更近他一步：「嗯……寶貝徒兒，師傅想吃肉，你說，怎麼辦？」我抬起眼瞼，雙眉微蹙，楚楚可憐地看他。

他怔住，神情僵硬地看我許久，臉開始漸漸變紅，他黑眸顫動了一下，似是努力地從我臉上扯開自己的視線，他別開臉氣鬱道：「我去給妳買熟食！總之，妳不能殺生！」說罷，他臉上已露出懊悔神情，鬱悶地咬唇。

嘴角開始壞壞上揚，我伸手拍上他的肩膀：「那我等你回來哦～嗯～果然還是我的麟兒對我最好～」我傾身蹭上他的胸口，他猛地後跳一步，伸出一根食指撐在我肩膀上，把我推開，目光有些失措地匆匆看我一眼，擰眉轉開：「妳快回去！我馬上回來！」說罷，他躍上仙劍逃一般地飛起。

他飛離懸崖，似是不放心地轉身俯臉瞪我：「不准趁我不在時偷吃！」

我無趣地撇開臉：「知道了知道了，煩死了。我回去便是。」說罷，我拂袖躍起，直接往上。崑崙規矩真多。

百鳥飛起，似是在生鳳麟的氣，紛紛掠過他身旁，撞得鳳麟在仙劍上無法站穩，我哼哼地笑著。其實鳥獸們不知，做人，遠遠比牠們現在苦累許多，哪有牠們現在這般逍遙自在？

❖

夕陽漸漸落下，染紅了面前的雲海，金色的雲海起起伏伏，風過之時，掀起層層雲浪。我褪去嫣紅的衣衫和模樣，面朝雲海而坐，單腿曲起，赤裸的腳踩在柔軟的鮮花和仙鶴羽毛交織的巢穴裡，破破爛爛的裙襬在風中不斷地撫過我的小腿。鬆鬆散散的黑色衣領滑落右側肩膀，清涼的髮絲在頸邊隨風輕揚。

我抬起右手，啪！打了一個響指，面前的雲海出現了片刻的凍結，但很快又恢復了正常。

「哎！」

我大大地嘆了一聲，臥在身邊的仙鶴昂起纖細的脖子看我，我摸了摸牠的脖子：「你雖屬仙獸，但真的不好吃啊。」

仙鶴們看看我，帶幾分失落地垂下脖子，靠在我的腿上。

層層金浪之中，一個人影越來越近。他腳下的仙劍化開金色的雲海，在夕陽火紅的光芒中閃現耀眼的霞光，宛如腳踏一條長長的火龍前來。

雲浪在他腳下兩邊散開，他手提一個油紙包劃過雲海到我身前，先是躍起，隨即輕盈地落下，衣襬和罩紗在美麗的夕陽中飄揚。

他微微整理自己的衣衫，目光落在我身上時立刻瞪圓，他微微蹙眉，隨手脫下罩紗和外衣，蹲下身體蓋落在我的身上。我的長髮被包裹在帶著他體溫的衣衫之內，我落眸一直看他，他目不斜視地拉攏衣領，用繫帶束緊，然後側開臉把手裡的油紙包放到我面前：「給。」

我歪下臉看他：「為什麼不看我？」

他擰眉，把臉別得更遠，轉身坐在我身邊，身上是淡青色的中衣，絲綢的流光在晚霞的光芒中被染成了橘黃色。

「師傅，妳不喜歡我們凡間的衣服，也不能總脫衣服啊。」他雙腿曲起，雙手環過雙腿隨意地在腿前相握，別開臉，耳朵微微發紅。

我奇怪地探臉，臉邊的髮絲滑落面頰：「從你六歲開始，我一直都是這樣穿。現在出來了，你怎麼管那麼多？」

「因為現在是在崑崙，不是在妳的牢裡！」他加重了語氣。

我收回臉，看向前方：「這麼說……你還是希望我被封印在鎖妖塔下囉？」

「不是的，師傅。」他急急轉回臉，急急轉身解釋，單手撐在了我的身旁、他蓋落我身上的衣衫上。

我依然凝望前方，他在旁邊變得沉默。

「曾經有個男人，說他愛我，最後卻把我封印在崑崙山下。你跟他一樣，對我有很深的感情，但你也不希望我獲得自由，因為你總是擔心我為禍人間……」

「師傅……」他為之語塞，雲海在我的面前起伏了一下，薄薄的雲霧拍打到了我的身前，明明染上太陽的顏色，卻格外地冰涼。

「師傅，吃肉吧。」他拿起了油紙包，在我面前打開：「這是崑崙鎮裡最有名的牛肉。」他揚起了笑容，放到我的面前，絲絲醬香讓人饞涎欲滴。

我緩緩看向他，他努力支撐自己的笑容，遮蓋他眼中更多的擔憂。我抬起手，緩緩撫上他的臉，他僵住了身體，手托牛肉的油紙包一動不動。

我深深看著他，指尖一點一點撫過他的眉毛、他的臉頰：「我的麟兒……真的長大了……但我更喜歡小時候的你，那時你臉上的笑容比現在更多一些。」

他低下了臉：「師傅，妳不希望我長大嗎？」

我收回了手，從他手中接過油紙包，俯臉深深嗅聞那醉人的肉香：「當然……因為只有孩子不會撒謊。」

「我不會對妳說謊的！」他在我身邊再次鄭重地宛如起誓般說。

聞言，我淡淡而笑，睜開眼睛拿起一塊醬香的牛肉抬起臉，張開嘴放入。瞬間，無比鹹鮮的肉汁侵入唇舌的每一處，我享受地閉上眼睛，讓自己完全沉浸在肉味的美味之中：「嗯……真不錯……」

我睜開眼睛，緩緩舔過自己柔軟的雙唇，轉眸滿意地看他。卻發現他已經看著我出了神，紅唇微開，一層薄紅讓他白皙的臉龐宛若鮮豔的桃花綻放一般。

我對他揚唇而笑，伸手取出一塊牛肉，緩緩塞入他的口中。他猛然回神，我立刻捂住他的嘴，他全身繃緊，黑眸在夕陽的金光中顫動。

「吃肉是不會影響修仙的，你既然知道這家肉有名，說明你……」我壞壞地笑了起來，他的臉立刻脹紅，眸中劃過一抹心虛，匆匆拿開我捂住他嘴的手，轉開臉。

「哈哈哈哈——原來你也偷吃。」我抬起指尖劃過他的面頰，他有些煩躁地拍開我的手轉身，掩唇把肉吃下。

我繼續笑看他，他吃完眨眨眼，也是慢慢笑了出來。握拳掩唇：「嗤！說實話，師傅，這家的牛肉確實好吃，連京城也比不上。」他笑著轉回臉看我，這是從我離開鎖妖塔後，他第一次笑得那麼輕鬆。

我笑了笑，把油紙包放到他面前，他也笑了起來，當他笑來起時，雙眸自然化作彎月，長長的睫毛會遮蓋住他那雙黑眸，卻讓他眸中的視線在濃密的睫毛中越發深邃，動人心魄。他的笑容純淨，卻又燦爛，但他很少笑。是我成了他的心結，成為他心中化不開的憂愁。

他拿起一塊，和我一起品肉賞日，難得清閒自然。

「為什麼買那麼少？不夠吃。」我說。

「因為……沒錢。」他尷尬地答。

「這家店在哪兒？我去拿點。」

「師傅！不能偷東西！」

「知道了知道了……」

「師傅，妳是不是不相信我不會對妳撒謊？」

他的話音忽然變得認真，我轉臉看向他，他深邃如深井的黑眸在升起的明月中格外清亮，我沒有說話，只是看著他輕輕一笑：「哼。」

他雙眉緊了緊，忽的起身，走到我身前。淡青色的綢衣在清亮的月光中閃現出朦朧的銀色，他單膝跪落我的面前，背對明月鄭重看我：「我會證明給妳看的！」

我的心在他誠摯的目光中微微一動。我立刻移開看他的目光，他總是能觸動我的心底，我到底該不該再去相信一個男人的話？

自己養大的，會不會也會騙我？

❖

崑崙又有了新的仙尊之後，崑崙弟子的士氣重獲振奮，整個崑崙變得欣欣向榮，團結一心。這是在崑崙每次大劫後才會呈現出的景象。

鳳麟不想我再生事，讓我盡量不要現於人前，遇人也不要多言。

他為我一次次犯規私離崑崙，去崑崙山下的小鎮裡買來熟肉，滿足我的「肉欲」。好在他成熟鎮定，所以即便身藏葷食，他也依然氣定神閒地從眾崑崙弟子身邊經過，給我送來。

我和芸央還有玉蓮開始到崑崙天機殿，與其他朱雀殿的女弟子輪流抄寫民願。朱雀殿的師尊是崑崙唯一的女師尊夢琴，正因為修仙的女弟子極少，所以她對朱雀殿的女弟子們格外嚴格。

在天機殿裡有一面歸墟鏡，民願會在上面顯現，由它來分等級。無非是哪裡有了妖，哪裡出了惡靈，需要崑崙弟子前去驅除收服。

任務等級從甲到庚級不等，超過甲級為零，代表十分危險，只能由崑崙七子前去完成。

而一些修煉有成的弟子對丙級以下的任務根本看不上，所以那些被挑剩下的任務會由比較低階的弟子去完成，相對應的修為也會少了許多。

所以在崑崙想接到好任務，自己必須要不斷變強，否則永遠位於人後。

天機殿的民願抄寫在卷軸上，然後送往二十八星宿各殿，隨即崑崙弟子領命離開崑崙。

在我被封印後的前一千年，我的力量還能感應到六界事物；之後的一千年，我只能感應到三界的事物；最後的一千年，我感應的範圍以崑崙為中心，越來越小。在我自由前，我只能知道崑崙之內發生的事了。

現在，如果想要知道周圍的事物，可以通過接觸別人的身體，探知他們的記憶。但是，當務之急，是需要回復力量。

所以，我需要知道外面正在發生什麼。

歸墟鏡是最好的方法。

只是，最近幾天歸墟鏡裡的任務，沒有我感興趣的。

我是一個很有耐性的人。為了自由，我可以等上三千年；為了恢復力量，我願意等待那個時機。

又是幾天後，整個崑崙因為一條消息而炸開：潛龍大師兄的嘴爛了！

我氣定神閒地坐在大殿裡，和芸央、玉蓮抄寫從歸墟鏡裡浮現的民願。百姓有事求助天神時，他們的心願天神會聆聽，

但，天神是誰？天神怎麼會管那些捉鬼驅魔的雞毛蒜皮小事？

於是，他們的願望會被打回凡間，現於三面歸墟鏡。三面歸墟鏡分別位於崑崙、蓬萊與蜀山，然後由這三處的修仙弟子前往處理。

這些修仙弟子以執行任務為榮，其實，就是天庭跑腿的。但他們若是在執行任務中犧牲，確實能增加此生的功績，為來世修仙奠定一個很好的基礎。

「姚家村一個叫茶花的女孩被鬼上身，求神仙驅魔……」玉蓮認真地抄寫著，筆桿放於唇下：「這個簡單，我也能做，給女孩驅鬼一直是我們朱雀殿的事。芸央，是不是？」玉蓮看芸央，芸央卻是拿著筆看著別處，她最近有些魂不守舍。

玉蓮看她一會兒，輕嘆一聲，轉回臉繼續看歸墟鏡。

歸墟鏡又有民願現出：「荊門關外……現殭屍群！」玉蓮驚呼，立刻提醒我：「嫣紅！快抄！」

我隨手抄下，看還在發呆的芸央一眼：「她怎麼了？」

玉蓮暗暗地笑了：「她呀，一定是在擔心潛龍大師兄的病情。」

我想了想，對了，在芸央的記憶裡，潛龍是出現次數最多的男子。她常常躲在遠處偷偷窺視，少女的心因那遠遠的身影而萌動。

「不過是爛嘴，擔心什麼？」我放落卷軸，再拿起一個，繼續抄寫。荊門關外現殭屍群？荊

門關外不是荒漠嗎？

姚家村女鬼上身？嗯……女孩身上的怨氣應該會更重一些。

芸央在我的話音中回神，氣結看我：「妳的嘴怎麼那麼毒？說潛龍師兄爛嘴就真爛嘴了，妳能不能讓他儘快好起來？」

「哼。」我一邊抄下荊門關現殭屍一邊輕笑，那傢伙是活該。這嘴，是我讓他爛的，豈會那麼容易放過他？

「嘿。」玉蓮掩唇一笑：「芸央，妳擔心潛龍師兄就去看看他吧。嫣紅說得對，不過是爛嘴，相信很快會好的，這正好是妳看望他的時機，若是平日，妳怎麼見到來去無影的潛龍師兄？現在他嘴爛了，只能老老實實待在崑崙了。」

「如果只是普通爛嘴，怎麼連師尊都看不好？」芸央擔心地嘟囔，愁眉不展。

「難道……鎖妖塔下的妖魔真的很厲害，不能亂說？」玉蓮瞪大了杏眸，小心翼翼地張望四處。

我抬手拂過歸墟鏡，嚇得芸央和玉蓮驚呼：「嫣紅！歸墟鏡不能亂摸！」

我沒有看她們，直接道：「現荊門關殭屍。」

立刻，歸墟鏡內開始現出一團迷霧，迷霧不停地旋轉，化作一個深深的漩渦，漩渦深處漸漸現出一個亮點。

「歸墟鏡怎麼了？」玉蓮驚訝地看。

「噓！」芸央捂住她的嘴。

歸墟鏡的亮點越來越大，迷霧消散之時，現出一座巍峨的關城。風沙揚起，城門緊閉，在城門之外，正有身穿甲冑之人拍打城門，但行動詭異，渾身的關節像是僵硬的木棍，拖步前行。

我眯起眼睛，殭屍……嗎？

「歸墟鏡原來還能這樣用！」玉蓮驚奇地看歸墟鏡裡現出的景象，探臉輕輕道：「現城內情況。」

她一直盯著看，但歸墟鏡毫無反應。她疑惑地抿抿嘴，不解地看向我。

「怎麼有那麼多殭屍？太不正常了！此事必須立刻稟報仙尊！」芸央終於恢復常態：「走！我們馬上去稟報！」芸央拉起玉蓮，轉身時微露驚訝。

「天水大師兄。」玉蓮的驚呼在殿內響起。我轉身看時，正是天水立於殿內，溫潤儒雅的神態讓女子傾心。

天水的臉上依然是溫柔溫和的神情，黑眸之中卻劃過絲絲精銳與戒備，他在戒備我。他故作柔和地朝我看來，似是盡量讓自己如常。他對我溫柔而語：「嫣紅師妹，方便與我走一趟嗎？」

我看看他，直接轉身繼續看歸墟鏡：「沒空。」

玉蓮小心翼翼偷偷看我。

芸央微微擰眉，立刻道：「玉蓮，我們趕快去跟天尊稟報！」

「嗯！」玉蓮看看我，又多看了天水兩眼，怯怯一笑，與芸央迅速離開。

我抬眸看歸墟鏡，雙手緩緩環胸：「天水師兄這樣……不太好吧。」

「嫣紅師妹，妳……沒事吧。」似是關切的話，卻帶出了一分戒備，聲音微沉，失去他平日的溫潤。

我瞥眸看一眼身後，抬手拂過歸墟鏡，鏡中一切景象消散，清澈的鏡面現出了身後天水份外謹慎的臉龐，一把青紅的仙劍正懸浮在他的身旁。

「我當然沒事。」我挑眉看鏡中多了分凜然、少一分溫柔的天水，他溫潤儒雅的俊美臉龐在失去暖人的微笑後，現出了一份深沉與威嚴。

他戒備的目光牢牢盯視我的後背，雙眸中銳光閃現：「真的沒事？」

我微微眯眸，看向鏡中份外警惕的天水，環起雙臂緩緩轉身，唇角微勾，邪邪看他：「不然……你以為我會有什麼事？」

他的目光久久看我的眼睛，我與他在天機殿中長時間對視。整個大殿變得異常安靜，他和我的衣衫在入殿的風中輕輕揚了揚，他身邊青紅的仙劍法光像是心跳一般勃勃跳動。

「呼！」殿內靜到可以聽見風的聲音，我們依然微笑對視。

仙劍緩緩收回他的身後，他微微一笑，垂了垂眼瞼再次看我，唇角帶三分微笑，與我三尺之遠：「沒事就好。只是覺得嫣紅師妹忽然變了，我有些擔心。」

他說罷再次靜靜看我，清澈而微微帶一絲褐色的眸子裡是我的身影，他已經帶上確認的視線牢牢鎖定在我的臉上。

「哼。」安靜的殿內是我的輕笑。

我緩步走向他：「嘖嘖嘖。」

他含笑但明顯已是完全戒備的目光隨我而動，我走過他的身旁，側臉回眸，他也微微轉臉微笑看我的方向。

「天水師兄，你這樣說……不怕我誤會你喜歡我嗎？」我嘴角微揚地微微傾向他。

他看我的目光一滯，溫和溫柔的神情也因為我的話而一時陷入失措，他眼神帶著一絲窘迫匆匆收回，轉回臉看著前方，胸膛也起伏不定。

他鎮定的氣息只因我這一句話，而徹底打亂。

哼！修仙的男人真好玩。

我雙手環胸轉回臉，站在他的身側：「天水師兄，你這濫情的溫柔遲早會給自己招來劫難，我好心奉勸你一句，少女心易被溫柔打動。你若不想害師妹們傷心，請收起你那讓我噁心的溫柔，還是……」我瞥眸看他已經失去微笑、微微繃起的臉：「你刻意而為之，很享受這被眾星捧月的感覺？」

他驚然朝我轉身看來，漂亮的睫毛在驚詫的眸光中顫抖：「妳在胡說什麼？」他憤怒地大喝，聲音在空曠的殿內迴盪。

我輕蔑地瞥他一眼，他立刻收緊目光：「妳到底是誰？」他徹底丟掉偽裝，目光牢牢盯視在我的臉上，仙氣開始在他身邊流轉，仙劍已經緩緩而起。

「呿。」我單手扠腰，輕蔑橫眉看他：「身為北斗七子，是人是妖還分不清嗎？難道我就不能變嗎？」

「妳真的還是原來的嫣紅嗎？」他瞇緊視線，像是要看穿我的軀殼，看清肉身裡藏的妖魔。

「嫣紅！」忽然，鳳麟的大喝傳來，打斷了我和天水的對視。天水立刻收起劍氣，稍稍平靜了一下，轉身溫和地看鳳麟：「鳳麟師弟。」

鳳麟看他一眼，直接瞪向我，宛如我始終是一切的罪魁禍首：「跟我走！」

「哼。」我輕幽而笑，從天水的身前而過，他立刻拉住鳳麟的手臂，目露警告：「鳳麟，小心，嫣紅有古怪。」

鳳麟擰眉看看他，目露一絲煩躁地拂開他的手：「嫣紅是有病！你別理她，等她瘋夠了就正常了！」

天水一怔，我勾笑走過他面前，對他輕蔑一笑。他的目光立刻收緊，立刻看向鳳麟，褐眸中開始深思。

鳳麟對他一禮，直接扯起我，頭也不回地離開。

一路上，鳳麟沒有說話，始終緊繃著臉，成熟的目光裡是絲絲怒氣。

我們落在偏僻的仙島上，仙氣在仙草間繚繞，雲霧飄蕩過身邊大大的千年榕樹，幾乎像房頂一樣大的樹冠下掛落一個又一個可愛的葫蘆。

「潛龍的事是不是妳做的？」他開口就是質問，我就知道他急著找我是為這件事。

我不悅地看他：「你心裡還真的只有崑崙和同門？」真沒趣，鳳麟這孩子被清虛教得太直。他很生氣，白皙的臉也微微發紅：「師傅！妳能不能不要這麼任性？」

我轉身抬手撩撥掛落樹枝的葫蘆：「知道了知道了，現在到底誰是誰的師傅？」

「師傅！」他氣急地大步到我身前。

「欸！煩死了。」我轉身：「走了，我不要留在崑崙了。」我抬步就走，煩死了，多了個爹。

「師傅！」他驚呼一聲，伸手就拉住了我的手，啪的一聲，我的腳步頓在翠綠的仙草間，紅霞的裙襬在仙氣中飄擺了一下，緩緩停落。

我轉下臉，看他拉住我的手，一笑，轉回身看他著急的眼神：「捨不得我？」

他一怔，臉紅了起來，匆匆收回手，側轉身不再看我。

滿是清香的幽風吹拂我們身旁的榕樹，上面的葫蘆在風中搖搖擺擺，叮叮噹噹地響。

他平靜一會兒，轉身再次鄭重看我：「師傅，妳知道我是不會讓妳離開我的視線的！」他說得格外認真，像是堅決不會讓我離開崑崙。

我笑容更大，輕咬下唇，一步跳到他身邊，撲簌落地挨近他的肩膀。他緊緊盯視我，我壞壞而笑：「是怕我鬧事，還是真的捨不得我這個人？」

他的眼睛眨了眨，怔怔俯看我一會兒側開臉，低垂目光：「是……我捨不得妳……」他低低地說出來了心裡話，身上帶起絲絲的低落，他緩緩轉回身深深看我：「仙尊爺爺走了，我只有妳了。雖然妳從不把我當親人……」他目光失落地半垂：「但在我心裡，妳始終是我的……」

「娘？」我壞笑。

立刻，他眉角抽了抽，怒容再現，俯落視線狠狠瞪我：「師傅！妳都幾千歲的人了，怎麼還那麼小氣？潛龍不過說了妳一句，妳就讓他爛嘴，妳、妳怎麼那麼幼稚？」

他生氣的模樣像是我的父親，當然，我得有父親。

我不開心地白他一眼：「你們敢辱罵天神嗎？」

他一愣，一時語塞。

「你們不敢，因為你們自小被訓練不得忤逆天神，辱罵天神必遭天譴！」我揚起臉，單手背於身後，長髮在風中飛揚：「雖然我不是神族，但我同樣不容任何人忤逆侮辱！所以，我只是略施懲罰，我知道你找我是為了什麼事，崑崙無論誰都能救潛龍，只要他心靈純正。」

「心靈純正？」鳳麟微露疑惑，走到我面前，認真追問：「然後呢？」

我揚唇邪邪一笑，對他眨眨眼：「親他。」

「親他？」他狹長的眼睛立刻瞪到最大，下一刻，怒容再現，大聲厲喝：「師傅！」

我聳聳肩：「我沒騙你，純淨的力量可以化去我的詛咒。所以一個乾淨純正的吻，可以治潛龍的爛嘴，比如你就可以。」

幾乎是下意識的，鳳麟捂住了自己的嘴，連連搖頭。

「噗嗤！」我掩唇而笑：「原來你也有不願為同門犧牲的時候，我還以為你心裡始終將同門和崑崙擺在第一。」

他擰擰眉，放落手，滿目的噁心：「有沒有別的辦法？」

我壞笑看他眼中的噁心：「喔～～看來是覺得潛龍的嘴爛得噁心，換做師妹你會如何？」

「師傅，妳別亂來！」他立刻緊張看我，宛如真的怕我再讓他的師妹們也爛一把嘴。

我眯起眼睛，雙腳微微懸浮空中欺近他的臉，他眨眨眼睛別開臉，面露一絲心虛。我側轉頭，繼續盯著他的臉看：「原來你真的覺得噁心啊，我以為換做女孩兒你會義不容辭呢。」

「怎麼可能？」他有些心煩地轉開身，徹底回避我的目光，一臉的正經：「女孩怎麼可以亂親。」

「哦，怪不得長這麼大，初吻還在。」

他眉角登時抽筋，身上殺氣升騰。

我笑呵呵落回地面，不再看他氣鬱紅到快發黑的臉，隨手摘下樹上葫蘆開始搖晃：「你倒是守規矩，在我的族群裡，男人在你這個年紀，早已經身經百戰。麟兒，你還年輕，該去喜歡一個女孩兒，你可以當我沒親過你，你不用太在意那件事，我只是在施咒。」

嘩啦嘩啦。在葫蘆裡傳出水聲時，我停了下來，抬手劃過葫蘆頂部，立刻化出了葫蘆蓋。

「所以……妳和別人訂那個契約，都是用那個方法？」清清淡淡的話從他那裡而來。

我拔開葫蘆蓋往裡面吐了口口水，再蓋上繼續搖晃，嘩啦嘩啦。

我看向他，他靜立在一旁側轉俊挺的身姿，似是顯得有些失落。

「嗯，差不多。這個方法最簡單，也最常用，你要學嗎？」

「不要！」他有些心煩地轉身：「我沒妳那麼隨便，我不喜歡親別人！」

「看吧，你還是很在意那個動作，在我們看來，那個動作就跟用手指在你眉心畫符一樣正常。真的不要學？這可是上古神咒。」我誘惑他。

「說了不要！」他心煩地轉回身，沒好氣地看我：「到底有沒有其他辦法？」

我白他一眼：「什麼態度！真是翅膀硬了！拿去！」我把手裡的葫蘆扔給他，他接在手中，嫌棄地看一眼：「這裡面……是妳的口水吧，我剛才看見妳往裡面吐口水。」

「不錯，塗在潛龍嘴上。怎麼？你還替他嫌我噁心？」

他拔開塞子聞聞，什麼動作？難道以為我口水是臭的？哼！他很快就會知道，我的口水到底是什麼。

他的神情已經在聞到裡面的氣味時愣住，緩緩失神……

我走到他身前拿起瓶塞蓋住，他才緩緩回神。俯下臉看我時，我踮起腳迎上他的目光，靠近他的臉龐，他的鼻尖險些碰到我的，我壞笑揚揚：「是不是……很香？」

他愣愣看我許久，然後慢慢點了點頭。

「你可不能聞太久哦～～」我取回葫蘆晃了晃，貼在臉邊笑咪咪地輕蹭：「這對男人有魅惑的力量，真是個寶貝，嘿嘿。」

「那會不會影響潛龍師兄？」鳳麟忽然擔心追問，我立刻不悅地瞥向他，他心裡又只有同門。他認真地分析：「潛龍師兄使用後會不會對妳生情？」他有些緊張地看我。

我沉臉想了想，扒開葫蘆蓋：「不會對我生情。不過你說得對，那種人不配聞到我的香氣！呼！」我往葫蘆內吹了一口黑氣，惡臭立刻溢出了葫蘆，如同幾天沒倒，悶在桶裡的屎。

「啊！」鳳麟匆匆捂鼻，噁心看我：「師傅，妳往裡面加了什麼？」

「拿去吧！」我甩給他葫蘆，他一手捂鼻，一手百般嫌棄地接過，然後鬆口氣：「呼，潛龍師兄終於能治好爛嘴了。」

我拉回身體，瞇眼看他：「我要跟你一起去。」

他目光立刻收緊，滿眼的戒備：「妳去幹什麼？」那神情像是怕我讓潛龍整個人全爛了。

我笑咪咪：「當然是去看看潛龍嘴爛到什麼程度，讓我好快活快活～～哈哈哈——」

他的臉立刻拉下，不想看我地撇開臉：「妳還是那麼壞心！」

「我是妖嘛，哈哈哈～～」我大笑地從他身邊婀娜而過，抬手拂髮。

別人的幸福快樂我可沒興趣，痛苦哀怨才是我力量的源泉，那小子應該已經為我積攢了不少的怨氣了，哼哼哼。

第五章　其心好色，勿怪女人

崑崙弟子住在自己星宿浮島上，而北斗七子則是住在北斗七殿外兩座浮島，男左女右。

尚未到潛龍的房間，一股如同死屍般的惡臭已經撲面而來，讓他屋子邊所有花草樹木全數腐爛，無一倖存，慘不忍睹。並有四個熒綠法陣封印住潛龍所住房屋的四周，將他徹底隔離，在法陣外的花草方得倖存。

他這麼臭，其他男弟子怎麼住？幸好最近鳳麟總是跟我在一起。

鳳麟立於仙劍之上，轉身氣悶看我：「師傅，妳能不能不要弄出那麼大動靜？」

我也有些吃驚地看我所造成的這一切，這樣的程度在我意料之外。我沉思片刻，恍然大悟：「哦……你們人類現在弱了。」

聽到我的話，鳳麟漂亮狹長的眼睛再次圓睜：「師傅，妳這話是什麼意思？」

「嘖嘖嘖。」我連連搖頭，看那被封印封住的腐爛花草：「沒想到你們人類的力量被削弱至此。」

「師傅？」他越發困惑。

我搖頭輕笑：「我說怎麼仙尊一代不如一代，原來是一代比一代弱。人類本是神族子孫，你說，人類怎會弱？」我看向鳳麟，他雙眉微蹙，深深思索：「確實在上古時有很多半人半神，但不知為何，人類越來越弱，漸漸失去了一些特殊的力量。」

我揚唇冷哼：「因為不自量力。人類漸漸有了野心，想取代神族的統治地位，發起了大戰。」

「惡水之戰？」他低沉自喃。

我點點頭：「惡水之戰後，神族控制了六界，也不再允許任何人反抗神族。所以把人類體內可以成神之根的靈骨拔出，徹底斷了人類與神族的血緣關係，讓人類從此想要獲得神力難上加難。然後隨著時間的過去，人類也就越來越弱，無力再反抗神族。」我再次看向那散發陣陣惡臭的房屋：「若是三千年前，我的咒法不至於至此。啊……太臭了，我也受不了了！去把他治好！」真是臭到我自己也想直接滅了他……不，是他住過的這座島！

就在這時，潛龍屋子的門開了，走出崑崙兩位師尊。我看了看，是崑崙傳授咒術的司馬仲與傳授劍術的柳一純。他們愁眉不展地從裡面走了出來，身後跟著麒恆與朝霞。

「你們好好照顧他，我們再去看看古籍。」司馬仲輕輕交代。柳一純在旁補充：「此術極為妖邪，你們自己也要小心。」

「是！」朝霞認真地答。

在兩位師尊離開後，麒恆在一旁壞笑：「該不是潛龍師兄親了哪個妖女吧？」

「怎麼爛嘴的不是你？」朝霞狠狠白他一眼，麒恆舔舔唇，伸手撐在朝霞身旁的門框，宛如攬住了朝霞的肩膀：「朝霞師姐，凡事豈能都如妳意？」

「滾！」朝霞生氣地拍開他的手臂，進入房內。

麒恆轉頭看，直搖頭：「真厲害，這麼臭都能一直待著！」

似是鳳麟有意回避他的師尊，待他們走後，他才帶我落地。麒恆看見我們微露一抹吃驚，應該是看到我有些吃驚，下一刻，他輕挑右眉冷嘲熱諷地說：「喲！烏鴉女神來了。」

我橫眉看他，冷笑：「哼，那是他活該！」

「嫣紅！」鳳麟立刻把我拽到身後，引來麒恆好奇的目光，他走出了法陣，上上下下打量鳳麟：「鳳麟，你最近不對勁啊，怎麼跟這個烏鴉女妖走那麼近？」

鳳麟冷冷目視麒恆，撇開臉，直接無視他拉我走入法陣。

「不理我？哼，我偏要纏著你。」麒恆一蹦一跳到鳳麟面前，瞥眸看他身後的我：「你把她帶來幹什麼？」

「你管不著。」鳳麟微抬下巴，帶出修仙少年的傲氣：「讓開，我是來治潛龍的。」鳳麟伸手把麒恆推開，麒恆不走，挑眉看他，也是一臉少年輕狂與囂張：「你進去沒問題，但那個烏鴉嘴，不行！」

鳳麟俯落目光，深沉似海的雙眼裡已露出不容任何人詆毀我的怒意：「整件事只是湊巧，與嫣紅何干？虧你還是北斗七子，怎麼這麼迷信！」

「鳳麟說得對，只是巧合。」朝霞似是聽到說話聲再次從屋內走出，不樂見地白了麒恆一眼：「幼稚！」

麒恆輕笑搖頭，雙手環胸，一手摸了摸自己的下巴，靠立在門邊。

朝霞認真看鳳麟：「真找到方法了？」

鳳麟鎮定看她：「嗯，此術十分妖邪，所以正氣必能克制，我也是猜的，現在權將死馬當活馬醫吧。」

鳳麟說得異常正經，宛如煞有其事！讓我對他不由刮目相看。他說過，他絕不會對我說謊，今天我卻驚然發現，他說謊時完全面不改色心不跳，毫無破綻。那他日，他是否也會對我這樣說謊？

哼，我心中暗覺好笑，男人哪有不說謊的？

他不也是嗎？說什麼找到方法可以助我，最後卻把我封印在崑崙山下，一封就是三千年！讓我可以一「死」百了！

奇怪，我自由的時候，他怎麼沒出現？哼，肯定是沒臉見我。沒關係，我們早晚會再見的！再見之時，我必拆其神骨，讓他永世輪迴痛苦！

「也好，只要有一絲希望我們也要嘗試一下。」朝霞的聲音拉回我的深思，她沉穩內斂，很有大師姐風範。

她看鳳麟一眼，帶鳳麟進屋，我跟在鳳麟身後，經過靠在門旁的麒恆時，他忽然俯身在我身後輕語：「我可不相信妳是無辜的。」

鳳麟似是也聽見了他的話，腳步微微一頓，背影帶出了一抹寒氣。忽的，他轉身冷冷看麒恆：「麒恆，不要亂說話！」

「哈？」麒恆好笑看他：「難道我也會被人詛咒爛嘴嗎？」

鳳麟眯起冷眸，朝霞也轉身看來，鳳麟冷冷道：「如果你爛嘴，我是不會治你的！」說罷，他轉身不再搭理麒恆。

「你這話可太傷我心了。」麒恆摸上心口，宛如那裡萬箭穿心。

我垂眸一笑，這個麒恆好玩，比溫潤做作的天水、高傲狂妄的潛龍更加真實，更有樂趣，改日逗逗他。

看到潛龍時，他的狀況嚴重到讓我心中也暗暗吃驚，我可是很少會吃驚的。

原本我的咒術應該只是讓人嘴唇起毒瘡，難以進食，餓他幾天，可潛龍真是爛得連牙齒都能依稀可見，宛若一具死屍正在慢慢腐爛。這是我只吹了一口氣，若是我真的用上一分魔力，這潛龍豈不已爛透臟腑？

咒術施加在人身，如同風寒；若人的靈力強大，則不易感染，或是影響較輕。潛龍爛成這樣，可見這三千年被削弱的不僅是我，還有人類。

潛龍看見鳳麟時已是雙目無神，完全沒了那天的囂張氣焰。堂堂美男子爛成腐屍，想必他現在想死的心都有了。

哈哈哈哈！活該。

我目光陰冷地瞥看潛龍，就算本尊不是神，也不容你在我面前狂妄！

鳳麟走到潛龍面前，雙眉已經皺緊。

潛龍又看見了我，立刻雙目圓瞪。

「她是來道歉的。」鳳麟像是在解釋。

我心中暗笑，我怎麼可能會道歉？但是，寶貝徒兒已經在潛龍床邊狠狠瞪我，我就給他個面子吧。

我微微一笑：「沒想到真被說準了。」

朝霞微微擰眉，似是對我的態度並不滿意。他們是北斗七子，地位遠遠在七宿弟子之上，無論哪一殿的七宿弟子見到他們，都要恭敬行禮。因為人類很講究禮數與輩分。

在我眼裡，他們是被「寵」壞了，真把自己當回事，還要被人敬奉了。

我指向鳳麟的葫蘆，揚笑看潛龍：「既然我說話那麼準，現在我說這葫蘆裡的藥一定能治好你的病。」

潛龍瞪圓眼睛看我一會兒，反而笑了，眨了眨眼睛，還流露出一抹羞澀來，睫毛輕顫，匆匆垂眸。

我一愣，他開心個什麼勁！

「那快試試吧。」朝霞催促。

鳳麟的手放上葫蘆塞，擰眉微微側開臉，然後扒開，似是察覺裡面的臭氣完全被這房內的臭味掩蓋，微微安心，然後取出方帕倒了一點，遞給潛龍：「擦在嘴上。」

潛龍點點頭，小心翼翼地接過擦上自己的嘴。我微微開啟紅唇，輕輕吸氣之時，他體內的邪氣在他擦嘴時從口中流出，吸回我的體內。我微微閉眸繼續呼吸，從潛龍身上孕育擴散的腐敗之氣也被我開始慢慢吸回，這介乎妖力與魔力之間的邪氣，凡人是無法察覺的。修仙弟子即便修仙，但他們依然是凡人。

我給潛龍注入的宛如邪氣之種。人類是怨氣生成的最好溫床，在爛嘴之後，他自會產生怨氣，今天正是收割之時，這點力量，足夠我離開崑崙。

「真的好了！」朝霞驚呼起來，我睜開眼睛，看到潛龍的嘴已經開始慢慢生肌，神奇的恢復速度讓鳳麟也一時目瞪口呆。

朝霞在一旁目露欣喜，安心而笑，默默地退離潛龍的床邊，坐在屋內的桌邊，靜靜地看著潛龍。

還靠在門外的麒恆也神情呆滯地看著門外：「外面的花也重新開了！」他驚奇地轉身大步走回鳳麟身邊：「你那葫蘆裡到底是什麼藥？」

鳳麟回神，眨眨眼道：「咳，既是邪氣，自然用正陽之氣來克制，所以葫蘆裡是我採集的純正紫氣。」鳳麟匆匆塞好葫蘆塞，似是怕潛龍的臭味消失後，葫蘆裡的臭味被人發現。

「原來是這樣……」麒恆驚嘆點頭：「可這也恢復得太快了吧，肉都長出來了！」

「怎麼？你還希望我多爛幾天？」潛龍忽然開了口，應該說，他終於可以開口說話了。

麒恆笑了起來，連連擺手：「不不不，我當然希望你儘快好，你……實在太臭了。」

潛龍在麒恆的話中沉下臉，不自在地偷偷看我一眼，生氣地瞪向麒恆：「你是想說我臭還是醜？」

「呵呵。」麒恆有些狡猾地笑著。

鳳麟看向我，我微微一笑，轉臉看向屋外已經炫彩斑斕的仙花仙草，若無人及時採集萬惡之力，又怎能讓天地永遠純淨？正邪並非兩立，而是相依相存。

「噹、噹、噹、噹！」北極殿的鐘聲又一次響起，這次的鐘聲略有不同，間隔短促，是召喚北斗七子，一定是芸央她們把殭屍變稟報了仙尊。那樣規模巨大的殭屍群，也只有北斗七子才能對付。

「仙尊召集我們！」朝霞面露正色。

「我們走！」潛龍從床上躍下。朝霞擔心看他：「潛龍，你真的沒事了？要不還是再休息一下？」

潛龍指指自己完好的嘴，飽滿紅潤的雙唇，笑看我：「多謝嫣紅師妹吉言，這藥果然靈。」

他笑呵呵看我，笑得我渾身起了一層雞皮。

我乾笑兩聲：「呵，客氣，客氣。」似乎，有人屬賤。

麒恆微揚唇角，看似含笑，但眸光帶冷，目光在潛龍和我之間來回地瞟。

鳳麟目露不悅到我身前，沉下臉：「我們去北斗殿，妳回去吧。」

我冷眼看他：「我想去哪兒，還輪不到你來管。」

我說完轉身即走。

「噗嗤！」麒恆捂嘴笑出了聲，我走過他身前，他加快腳步隨我出門，挑眉勾唇看我，眸中是絲絲的寒意：「妳的嘴真那麼準？」

我停下腳步橫睨他：「你想試試嗎？」

「別理他。」忽的，潛龍到了我身邊，用他高挑的身形完完全全擋住了目光漸冷的麒恆，含笑俯看我：「嫣紅師妹要去哪兒？我送妳。」

充滿寒氣的鳳麟身影突然掠過身旁，啪的一聲，我的手臂直接被人扯起，直飛高空，下方傳來潛龍急急的高喊：「鳳麟！你小心點！」

我躍上鳳麟的仙劍，見他板起的臉只望著前方，然後俯看身下飛速而來的潛龍、朝霞和麒恆。有意思，有時候男人不教訓一下，還真不會學乖；有的男人天生賤格，真是擋也擋不住他犯賤。

「不准妳勾引我崑崙弟子！」鳳麟忽然在前面厲聲說，他這句話簡直莫！名！其！妙！

我立刻橫睨他，沉下臉，他依然只看前方，神情生氣似是到了極點。

我瞇起雙眸，冷冷看他：「你敢看著我說這句話嗎？」

他牙關咬了咬，赫然回頭，狠狠看我：「師傅！請不要勾引崑崙弟子！他們很單純！」

「哈！」我好笑地甩臉，單手扠腰：「你覺得你師傅我看得上崑崙弟子嗎？犯得著要勾引他們嗎？」

「魅惑男子是你們妖類本性！」他竟是認真起來，緊緊拽住我的手臂，言辭鑿鑿地說：「就算是妳無意，也會影響男子！」他眉峰收緊，目光越發銳利。

邪笑從我嘴角緩緩揚起：「你是在說師傅我……很有魅力嗎？」

「師傅！我現在沒心思跟妳開玩笑！」他正經地厲喝，頓住了口，目光側開，神情帶著一分糾結地轉開臉：「請妳不要打擾大家清修，妳還是……少出現比較好。」他不敢看我，始終俯望一側，又是滿臉的憂心忡忡，又像是擔心我把他們整個崑崙的男子的陽氣吸乾。

我看他一會兒，抬手啪的一聲打了個響指，震天錘化作仙劍落於鳳麟仙劍旁，我起身躍落，帶起他拉我的手臂。他一怔，才注意到自己還拉著我，匆匆鬆開手，神情更加嚴肅：「師傅！」

我睨他一眼，收回手臂冷笑：「哼，別給妖類打上魅惑的標籤，那是因為你們自身的問題。其身不善，其心不正，卻怪我們漂亮美豔魅惑嗎？」我怒然橫眉看他。

「師傅，我不是這個意思……」他焦急起來，仙劍到我身前，急急解釋：「我……！」

「不用說了！」我甩袖拂過他的面前，冷冷看他臉上複雜的神情：「在你心裡，我始終是妖孽，魅惑，妖豔，邪惡，勾引男人，吸人陽氣，不會幹好事，那你現在還愣著做什麼？」腳下仙劍逼近他身前，他微微後退，擰眉看我，我指向自己：「你知道我現在很虛弱，正是降服的最好時機，收我呀！你怎麼不收我？」

「師傅！」他伸手朝我而來。

啪的一聲，我一把拍開他，側轉身形，身後的人越來越近：「你現在不收我，小心以後後悔。」說罷，我拂袖急速而下。

「師傅！」他急急追下，下方便是北極殿。

我橫睨他一眼，直接躍落。

「師傅！」他焦急大喊，身影迅速掠過我身旁，伸手勾住我的腰，將我拉回他仙劍之上，攬在他的身前，生氣地胸膛起伏：「師傅！妳真的想被仙尊捉去嗎？」

「你就這麼想抱著我嗎？」我冷笑反問。

他一怔，立刻鬆開手，轉開臉：「妳這樣跳下去，全崑崙都知道妳是妖了。」他的語氣開始變得柔和，有些心煩地撫住額頭：「對不起，師傅，我失控了，我不該說那樣的話。但我時時刻刻都在擔心妳會被仙尊他們發現，被、被那些封印妳的人發現，偏偏妳又不好好做嫣紅！」他再次激動起來，顯得心很亂：「妳真是……真是讓我……！」

「操碎了心？」我接了口，心在他懇切憂急的話中恢復平靜，我看得出他在說真話。

他的身體在我的話音中微微一怔，猛地放落手轉回臉氣結看我：「妳既然知道，為什麼不好好做嫣紅？」

他近乎質問。

我看一眼降至的潛龍三人，揚唇一笑：「這你就別想了，但是你要知道，女人，是最善變的，難道你不允許嫣紅有所改變嗎？」

他的目光停落在我的臉上，深邃的黑眸之中若有所思。

「相反的，你再這樣擔心我，那別人可就真的會誤會我們之間……」我邪邪地挑眉看他：「真的有什麼了。」

他猛地一驚，目光立刻收緊，總算恢復平日的鎮定。

仙劍已經臨近地面，不遠處殿門前正是芸央和玉蓮，她們看見我們前來面露緊張，朝我們跑來。

「鳳麟師兄！」她們喊著。

我起身躍落，鳳麟靜靜站到我的身旁，壓低聲音：「對不起，師傅。」說完，他看向跑近的芸央和玉蓮。

玉蓮一步跳到鳳麟面前，雙手背在身後有些激動得雙頰緋紅：「鳳麟師兄，仙尊正等著你們呢。」

「知道。」鳳麟淡淡說了聲。

芸央好奇看我：「奇怪，我們離開時，妳不是跟天水師兄在一起嗎？怎麼會跟鳳麟師兄一起來？」

鳳麟在一旁神情鎮定自若，看我一眼，但那一眼更像是警告我不要亂說。

好吧，看在小徒弟為我操碎了心的份上，我暫時配合他一下，於是說道：「天水師兄很快就走了，我正好看到鳳麟師兄去給潛龍送藥，想著妳不好意思去看潛龍，就跟去了。」

「咳。」鳳麟握拳輕咳一聲，算是回應了我的話。

芸央立刻緊張起來：「那潛龍師兄怎樣？」

「是啊，潛龍師兄怎樣了？」玉蓮問的是潛龍，羞澀的視線卻是瞥向我的寶貝麟兒。

嗯～～～這才對嘛，我的麟兒就該有此魅力。

我揚唇一笑：「妳為什麼不自己瞧瞧？他快到了。」

說完之時，朝霞、潛龍和麒恆已經降落在我們的身旁，芸央的臉紅了起來。明明心中擔心潛龍，潛龍到時她卻反倒不敢看了，微微躲到我身後偷偷看潛龍。我側臉看她，她見潛龍已經痊癒，含笑低下了頭。

「我們快進去吧。」朝霞提醒眾人，芸央和玉蓮已經垂首敬立。潛龍對我微微一笑，從我身前走過，走在他前面的鳳麟腳步微微一頓，隨即繼續前行。

麒恆一邊走一邊用手點著我的臉，似是在說我會盯緊妳。

我單手扠腰仰起臉，冷笑瞥眸看他，怎麼？不服來戰！

麒恆在我的神情中一怔，眯了眯眼，身上浮出一絲不服的殺氣。他一步步向前，我對他唇語：小心。

他一愣，下一刻就因為只顧看我，腳絆在了台階上，狠狠摔了一跤，正好撲在朝霞的後背上，朝霞登時殺氣升騰。

「對不起對不起，我絆腳了。」麒恆匆匆退回身形，拍了拍手，而朝霞絳紅的仙劍也已經到他面前，朝霞頭也不回地冷語：「再敢碰我，殺！」

麒恆僵硬了一會兒，轉臉看我時，給了我一抹「妳等著」的眼神，隨即一甩衣襬，大步走入北極殿。

「好緊張啊，不知道仙尊會怎麼安排？」芸央和玉蓮好奇地探頭，又悻悻低頭：「希望不要派鳳麟師兄出去，那麼多殭屍，看著好危險。」玉蓮的臉上是對麟兒滿滿的關心。

芸央也點點頭露出深深的憂慮：「我也不希望潛龍師兄出去，每次他去執行，我都很擔心。」

玉蓮看著她，兩人的目光惺惺相惜。

「奇怪，怎麼沒見天水師兄？」芸央看向我，我笑道：「我對他沒興趣了。」

兩人聞言，臉上的神情可以說是大吃一驚。

我感覺到有人靠近，微微一笑，微微側轉身，不正對來人。

與此同時，天水和霓裳、月靈匆匆趕來。落地之時，霓裳與月靈心無旁騖地直接入殿，天水看我一眼，臉上失去溫和，微露戒備之色到我們身前。

芸央和玉蓮立刻再次恭敬站立，天水溫潤的臉上失去微笑，顯得格外嚴肅，如清華那老頭。

他沉沉看我們：「星宿弟子不得在北極殿前逗留，妳們走吧。」他這句話是說給我聽的，因為他懷疑我。

「是！天水大師兄。」芸央和玉蓮匆匆拉起我，紛紛喚出仙劍御劍飛起，那情形更像是想讓我和天水獨處。

可惜，浪費了她們的這番美意。之前的嫣紅不被天水喜歡，現在的嫣紅也不會去喜歡天水。

我好笑地看天水一眼，他的目光不再溫柔，一直緊盯我。我喚出震天錘化作的仙劍飛離，他才收回目光，轉身快速入殿。

我並未飛遠，懸停在空中高高俯視北極殿，揚起蔑然一笑。嫣然的衣袖拂過面前，隱去身形，隨即收回震天錘直飛而下，再入北極殿。

此時此刻，清華仙尊和清平天尊正神情格外嚴肅地站在北極殿升仙台上，北斗七子已經到齊，恭敬站在殿內。

隱去身形的我悠悠飄過北斗七子每個人身後，細細看他們身上的靈光，他們身上各異的清香也劃過我的鼻尖。女孩兒們的身上是清淡迷人的花香，我喜歡她們身上的香味，我懸空停在她們身後輕輕嗅聞。

鳳麟似是感覺到了什麼，回頭看了看，目露疑惑。我笑了，飄浮到他身後，他的目光掃過我的臉，困惑地微微擰眉，深思片刻後再次轉回臉。

我開始在北極殿內像幽魂一樣飄來飄去，參觀這座雄偉的神殿。北極殿內看起來比外面大了許多，這是仙家的太虛祕境之術，可將萬千世界納入一小小寶珠之中。五百年前有了佛家，佛家稱之為須彌之術。

我飛向高空，俯看整個北極殿，看到在光滑的地面上是日月共輝的圖紋，是陰陽。我看了一會兒那輪彎鉤明月，喚出震天錘，看了看震天錘，再看看那輪彎鉤，揚唇一笑，指尖劃過震天錘，震天錘化作彎月，漂亮的神紋在月身上閃耀，我靠坐上彎月輪，單腿曲起，俯看下面的一切。

「拜見仙尊！拜見天尊！」崑崙七子向清華與清平恭敬行禮。

清平天尊點點頭：「今召你們前來，是有要事。」

北斗七子以天水為大師兄，他們的神情在清平嚴肅的話語中也變得肅穆起來，讓我看得真是無趣。明明都是樣貌俊美的孩子，偏偏一個個沒有表情。忽然間，我明白何以麟兒沒有喜愛的女孩，若是我，也不會喜歡崑崙這些無趣的女子。

清平天尊繼續說道：「朱雀殿一直負責記錄民願，今日，歸墟鏡現關外突現殭屍，數量之多，極為驚人，情況十分危急！星宿弟子只怕難以勝任，特命你們前來，速去關外收服殭屍！」

「是！」北斗七子即刻領命。

清平看向清華：「仙尊，您看這次派誰前往？」

清華看了看北斗七子，目光落在潛龍身上，目露疑惑：「潛龍，你的邪氣除了？」

清平天尊在清華的話中才反應過來，上前細看潛龍：「是啊，潛龍，你身上的邪氣已除，是誰給你治的病？」

潛龍平時高傲，但在兩位尊長面前，也是頷首恭敬：「回稟仙尊、天尊，是鳳麟師弟給我帶來的靈藥。」

鳳麟立刻抱拳，在清華、清平開口詢問前已經認真說道：「弟子也是碰碰運氣，心想既是邪氣，或許昊天正氣能治。於是弟子採集正陽之氣混以崑崙純淨天池之水，沒想到真的驅除了潛龍身上的邪氣。」

鳳麟說得一本正經，絲毫看不出是他胡謅自編。

清華與清平以及所有人完全信了鳳麟的話，清平更是露出讚許的微笑，然而清華的神色隨即微微一變，越發深沉地看我的麟兒。

麟兒之前是由清虛一手帶大，我聽麟兒說過，當崑崙弟子升為崑崙七子後，天尊會挑選幾人為自己門生；而清華的門生正是潛龍與朝霞。麟兒與天水是清虛的門生，所以常見天水與我麟兒形影不離。

月靈、霓裳和麒恆是清平天尊的門生。現在清虛已死，七子的地位也會隨清華地位的上升而發生微妙的變化。

哼！但他們沒想到，鳳麟實則是我的徒弟。我是不會讓他被別人踩在腳下的。

「潛龍邪症雖除，但此事必須嚴查！」清華再次說了起來，聲音低沉而威嚴：「潛龍身上沒有妖氣，不是妖類所為，只有可能是人為，崑崙之中，必有人在修煉邪術！潛龍，此事就由你負責，一旦找出修煉邪術之人，廢其修為，逐出崑崙！」

潛龍微微一怔，但還是立刻抱拳領命：「是！」

「天水，關外殭屍作亂，就由你帶青龍殿弟子去一趟。」清華沉沉看天水。我坐在月輪上冷笑，危險的事就讓別人的徒弟去，哼，老東西夠賊的！

「是！」天水上前領命。

我瞥眸看清華那深沉的容顏，幽幽一笑，抬手輕吹指尖，一縷魔力從指尖裊繞而起，無人能夠察覺，無人可見。黑氣猶如小小的黑蛇裊裊繞繞而下，游到清華身旁，輕鬆突破他滿身的靈力，盤上他的肩膀，游到他的耳邊，在我冷笑之時，心語已從黑蛇小嘴而出：「天水一人夠嗎……」

立刻，清華雙眸圓睜，裡面劃過一抹驚惶之色，他匆匆垂下眼瞼遮蓋裡面的驚訝與心慌。

眾人因清華忽然不語而變得安靜，齊齊看向清華。鳳麟微露疑惑，目光卻是朝四周看來。他能感覺到我，他的力量遠遠在我之下，所以還不能與我對話，不能準確地找到我的位置，但他知道我就在附近。

我的小蛇繼續沙沙而語：「關外塞北，人跡罕見，卻突如其來出現如此多殭屍圍城，只有一個可能……」清華努力保持平靜，不敢質問我，也不敢讓他人察覺，他微微抬臉，目光也開始掃視四周，我繼續輕悠沙啞地說著：「那裡必有一隻殭屍王！」

「殭屍王！」清華竟是驚呼出口，所有人登時在同一時刻看向他。清平擔心地問：「仙尊！怎麼？您是不是感應到什麼？」

清華察覺自己失言，輕咳一聲，穩定神情。我的嘴角邪邪揚起，心語邪邪地傳入他的耳中：「放心……我不會騙你的……你只要聽我的話……我保你成仙成神！」誘惑，是個好東西。

清華收緊了眸光，很快恢復鎮定，眸光越發暗沉一分，正色道：「關外突現如此多殭屍，必是有殭屍王在召喚！」

「什麼？」驚呼從朝霞她們三人口中響起，天水、鳳麟四人也是目露吃驚，彼此相看。

清平的神情一下子肅穆起來：「若是殭屍王作祟，一個天水只怕不夠。殭屍王的歲數越大，能號令的殭屍也越多。據芸央她們稟報，她們從歸墟鏡中所見的殭屍有數十，此殭屍王的年壽必在五百年之上！」

北極殿內頓時唏嘘聲起。

清平說罷反倒目露疑惑：「奇怪，芸央她們是怎麼看到的？歸墟鏡不是只有你我才可見？難道事態危急，歸墟鏡自行顯現？」他越說越是疑惑。

清華微露深思：「歸墟鏡是神物，也非你我能完全控制。」

「嗯……」清平贊同點頭。

清華看向天水等人：「天水、麒恆、鳳麟、朝霞，你們四人帶一隊青龍弟子一起前去，若出現殭屍王，速速收服，捉回鎖妖塔！」

「是！弟子領命！」天水、麒恆與朝霞齊聲領命，麒恆的臉上還帶出一絲興奮，那興奮不像是年少弟子第一次捉妖，更像是因能斬妖而興奮。四人之中只有鳳麟遲遲不領命。

清平露出一絲疑惑，清華看向鳳麟：「鳳麟，為何不領命？」

霓裳偷偷瞟向鳳麟，月靈清冷一笑，上前一步：「鳳麟師兄不願去，弟子想去！弟子從未見過殭屍王，請仙尊恩准！」

清華依舊看著鳳麟，在等他解釋。

鳳麟微微蹙眉，恭敬抱拳：「弟子……對潛龍的邪症一直耿耿於懷，若真是人為，此人的邪術必已在潛龍之上，否則無法傷及潛龍，故弟子想留在崑崙協助潛龍調查邪術之事。」鳳麟的謊是編得越來越好了。

「鳳麟說得對。」清平連連點頭：「好，鳳麟你留下，調查此事。你和潛龍都要小心，隨時向我們彙報！」

「是！」此時此刻，鳳麟的神情才微露柔和，宛若為何事安心。臭小子就是不想離開崑崙，想監視我。

我瞇了瞇眸，但我可不願待在崑崙！

我揚唇邪邪一笑，小蛇在清華耳邊已再次輕語：「姚家村驅鬼……派嫣紅那丫頭去……」

清華微微擰眉，一時抿唇不語。因為姚家村驅鬼這等小事理應發給朱雀殿師尊，由朱雀殿師尊再派人前往。

「嫣紅那丫頭……現在就在殿外……」我揚唇盯視猶豫難決、不願下令的清華。

清華微微擰眉：「對了，剛才朱雀殿芸央和玉蓮是不是彙報姚家村一個叫茶花的女孩兒被鬼纏身？」

「是。」清平毫無懷疑地應和：「給女子驅鬼一直是朱雀殿的事，讓夢琴去安排吧。」

「不用了。」清華揚了揚手：「本尊知道朱雀殿的嫣紅正好在殿外，讓她去吧，也別浪費這時間了。」

鳳麟立刻吃驚地看清華，與此同時，潛龍、天水和麒恆也都露出驚訝之色，朝霞、霓裳和月靈三個女弟子見鳳麟他們紛紛吃驚，目露疑惑和不解。

清平依然沒有任何懷疑，老老實實地點頭：「嗯，好。既然朱雀殿正好有弟子在，讓她去吧。」

清華見清平沒有絲毫懷疑，微微長舒一口氣，但隨即目光深沉，沉沉道：「嫣紅入殿。」渾厚的聲音雖然不響，但可傳千里。

我眯起雙眸，邪笑更甚，由魔力化作的黑氣在清華耳邊漸漸收回，只留下最後的話語：「很好……很聽話……那ㄚ頭……會給你帶回想要的東西的……哈哈哈哈——」

清華在我漸漸消失的話音中擰緊白眉，眸光閃爍不已。

鳳麟在清華的命令後第一刻轉身，雙目緊緊盯視殿門。隨即，潛龍、天水、麒恆也紛紛轉身，潛龍目露笑意，那神情像是十分期待我的出現。

我深看他的目光，轉頭深思片刻，看了看自己的雙手，摸上自己的臉。或許，我應該聽聽鳳麟的建議了。

『妳是魅惑孕育而生，是男人之毒藥……』雖然不願想起那個男人，但他的話此時此刻迴盪在我的耳邊。

那些年，那些男人因我而亂，只因我是魅惑之源，即便非我本意，他們的心依然被我所魅，被我所惑。

男神尚不能逃脫我這個毒藥，更何況是世間凡人？

我到底是在什麼時候，讓潛龍對我生了好意的？

算了，想這些事好心煩，以後不理那個潛龍便是。聽麟兒的話，少現於人前與男子說話。

坐在月輪上，我飛向殿外，那一刻，鳳麟似是有所察覺，朝我的方向看來。我一笑，心語傳入他耳中：「終於知道師傅在哪兒了？有長進！」

鳳麟的黑眸頓時睜圓，氣息透出一絲吃驚的紊亂後，深吸一口氣抿唇側臉，已是目露不悅。

清華召見嫣紅只有一個目的，看看嫣紅是不是我的人，想從嫣紅身上尋得一些可以找到我的線索。

他不得不聽我，因為他知道我的強大，他已過百歲，修仙百年，孰強孰弱還不自知？他畏懼我，卻又防備我，他的內心並非真心效忠我；所以，他想要搞清楚我的身分，想要知道我到底是什麼。

再次步入北極殿時，我已是嫣紅的裝扮。在眾人看我之時，我也看向眾人，鳳麟狠狠瞪視我，像是在氣我要了他。

既然他知道我剛才一直在，那麼，他也知道我明白他想留在崑崙的用意，可是現在我偏偏要離開崑崙了，他自然生氣，知道我在躲他。可他不能讓我離開他的視線，又該編個什麼理由跟我離開崑崙呢？明明剛才說得那麼義正辭嚴。

我一步一步在他們的目光中走向大殿中央。北斗七子之後，潛龍目露喜悅地看我，似是在為我能出去驅鬼而高興。

在崑崙，能執行任務才是值得驕傲與自豪的事，可以出去執行任務的人也會讓旁人刮目相看與豔羨不已。

天水的眼神隨著我的靠近而越發深沉，而麒恆也是目露冷冷的笑意，雙手環胸，像是想看我又有什麼陰謀詭計。我垂眸勾唇邪邪一笑，他們對我的懷疑與好奇，只會讓他們愈加深陷，就像我報復那些混蛋，讓他們輾轉難眠，對我日夜「思念」一樣！

偏偏我又看不慣天水的濫情溫柔和麒恆的油嘴滑舌，哼，乾脆折磨他們一下，替欽慕他們卻被他們不屑一顧的女孩兒們出出氣。

我在鳳麟的盯視中停下腳步，正對鳳麟，抬眸時他狠狠瞪我一眼轉回身，天蒼色的身影帶出絲絲寒意。其他人也紛紛轉回身，不再看我。

「嫣紅，妳去姚家村驅鬼吧。」清平天尊直接說。

我勾笑垂臉，抱拳行禮：「是，弟子領命。」

「仙尊！」忽然，鳳麟上前一步抱拳，我立刻擰眉，他已經在所有人的目光中說道：「弟子要隨嫣紅師妹一同前往！嫣紅師妹方向感極差，不識路，弟子可為她帶路。」他為了跟著我，編出如此牽強的理由，也真是拚了。

潛龍立刻看向鳳麟。天水沒有轉頭，只用眼角餘光看鳳麟一眼，隨即收回目光垂眸深思。麒恆微微瞇眼，輕咬下唇，也望著鳳麟，輕輕發出一聲笑。

清華看了看鳳麟，眸中也是劃過一抹精銳，明顯不太相信鳳麟的話，卻是毫不猶豫地說道：「准！」清華信了鳳麟的話？不，看他的神情應是察覺出鳳麟可能也在懷疑我，他想跟蹤我。

哼，有意思，他以為鳳麟是在懷疑這個嫣紅，殊不知鳳麟跟隨我是怕我殺生傷人。

清華同意鳳麟跟著我，讓所有人目露吃驚。清平終於露出疑惑不解的神色，似是想問清華，但被清華揚手打斷。

潛龍也上前：「弟子也想前往。」

清華沉下了臉：「你去做什麼？好好調查邪術之事！而且，這不過是驅鬼，哪需兩個北斗之子？」

潛龍抿了抿嘴，目露鬱悶，垂首退下，冷冷看向鳳麟。

哼！清華這隻老狐狸！

我命他讓嫣紅驅鬼，他自然懷疑嫣紅與我的關係，准許鳳麟一同隨我前往，正好可以讓鳳麟監視我的一舉一動。

可惜，他不知道鳳麟與我的真正關係，不過鳳麟和他的目的倒是不謀而合！

「你們都去吧，速去速回，各自小心！」清華朗朗的叮囑在空蕩的北極殿內迴盪。

「是！仙尊！」

仙衣飄然，北斗七子紛紛從北極殿而出，他們之後多出了一個我。

在北極殿外仙氣繚繞、翠綠的草地上，我拂袖斜睨鳳麟，他的神情依然淡定自若，也是冷冷睨我。

「你們……到底是什麼關係？」麒恆壞笑地站到我們之間，天水站在一旁深沉不言，潛龍微瞇雙眸盯視鳳麟，似是在等鳳麟的回答。麒恆勾著唇在我和鳳麟之間來回看，朝霞、霓裳和月靈也站在一旁看我們。

「嘶……不對啊，嫣紅。」麒恆歪臉看向我：「我記得妳喜歡的不是……」他轉臉壞壞看向天水，天水立刻面色發沉，月靈出現在天水身前，冷眼看著麒恆：「你少說兩句沒人會當你是啞巴！」

「哈！」麒恆用手指蹭了蹭鼻子，滿臉地看好戲，瞥眸看月靈身後的天水：「天水大師兄果然受歡迎～～」

月靈又冷冷看向我：「妳怎麼還不走？所有的男人都是因為妳而變得奇奇怪怪！」

我心中頓感不悅，曾幾何時，那些女神也是站在我面前，一個個譴責我勾引她們的男人！

「月靈！妳住口！」鳳麟忽然厲喝，立刻讓他成為所有人目光的焦點，大家的目光裡無不吃驚。

月靈更是用不可思議的目光看鳳麟，她哪裡知道鳳麟是為保護她，以免她遭受潛龍那樣的不幸。

整個殿外的氣氛忽然變得緊張得讓人窒息。

天水輕輕推開驚呆的月靈，沉沉看鳳麟：「月靈說得沒錯，在那次大劫後，鳳麟你和嫣紅之間一直很反常，你們……」

「你們無不無聊～～」我在旁邊悠悠開了口，所有人登時不再說話，一起只看我一人。

鳳麟想用目光阻止我，但我怎會理他？

我瞥看所有人一眼，無趣地梳理了一下隨風輕揚的長髮：「你們是要在這裡繼續討論我的變化呢～～還是去荊門關捉殭屍？我看……你們再不去，城裡的人只怕也要變殭屍了。」我扭臉看向他們，天水收眉看向眾人：「除魔為重。」

大家紛紛點頭。

「哼，我可要先走了，如果你們搞不定殭屍可以找我。」我收回目光。

「誰會找妳？」月靈受不了地好笑看我，滿目的不屑。

我懶得看她，右手輕揚，震天錘如他們的仙劍一樣遠遠飛來，在空中飛速旋轉，發出渾厚如同劃破空氣的聲音，然後緩緩停落我的身旁，一輪幾乎與人同高的青色彎月形狀，驚呆了面前的所有人。

「這是……！」天水驚呼地向震天錘走來，驚訝地看著停在身旁的巨大月輪。鳳麟的雙眉擰得更緊，像是要揍人的模樣。

「仙劍太難看，我給它換個樣子。」我撫過鋒利的月輪，它在我的手中恰似乖順的小白兔，不會傷我分毫。

「仙劍改變形狀，不是高階仙術嗎？」朝霞不可思議地看我。

我在眾人目瞪口呆的神情中提裙坐上月輪，揚唇一笑：「如果你們也想給自己的仙劍換換樣子，可以來找我。」說罷，我直接飛起，在高空中大喊：「跟屁蟲還不來？」

水晶般的流光立刻劃過面前，鳳麟一臉陰沉地看我：「師傅！妳可不可以低調點？」

我輕笑地白他一眼：「不、可、以。」

「師傅！」

「哼！」震天錘可是神器，讓它和其他普通仙劍一個形狀豈不委屈它？神器皆有靈性，它們也很在乎自己外形的！

月輪飛過他的面前，直下崑崙。

如果他說的低調是裝，對不起，我不會，也不想會！

只要隱藏我的魔力，隱入芸芸眾生之中，誰也沒辦法找到我，即使是九天天神！

所以，我沒必要為了不讓幾個凡人懷疑我而去做作偽裝。

鳳麟飛速追上了我，一臉陰沉，擺一張臉色給我看。

我坐在月輪上勾唇笑看著他，瞇起雙眸：「我的乖徒兒，你還真是一刻都不想離開我的身邊吶～～」

鳳麟反是甩臉看向一旁，狠狠嘟囔：「妳休想甩掉我！我絕不會讓妳為禍人間！」

「哼。」我舔舔唇，輕咬下唇：「放心，我從不傷人～～」

他用懷疑的目光緩緩看向我：「真的？那妳下山是什麼目的？」

我神祕一笑：「到時你就知道了。」

他的目光開始收緊，看我的目光也變得越來越戒備，他不是戒備我，而是戒備我傷人，他時時刻刻準備著要阻止我。他那副神情，似是就算拚了命，也要阻止我為禍。

三千年沒有踏出崑崙一步，卻沒想到人間大地已布滿芸芸眾生。凡人的繁衍能力真是太強大了，怎麼能生出那麼多人類？

但這實在太好了！

每一絲空氣裡，都飄著隱隱的怨氣，若是將它們聚集，會給我帶來無窮的，甚至可以讓神族畏懼的力量！

人類之中，尤其是女人，更是怨氣的源泉。鬼，不容易上身，被上身者必是與其有所共鳴，這份共鳴多半是怨。茶花鬼上身這件事，在崑崙子弟中不過是小事，可對我來說是一頓大餐。

我被封印三千年，力量被削弱得猶如凡人，即使人間怨氣深重，我沒有足夠的魔力，也無法吸取，若是強行收集，只會傷我自身。所以，我需要慢慢恢復，一點一點地積攢。

第六章　殺神不厭煩

姚家村和其他小山村一樣在遠離城鎮的深山之中，山路崎嶇，樹林茂密，山村裡的百姓近乎與世隔絕。

這樣的小山村，權力最大的不是村長，而是宗族的族長。他們有自己的一套規矩，族長也有權執行私刑。我和鳳麟趕到時，嘈雜的鼓聲和鈴聲在山裡響起。

咚咚咚咚，鈴鈴鈴鈴。吵得要死，讓我心煩。

還有嘰哩呱啦聒譟的老女人的聲音，不知道在亂喊什麼，像千年蒼蠅在你頭頂亂飛，我真想一掌拍下去。

鳳麟在山林落下，收起仙劍。

這是他們劍仙的作風，謂之行事低調，以免招來不必要的禍端。

自從一千五百年前，修仙之人亂政奪權，與普通凡人大戰之後，劍仙受到來自天界的天罰，勒令從此在凡人面前不得施展仙術，更不得對凡人施咒，劍仙也漸漸從人類視線中淡出。人類對劍仙的了解隨著時間的流逝，漸漸淡忘，成為流傳在市井小巷的傳說。

我看鳳麟把仙劍插入劍鞘，形如江湖人般提在手中，只感覺多此一舉。他整理整理自己的衣衫，然後看我，微微皺眉：「師傅，下來。」

「呿。」我白他一眼：「我又不是崑崙的人，憑什麼要守你崑崙的規矩？」我身下的月輪移到他的身前，朝他俯下臉時，他微微後仰與我保持距離，擰眉轉開視線不願看我。

我眯眼看他：「你是知道的，師傅我最討厭的就是走路了。」說罷，我看也不看他地直接乘坐月輪而下。他急急追來，飛躍在我的身旁：「那到了下面，妳必須下來！」

「知道了知道了，煩死了。」

月輪飛快飛下樹林，那嘈雜的聲音也越來越近，已經可見山村中央搭了一個竹台，四周飄著黃紙，中間有個穿得花花綠綠的老太婆又唱又跳，動作滑稽可笑，而她身邊有一個少女呆呆地坐在台中，蓬頭散髮。

我躍落月輪，月輪化作耳墜懸掛耳垂。我和鳳麟一起走出樹林，站在了人後。

「啊啊啊啊啊～～～咦咦咦咦～～～～～」台上穿得像大公雞一樣眼花繚亂的老太婆，像發癲一樣又唱又跳。

「什麼鬼？」我指著那老太婆。

站在我們前面的村民用驚恐的目光轉回頭看我，宛如我冒犯神靈。可是很快的，當他們看清我時，又看痴地張開嘴，小小山村，怎見過嫣紅這樣膚若凝脂、唇若櫻桃的美人？

鳳麟微微擰眉，輕輕解釋：「是跳大仙，民間的一種巫術，用來請神驅鬼。」

「請神？噗！哈哈哈——」我登時笑得前仰後合，更加讓前面的人一個個轉身朝我看來，看到我與鳳麟時，也與之前的人一樣瞠目結舌。

台上敲鼓甩鈴的人終於停了下來，整個世界恢復安靜。跳大仙的老巫婆停下腳步，朝我尖聲厲喝：「大膽～～敢擾本仙作法～～～～」那說話的聲音像老母雞掐著脖子。

我收起笑，冷哼地朝她看一眼，直接躍起，緩緩飄落祭台！輕盈的衣裙飛揚，看得那老太婆一時呆若木雞。

「啊——」驚叫從四處而來。小小山村怎見過世間美人？更別說修仙女子更比凡間女子清美一分，若是朝霞她們來，估計這裡的男人腿都站不住了。

老太婆驚得後退一步，鳳麟擰眉不悅，也隨我一起躍落。

「哇——」鳳麟一落地，又是引起一陣驚呼，這次是女人的。他的俊美讓周圍的女子目瞪口呆，竟還有幾個直接暈眩過去。

我看修仙弟子做事低調，是為了不擾民吧。

「本仙？」我蔑然看那老太婆，一笑：「妳居然也敢稱本仙，哼，會一點點巫術妳以為就能請仙上身？我看只能請個鬼來！」

「鬼！」

「鬼！」

村民們驚恐地看向祭台上那個少女，我順著他們的目光看去，女孩兒面色慘白，眼窩泛青，蓬頭垢面，三分像人，七分更像鬼。她應該就是茶花。但是她的身上很明顯沒有鬼！

歸墟鏡是怎麼回事？連普通的鬼上身也辨別不出真假？

我瞇眼看茶花，心中已有不悅：「難道妳就是那個鬼上身的女孩兒？」有個屁鬼！不過怨氣倒是有的，這丫頭心中必有冤屈。

女孩兒安靜片刻後，忽然朝我撇臉看來，目光發直，漸漸凶狠。突地，她雙手成爪朝我抓來：「啊——啊——」她凶神惡煞般粗吼，形同惡鬼上身。

「啊————」周圍村民立刻嚇得尖叫，急忙後退，前面的人還踩到後面人的腳，祭台周圍一下子陷入混亂。

「大膽惡鬼！敢在本仙面前張狂！嗯～～～啊～～～～～」那老巫婆又開始瘋瘋癲癲地在我身邊扭來扭去了，我翻了個白眼，真是夠了。

一個裝神弄鬼！另一個以為可以驅走那個裝出來的鬼！演戲啊妳們！

那女孩兒直直朝我撲來，鳳麟立刻出手，「噌！」一聲，仙劍滑出劍鞘一半，橫在那女孩兒的面前，清光掠過女孩兒的臉，一綹髮絲在仙劍的光芒中斷裂，緩緩墜地。女孩兒立刻驚得站住了腳，恐懼席捲了她的雙目，下一刻，她就雙腿發軟地撲通跌坐在祭台上，瑟瑟發抖，牙齒打顫。

整個世界變得安靜無比。

「怎麼回事？」

「是啊，怎麼回事？」

村民們又小心翼翼地走回，圍在祭台邊，老巫婆目瞪口呆看看我們，忽然下拜：「拜見大仙！」

老巫婆這一拜，整個村的村民都跟風跪了下來，紛紛叩拜。

「大仙啊！」

「拜見大仙！」

我俯看那嚇壞的女孩兒：「妳身上有個屁鬼！妳知不知道這是在浪費我們的時間，讓我們白跑一趟？」

女孩兒的眸光驚得顫抖，全身也跟著一起顫抖，似是被我戳穿，陷入了極大的恐懼。我瞇眼看她，鳳麟在旁目露不悅，轉身俯視所有被那女孩兒裝神弄鬼矇騙的村民：「你們被騙了，她沒有鬼上身，她在嚇唬你們。」

「什麼？她不是鬼上身？我們被她騙了？」村民們跪在地上面面相覷。

「死丫頭居然騙我們！」村民憤怒起來，極強的怒氣在村民之間蔓延。

「族長！茶花那臭丫頭裝鬼嚇唬我們！」

村民們騷動起來，向兩邊分開，朝我們看去，只見在他們身後不遠處搭著一個涼棚，棚下坐著一個白髮白鬚的老頭兒，老頭兒身邊是幾個魁梧大漢。此刻，老頭兒還呆呆地看著我和鳳麟。

台上的女孩兒嚇得臉色驟白，驚恐地看向四周，原來村民才是她恐懼的真正根源！

有意思。她到底在怕什麼？

我在她面前蹲下，一把握住了她的手，她登時驚恐地驚叫起來：「啊——啊——」

她奮力掙扎，宛如抓住她的我才是鬼，她撕心裂肺地驚叫著：「啊——啊——」她真的是嚇壞了。

「別吵！」我厲喝一聲。她嚇呆得嘴唇打顫，眼淚刷啦拉地不停落下。

她記憶的畫面源源不斷地傳入我的腦海……

眼前是潺潺溪水，美麗的少女名叫茶花，人如其名，清麗如山間茶花，楚楚動人。

少女們在溪邊洗衣嬉戲，茶花臉上的笑容格外燦爛。

忽然，兩個強壯的村人拽走了她身邊的少女，是站在族長身邊的那兩個壯漢。少女害怕地叫著，所洗的衣衫隨水飄離，清澈的溪水中是少女們一張張驚恐的臉龐。

茶花也嚇壞了，她和女孩們害怕地跟隨來到了族長的家，那個少女被捆綁起來，顫抖地失了聲，害怕地看著院中的巫婆與族長。

巫婆瞇起三角眼，扣起那瑟瑟發抖的女孩兒的下巴：「就她了。」

族長點點頭。

「族長——族長——」忽然間，一個老農從外面匆匆跑入，撲倒在族長面前，全身顫抖，老淚縱橫：「族長！族長！求你放過我家小翠吧，求你了——」老農雙手顫抖地奉上了一個錢袋，裡面是閃亮亮的銀兩。周圍的人一起看向族長。

族長掃視眾人，痛心疾首：「我也不想害了村裡的孩子，可是你們知道，下個月國師又要來我們這裡祭祀，每隔七年，他們就要來一次，要我們交出一個處子祭祀山神，我、我也是沒辦法啊……你們誰家願意交出自家的姑娘？」

周圍人的立刻一起後退一步，小翠的臉已經嚇得徹底發了白。

「茶花！」忽然有人顫抖地，心虛地說：「茶花那孩子已經是孤兒了，用、用她吧。」

大家的目光也開始顫抖，心虛，可最後還是一起點了頭。

女孩兒們紛紛從茶花身邊散開，曾經一起歡聲笑語的夥伴，曾經一起歌唱溪邊的姊妹，此時此刻卻遠離了她的身旁，瑟瑟地回避著她害怕求救的目光……

我睜開眼睛，全身的血脈開始沸騰，邪邪的笑也已經揚起，興奮！真的好興奮！原來是活祭！只要有活祭，必生怨靈！

少女的怨靈，怨氣強過百人！哈哈哈！我真是來對了！

每隔七年一次活祭，怨氣必然叢生，但我來時沒有感覺到絲毫；那些被活祭的少女的怨靈定是被人封印，被封印的怨靈，怨氣足可沖天！震撼天庭！

歸墟鏡沒有出錯！真的沒有錯！

我的面前腳步凌亂，族長帶著身邊的壯丁跑了上來：「關起來！」

族長一聲厲喝，壯丁再次抓住茶花的手臂，想強行拖走渾身顫抖滿臉蒼白的她，我依然拉著茶花的手臂，一點一點笑了出來：「活祭！哈哈哈哈，哈哈哈哈——」我揚起臉控制不住內心的狂喜：「很好！活祭！哈哈哈——」

周圍的人瞬間靜了下來，呆滯地，甚至帶一絲畏懼地看著我，拖拽茶花的壯丁也像是被我嚇得連連後退，跌坐在面露驚恐的族長身前。

我放開茶花的手臂，緩緩起身，邪笑無法抑制地從嘴角溢出。一旁的鳳麟變得緊張起來，大步到我面前，緊緊扣住我的肩膀，大喝：「師傅！」他緊張擔憂的目光像是怕我屠村！

我收起笑容，拂去他的手臂瞥他一眼：「我沒事。」他將信將疑地站在我身旁，不離我半分。

我橫眉看向巫婆：「國師什麼時候來？」

他們在我陰冷的目光中已經開始發抖：「明明明天。」

「所所所所以我們要給茶花驅鬼。」巫婆哆嗦地牙齒打顫。

我掃視台下村民，他們無不目露害怕後退一步，我瞥眸看向茶花：「很好，妳很聰明，知道裝鬼上身。放心，我不會讓妳死的。」

失魂落魄的茶花在我的話中緩緩回神，呆呆滯滯地仰臉看著我。

我陰沉地俯看台下村民：「你們聽著！現在你們要怕的不是什麼朝廷的國師！山中的山神！而是我！」朗朗的聲音迴盪在山間，震得大地也開始震顫。

轟隆隆！大地真的震顫起來，立刻尖叫聲起，村民四處逃散。

「啊——山神發怒了——」

慌亂的村民們匆匆原地跪下，巫婆更是尖叫大喊：「山神息怒——不不不是我的錯，是她！是她——」巫婆一邊叩拜，一邊顫抖地指向我。

「哼。」我冷冷一笑，忽的，山風之中飄來一絲濃重的怨氣，透著血腥的味道卻讓我體內的元丹火熱轉動起來，它在回應那縷怨氣，它感受到了怨氣的所在！

我抬眸看去，只見在那震動之後，原本遠山乾淨的空氣中卻忽然升起了絲絲縷縷的怨氣！那怨氣如同從裂縫中鑽出，裊裊而起。笑容勾起，我瞇起了眼睛，努力按捺心底的躁動與驚喜。

鳳麟也看到遠山忽然出現的黑氣，驚訝疑惑：「師傅，怎麼回事？剛才明明沒有的。」

我邪邪地笑起，我深深一吸：「嘶——哼哼哼，地動山搖根本不是什麼山神！」

「是那黑氣？」鳳麟目露深思，眸光精銳：「難道山中有惡靈！」

我緊緊盯視那冒出的黑氣：「不，是好吃的，是好吃的！哈哈哈哈——是好吃的——哈哈哈哈——」我的狂笑讓跪在台上的巫婆傻了眼，驚恐地指向我：「妳妳妳、妳根本不是神仙，妳是妖！妳是妖！」

「是又怎樣？」我拂袖而吼，男女不辨的混聲讓所有人更是嚇得癱軟在了原地，黑氣繚繞全身，我的眼睛化作比黑暗更加可怕的黑色：「你們要是再煩我，我把你們全吃了！」

「師傅！」鳳麟立刻站到我身前，雙臂撐開，大聲厲喝，緊緊看我：「不准傷害凡人！」

我收回魔力，雙眸恢復常色，揚笑看他，雙手環胸轉身仰臉：「哼，我不過嚇唬嚇唬他們，誰讓他們要活祭？不願交出自己的親人，就殘害別的無辜嗎？為何一開始不懷疑這祭祀到底對不對？哪有山神會吃人的？」

驚出冷汗的村民們在我輕鄙的話中慘白了臉，紛紛揚起臉呆呆看我。

「妳、妳怎麼知道……」一個村民顫顫地指向我。

我冷看台下所有人：「若要人不知，除非己莫為，你們因為茶花是孤女，就把她獻給國師祭祀！只為保住自己的女兒！你們可知道你們獻出的少女冤魂就在那山中！」我甩手指向那座高山，村民們驚恐地隨我看去，嚇得屏住了呼吸，安靜瞬間覆蓋了整個山村。

我冷笑低語：「剛才的震動根本不是山神發怒……而是……那些被你們獻給國師活祭的少女的怨靈在吶喊，在呼救……你們聽見了嗎？她們就要破山而出了……就因為那裡有無數冤魂，所以那什麼狗屁國師才需要用處子之血來施展邪陣鎮壓，哼哼哼哼，我告訴你們邪陣能撐多久！早晚那些怨氣會衝破封印推山而下，淹沒全村！」

「啊——」女孩兒的尖叫如同怨靈的嘶喊劃破了詭異的安靜，把處於驚恐中的村民又嚇了一跳，紛紛看向被我嚇到的女孩兒。

茶花撲通一聲跪在我的面前：「求姊姊結束這一切！求姊姊救救我們村子！求姊姊別再讓姊妹們成為祭品慘死！」她砰的一聲重重向我磕頭：「求求妳！求求妳！求求妳了！」

村民在她一下又一下的叩拜中慚愧低臉，偷偷抹淚，嗚嗚的抽泣聲在少女們之間蔓延。

「對不起……茶花……」

「對不起……」

鳳麟於心不忍地扶住茶花：「茶花姑娘，起來吧，交給我們。」

我冷冷掃視那些羞愧的村民：「一念生惡，茶花……」我轉眸看向茶花：「他們真的值得妳救嗎？別忘了，是他們把妳獻出來的。」

茶花咬唇含淚看向四周：「茶花也恨他們，但是茶花知道……他們……別無選擇……」

「真的別無選擇嗎？哼。」我冷笑：「不是別無選擇，而是人性本惡，妳選擇原諒，是妳善，但他們未必會感恩，一旦我們不能阻止國師，他們還是會把妳做為祭品的。現在妳還是覺得他們值得被救嗎？」

茶花哀痛地閉上雙眸，睫毛顫抖著，淚水從她眼角滑落，她咬唇點了點頭，然後捂臉哭泣。她的淚水不是因為恨，而是心傷，是被曾經朝夕相對的人們陷害的心傷。

但是……她還是選擇了原諒……

「師傅！」鳳麟忽然叫了我一聲，我看向他，他的臉上是修仙弟子的巍然正氣：「無論人心善惡，始終是條生靈，我們要給他們從善的機會。」

鳳麟憂切的目光像是在勸說我，他始終擔心我會失控傷人。我倒是很想知道，若我真是傷人了，他又會怎樣？哼！

我淡淡看他一眼，接著掃視所有村民，冷冷而語：「你們記住，今天我放過你們，不是因為你們是什麼狗屁生靈值得被救，而是因為茶花的善！」

村民們紛紛低下臉，慚愧無言。

「呼……」鳳麟在我身旁大大鬆了口氣，我看向他時，他目露微笑地深深看我，我無趣地橫睨他一眼：「不想讓你的凡人死，就看好他們！」說罷，我甩起紅袖，月輪立刻現於身邊。鳳麟見狀似是也懶得再提醒我，只是無奈一嘆。

「哎喲媽呀！神女饒命！」叫我妖女的巫婆立刻趴伏到我腳邊，雙手抱住我的腳，開始磕頭，緊跟著，族長和村民也臉色蒼白地不停叩拜。

「神女饒命！」

「請神女原諒我們的無知！」

鳳麟和善地看村民們：「大家快請起，我們不是神仙，我們只是修仙弟子。」

大家在鳳麟的話中紛紛抬起臉，目露希望。

「請大仙救救我們村子！」族長顫顫地趴下：「我們知道錯了，我們也不想交出茶花那孩子。可是國師一來，如果我們沒有準備好孩子，他一樣會捉我們的孩子的，我們、我們小小山村怎敢對抗朝廷？」

鳳麟看向我，眸中是一分認真，還有對村民的同情：「師傅，此事關乎朝廷。」

「哼。」我冷笑，看鳳麟眸中的同情：「你同情他們做什麼？七年一次，即使今年他們不交出自己的孩子，七年後一樣要交。」

「求大仙救我們村子——救救我們的孩子——」忽然間，村民們一起朝我和鳳麟懇求叩拜，一個個抽泣起來。

「求大仙救救我們的孩子——」大家哽咽抹淚，他們心裡是知道，但，這就是普通百姓，他們寧可交出自己的孩子，也沒有膽量去對抗朝廷。

鳳麟雙眉緊擰，除妖容易，麻煩的是後面的朝廷。自修仙之人亂政後，朝廷與修仙界的關係格外敏感。但我不是崑崙的人，更不是燕雲國的人，朝廷關我屁事！

「知道了。」我淡淡開了口，雙手環胸：「我會把這件事徹底解決的！」

村民們目露驚喜，與自己的妻兒緊緊擁抱在了一起。

「有救了，有救了！」

「終於要結束了！」

「師傅，妳想幹什麼？」鳳麟緊張看我，看了看四周刻意壓低聲音：「我們不能與朝廷有接觸。」

我笑道：「那是你，因為你是崑崙的弟子，那是你們崑崙的規矩，我可不用。什麼不能在凡人面前作法，真是做作。」我雙腳緩緩離地，裙帶在山風中飛揚，冷冷看他：「護好你的村民，我要把怨靈都放出來！」

「放出來？」鳳麟吃驚看我。

我不再多言，直接拂袖飛起，月輪飛速地在我身邊緊緊跟隨環繞，化作一輪青月，神光四射。

「師傅！妳別亂來——」身下是鳳麟焦急地大喊！村民們目瞪口呆地站起，呆呆地仰望我的身形。

我收回目光，揚唇一笑，不亂來可不是我的法則。

「嘶——」嗯……我感覺到全身血液劇烈地沸騰，力量正源源不斷和我的內丹融在一起！

漸近的山頂，已經可見隱隱的青藍陣光，之前沒有察覺到的怨氣果然是被人封住了！此人的封印法陣只能堅持七年，所以他每隔七年要來一次，再次封印。

我直衝黑氣之頂，撐開雙臂，深深吸入那充滿了憤怒、怨恨與痛苦的怨氣！睜眼之時，渾身的魔力瞬間炸開，抬手往身下的山頂狠狠拍落！

「出來吧！惡靈們！」

震天錘化成的月輪忑楞楞飛過山頂，瞬間削去整個山頂，山石滾落，地動山搖！

「轟隆隆！」山頂現出青光法陣，但這樣的法陣對我來說簡直不堪一擊，裂縫開始顯現，厲鬼的嘶喊已經從法陣中破出，一雙雙黑色的手在法陣下掙扎，抓住。

我撐開雙臂，張開迎接他們的懷抱：「我知道被人封印是怎樣的痛苦，現在，你們自由了！」

法陣登時被怨靈衝開，他們席捲著巨大的黑氣如同龍捲風一樣從山頂衝出，衝過我的身旁，將我包裹在怨氣的中央。

「哈哈哈哈——」我仰天大喊，黑雲捲起，頃刻間籠罩天地，整個世界宛如陷入世界末日般的昏暗！

怨靈們衝過我的身旁，巨大強烈的怨氣不斷地滲入我的皮膚，我的血液，我的內丹！把他們的憤怒，他們的怨恨，他們的哀怨，還有他們的故事一起傳入！

嫣紅的裙衫褪去，我身上的黑裙在怨氣中漸漸修復，破破爛爛的裙襬在黑氣中變長，化作長長的裙襬在我的身後飄揚，黑色的飄帶環繞在我的四周，飛揚在怨靈厲聲的哀號中。

「啊——————」

一縷縷黑色的怨氣化作絲線穿過我破爛的衣裙，在我的黑裙上繡出一朵朵妖冶的、暗紫色的玫瑰。衣領緩緩收攏，遮蓋一直赤裸的肩膀。一縷黑氣化作黑紫色的緞帶纏上我的脖頸，一朵同樣黑紫色魅惑的玫瑰在頸邊綻放，長長的緞帶在身後飛揚。

「師傅！」黑氣之外傳來鳳麟的驚呼，他驚動了惡靈們，他們朝他飛去，在他身邊繚繞，鳳麟甩起衣袖，揮開他們的糾纏，著急看我：「師傅！妳瘋了！妳怎麼能放這麼多惡靈出來？他們會傷害人類的！」

我深深吸入怨氣，怨氣滲入我的肌膚，我緩緩抬起雙臂，怨靈從鳳麟身邊退開，漸漸安靜，身邊的黑氣散開，所有怨靈在我身後排列化作黑色巨大的翅膀，每一條手臂都是翅膀上的一根黑色羽毛！

我從怨氣中緩緩走出，鳳麟的雙目也在看到我的那一刻徹底凝滯，深邃的黑眸化作了一股黑色的、無敵的漩渦。

我緩緩飄到他身前，黑色翅膀中伸出一條條黑色的手臂朝他抓去，鳳麟眸光顫抖起來，似是眼前的一切，讓他毛骨悚然！

我抬手撫上鳳麟有些蒼白的臉，他黑色的眸中倒映出我被那些神族稱為魅惑勾魂、充滿罪惡的容顏：「他們變成鬼，就不值得被救了？」我嘶啞地對他說著，撫過他的眉眼：「原來你們只救活人，不救死人。」

他的瞳仁猛地收縮了一下，緩緩垂下目光，深深呼吸。

我退回身形，半瞇雙眸看他臉上擔心和不安的神情：「怨靈如果不放出來，消除他們的怨氣，只會讓問題越來越嚴重。哦，對了，你們修仙之人的做法是趕盡殺絕吧……」我微微睜開眼睛瞥眸看他閃爍的目光，裡面已經說明了一切，我輕聲一笑：「我不管你現在怎麼想我，但我要讓他們得到安息。」

他驚然抬臉，仙劍退了一步，他眸光顫動地看過我身後的惡靈之翅，一條條手臂從翅膀中抓撓而出，讓他的臉上已經露出毛骨悚然的神情：「師傅，妳這是想讓他們安息嗎？」仙劍閃出陣陣藍光，他身上的每一處無不陷入戒備之中。他努力讓自己鎮定下來，盯視我的眼睛，隨時準備阻止我傷害蒼生。

我邪邪而笑：「知道為何這裡封印了那麼多怨靈？」

他擰緊眉，甩開臉：「我不關心！」

「哼，好無情啊～～」我瞥眸看他，在空中轉身側對他而立：「人變成鬼就不值得你們這種修仙弟子關心了嗎？在你們的眼中，惡靈就是惡，是要被清除的是嗎？別忘了，他們也曾是活生生的人，是你口中的生靈！」

他的身體猛地一怔，轉臉看向我。

我目視前方：「三十三年前，藩王作亂，平王敗退姚家村，被燕王堵截，以村民做要脅，讓燕王放其一條生路。可是——」我轉眸看已露吃驚的鳳麟：「帝王若是心善，又怎能坐穩江山？燕王不顧村民性命，連同姚家村的村民一起屠殺，斬草除根！」

「嘶！」鳳麟驚地抽了一口氣，視線無法再看我身後百千怨靈。

我轉回目光，唇角揚起：「這燕王，即是現在燕雲國的先皇。屠村之後，燕王為掩蓋罪行，命人把所有屍首扔入此山山洞中，燃其屍，封其洞，連活著的村民也不放過，甚至還有孩子。國師深怕他們化作怨靈復仇，而此山又正在龍脈之中，於是作法封印，保燕雲國千秋江山。」

鳳麟的氣息開始顫抖起來，他捂住嘴，面色漸漸發青。我身後的黑翅中伸出一雙雙焦黑的小手摸上鳳麟的手臂，朝鳳麟痛苦地哭喊：「媽媽……媽媽……我們好疼……疼……」

鳳麟黑眸中的漩渦在孩子們痛苦的呼喊中越來越深，捲入長長的時間漩渦，回到那個山洞，回到那熊熊的火光之中。

孩子們的回憶通過他們抓住他的手傳入他的腦海，讓他和孩子們一起在燃燒的火光和濃濃的黑煙之中害怕，顫抖哭泣。

「嘔！」鳳麟在仙劍上乾嘔出聲，氣息顫抖不已。

「姚家村在外的村民不知這裡的祕密，回村時只知村中親人是被平王所殺所燒，視燕王為恩人，國師告訴他們山神會護佑他們，只需每隔七年奉獻一個處子。愚昧的姚家村人就這樣開始用自己的孩子去祭祀自己祖先的怨靈。」

「為什麼要用活祭？」鳳麟放下捂住雙唇的手，面色緊繃，憤怒得擰緊雙拳。

我陰沉地俯看下方：「你學的是正統仙術，所以少知人間邪術。處子的怨氣十分厲害，那邪陣吸收處子的怨氣可壓制怨靈。以怨制怨！以邪制邪！所以用活祭煉製的劍可以驅魔鎮邪，不是因為劍身上有什麼狗屁神力，而是因為它乃邪中之邪！怨中之怨！」

「太殘忍了！」鳳麟憤怒到連聲音也微微輕顫。

「現在，你還覺得這些怨靈不能放嗎？」我轉身看他，他無法正對我的目光，擰緊雙眉，咬了咬唇，轉回臉看我：「師傅，答應我，讓他們安息，不要讓他們傷人！」

「哼哼，哈哈哈哈——」我仰天大笑，落眸看他：「放心，我放他們出來，從來不是為了傷人。」

「那是為了什麼？」鳳麟立刻目露疑惑，我揚起臉，看向黑雲捲動的中央，一抹金光乍現，我興奮地咧開嘴角：「來了！」

「誰來了？」鳳麟急急問我，我立刻甩出右手，鳳麟登時被我的魔力推出丈餘，指尖彈出魔力，一個球形的結界瞬間將鳳麟封住，無人再能見他，他吃驚著急地在裡面拍打：「師傅！師傅！妳要幹什麼？」

我邪邪看他，微微一笑，雙臂緩緩收攏，黑色怨靈的翅膀開始在身前合攏，遮住了鳳麟憂急的目光和他著急的臉。金光陡然而下，瞬間炸開上方萬丈黑雲，時間在這一刻徹底停滯，上方的黑雲凍結在昏暗的天空之中。

清幽迷人的花香撲鼻而來，瞬間清退了周圍的怨氣，怨靈們的手臂驚恐地縮回，我感受到了他們無比的恐懼，甚至比自己死亡時更加的恐懼。

金光和花香一起逼入翅膀的縫隙之中，嘹亮迷人的女聲也落下梵天：「大膽妖孽！竟敢用怨氣衝撞神庭！還不速速現出原形伏法！本神尚可饒妳一命！」輕鄙的話音充滿了神族的威嚴與不容忤逆！

我在黑翅下邪邪而笑，緩緩張開黑翅，揚起臉龐：「好久不見啊～～花神洛兮。」

當黑翅完全張開之時，面前已經是一張驚恐到花容失色的蒼白臉孔，神女的神光完全從她的身上淡去，豔絕無雙的神女美麗容貌也如同花兒褪色般，化作一張白紙。

她僵硬地抬起手臂，布滿鮮花的飄帶在她的手臂上飄揚，她白皙的手指顫抖地指向我：「是、是妳？」她迷人的幻彩的瞳仁猛地睜開，下一刻，她竟是轉身想逃！

想跑？怎麼可能！好不容易騙了下來！誰也逃不出本尊的手心！

右手揮出，怨氣登時化作巨大的結界從花神洛兮上方直直罩下，我伸出右手，結界化作一隻巨大的手掌，隨著我下壓的掌心，把想飛起的花神狠狠摁回。

「啊——」她立刻雙手掐訣，運用神力，要破我的結界，鮮花從她手中飛出，撞上我的結界之時，卻片片腐敗，灰飛不見。

我翻過手心，緩緩捏緊，黑色的結界也在我周圍漸漸合攏，化作球形，徹底斷了花神回神庭的路，也隔開了鳳麟，讓花神無法感知鳳麟的存在，只有我一人可見。鳳麟怔怔站在仙劍上，驚得已經失去了任何神情。

「洛兮，怕我做什麼？我只想找妳談談。」我緩緩飄向花神洛兮，血色的曼陀羅在我腳下一朵朵綻放。

洛兮從結界上緩緩滑落，全身顫抖地跌坐在地上，透著絕望與恐懼，我停在她的面前，青月輪的月鉤勾起她精巧可人的下巴。她嚇得就像之前在祭台上的茶花，嘴唇打顫，目光渙散。

「嘖，嘖，嘖，我真有那麼可怕？我自認長得還算可以～～」

「帝、帝、帝尊饒命！饒命！」她的眼淚瞬間從眼角湧出，朝我不停地叩拜，我懸浮在她的面前冷冷俯看她：「看妳現在像什麼樣子？居然像凡人祈求天神一樣求我，看來，妳還是做個凡人更合適。」

「帝尊饒命！饒命啊——」她哭喊起來，爬到我的面前，抱住了我的腿，完全沒有了神女應有的高傲與威嚴。

「帝尊……當年的事……跟小神無關吶——帝尊——帝尊——您放過我吧，我、我一定不會出賣您的！我一定不會的！」她抱緊我的腿，顫抖地失魂落魄地祈求，像是在抱住救命的唯一一根稻草。

我目視前方：「無關？哼！」我冷冷一笑：「真的無關嗎？」我緩緩俯身，指尖輕輕地撫上她的後背，她的身體在我的輕撫下，止不住地打顫，我的手心放落她的脊柱：「本尊最恨的，就是說謊！」眸光收緊之時，我毫不猶豫地打破她的神光，直入她的體內！

「啊——」痛苦的喊聲響徹整個結界，我收手之時，神光閃耀的神骨已在手中！當年他們神族就是這樣毫不留情地剝離在人類體內的仙骨，讓他們無法再擁有神力與神族抗衡！

花神筋疲力盡地倒落一旁，我看看手中的一截神骨，左手緩緩托起，花神懸浮起來。我瞥眸看她，她氣息懨懨，凡人的汗水已經從她額頭而出，她已經顯露出凡人的姿態，徹底失去了神采，面色青灰地祈求地看我：「饒、饒命……」她氣息微弱地說著。

我笑道：「放心，我不殺妳。」

她的目光欣喜起來，嘴角抽搐地笑起，看得我只覺噁心，我擰擰眉：「把妳神丹留下，做凡人去吧！」當我話音出口之時，她驚得瞪大了眼睛，更深的恐懼從她已經渙散的眸底不斷湧出！

哼，神族最怕的，就是入世為人，因為要經受無盡的苦痛。

我甩出右手，黑色的怨氣化作一隻手直接刺入她的小腹。

「不！不——」她在空中掙扎，怨靈立刻從翅膀中而出，抱住她，纏緊她，讓她無法動彈。

我冷冷看她，托起神骨，幻彩的神骨在手心裡懸浮，散發幽幽花香：「妳夥同瑤女在聖帝面前不停地詆毀我，在神界散布我與諸多男神有染的謠言，破壞我與聖帝的關係，妳這種妒婦，怎配為神？」左手猛地抽回，化作黑手的魔力毫不猶豫地狠狠拽出她的神丹，華髮頓時開始叢生，她的身體頃刻間化作飛灰，華麗而布滿鮮花的神裙從怨靈們手中緩緩飄落，怨靈們退開身形，露出了一縷蒼白的醜陋幽魂。

「不，不——」她痛哭地捂住自己醜陋的臉，無力地跪下哭泣。

「相由心生，現在算是看到妳的原形了。」我不屑地看她一眼，俯看右手手心的神骨。聖陽，你現在到底在做什麼？為什麼那天我衝破封印時，你沒有出現？

我一把捏緊神骨，花神洛兮的記憶全數湧入腦中，神骨之中是一個神的記憶，我努力地搜尋關於聖陽的一切，卻發現聖陽失蹤了！

怎麼可能？

「聖陽呢！」我睜開眼厲喝！

洛兮捂住臉搖著頭，嗚嗚哭泣：「不知道……我真的不知道……那件事後，聖帝就不見了，瑤女姊姊也在一直尋找。但那件事後，瑤女姊姊已經不再理睬我……神界……已經沒人理我了……求、求帝尊放過我吧……」她伸手顫顫地抓住了我的裙襬。

我收回目光，不再看她，她幻彩的神丹懸浮在我的身旁，我冷笑：「殺了妳太便宜妳了，我要讓妳墮入輪迴，永世為人！」

「不！不——」

「不？哼哼哼。」我甩臉看她：「妳不是最愛冥帝殷剎嗎？妳不是告訴他我跟火神上床嗎？現在，我就滿足妳！送妳去見他！滾！」抬腳踏落結界，魔力震開結界，她墜落下去，時間再次流轉，凍雲再次旋轉。

「不，不要——」她驚恐地在墜落中哭喊，我收起神骨，神骨隱入我的體內，我揮舞雙手而下，身後怨靈的翅膀化作巨大的雙手飛速衝向地面，十指狠狠插入，魔力從我的內丹再灌入巨爪之上，狠狠掰開了地面，立刻現出下面血紅的血池！

「不——」花神在驚恐的嘶喊中墜入地獄血池，消失在血色之中。我收回魔爪，地面緩緩合攏，我撫上心口，虛弱地微微擰眉，身上的花裙再次變得破破爛爛。

我趔趄了一下，怨靈們伸手扶住我的身體，緩緩落回地面。

身後的翅膀漸漸剝落，怨靈們一個個從我身後落地，圍在我的身旁，身上的怨氣已盡，露出了一張張他們生前的平和的臉。

「謝神女相救。」平王從他們之間走出，目光平靜。

我淡淡看他：「你們身上怨氣已被我用盡，稍後會有人來送你們去冥界，投胎做人。平王，我知你恨燕王，但也因你而害得這麼多無辜遭受劫難，你與燕王的恩怨到地府去算吧。地面上的仇，我替你們報，莫再增加自己的罪孽。」我看向眾人，他們彼此靠在了一起，神情平靜而平和，他們的憤怒、怨恨被我吸盡，現在的他們已恢復人性。

「謝神女，謹遵神女之命！」平王和一眾幽魂朝我下跪。

腳下的地面震顫起來，我拾起花神的仙裙飛起，只留一個殘像在地面。花神被我打落冥界，那個人定有感應，他要來了。

鳳麟立在結界中，面色蒼白，我鑽入他的結界，他僵滯地朝我看來：「妳、妳到底做了什麼？」

我靠坐在自己的月輪上，把玩手中的神丹：「沒什麼，解決了個神。」

「妳、妳怎麼可以說得那麼輕描淡寫？」他幾乎是厲喝地說：「妳怎麼可以弒殺天神？」

「呿。」我瞥眸白他一眼：「為什麼不可以？你們殺妖殺魔，我殺仙殺神，怎麼就不可以了？而且，我有殺了她嗎？我只是把她打入輪迴了。」

「妳！」

「別吵！他來了！」我打斷鳳麟的話音，鳳麟依舊憤憤地盯視我，我陰沉地俯看下方。剎，我們又要見面了！

整個世界徹底陰暗下來，如同黑暗瞬間填滿了這裡的天地，讓鳳麟也再次驚訝。他的目光終於從我身上移開，看向包裹我們的結界下方。

地面再次裂開，刺骨的寒冷伴隨著鬼哭狼嚎的陰森喊聲一起湧出，黑紫的法陣頃刻顯現，幽冥之主從法陣中緩緩浮現，帶著死亡的氣息，帶著冥界森森的陰氣，一起現於人前！

我虛弱地坐在月輪上俯看他。剎，你別想抓到我。花神被我打入冥界，他一定會來！

鳳麟整個人因為驚訝而呆滯，怔怔地看著出現的冥界至尊——冥王殷剎。

殷剎狹長冷酷的深紫色雙眸清清冷冷地掃過一眾怨靈，一眼看到了我留在原處的殘像，紫瞳立刻收緊，胸膛也開始起伏不已。

怨靈們畏懼下跪，即使他們不知來人的身分，也會不由自主地去畏懼殷剎那渾身死神般可怖的陰戾之氣。

黑色的華袍直拖在地，厚厚的捲邊宛若他腳踏黑雲，銀黑色詭異的花紋布滿他的華袍，如同哀號的鬼卒，又如面目可怖的冥獸，和他銀黑色的長髮一樣透著冷酷、無情和讓人毛骨悚然的死亡戰慄感。

冷酷的容貌透著不似常人的蒼白，看似病態卻讓他更酷煞逼人，眉心銀色的神紋更加深了眉間的溝痕，細而削長的雙眉如同刀削一般，和他無情的雙眸一起，更添一分凶相。

我還記得那時我嘲笑他，叫他病嬌，而他卻從不會生氣，陰戾的目光只為我一人露出溫柔。

當時，我以為他和別人是不同的，他與死人打交道，他的身邊是怨戾之氣，他會更懂我的存在。結果最後他也和別人一樣，背叛了我，把我封印。

最後，他們誰也沒得到我，這是他們之間的約定。

冥帝殷剎，那天我衝破封印時，你來了。你那時是怎麼想的？

他緊緊盯視我的殘像，卻沒有在第一刻上前，而是揚起右手，寬大厚實的袍袖被他的右手帶起，垂掛在他蒼白的手腕之下。滿地的怨靈頃刻間被他收入袍袖，他才走出法陣，一步一步，帶著一絲激動地走到我殘像的面前，抬手，撫上了那看似真實卻虛無的殘像。

「魅兒，我知道妳還在這裡，跟我走吧。」他輕輕撫上我殘像的臉，紫眸深邃似海，蒼白到泛出一絲青色的臉上是深深的思念與愧疚：「趁他們還沒發現，我會保護妳，助妳恢復魔力，不會讓他們再找到妳！傷害妳！」

我在結界中直接揚起手，與此同時，殘像的手也隨我揚起而揚起，「啪！」一聲，打破了這裡死一般的寧靜，也徹底打碎剎心裡的幻想。

鳳麟的眸光朝我看來，我冷冷俯視剎平靜得像是認罪的臉龐，殘像傳出我的話音：「滾！下一個就是你！」

他蒼白的臉上是抿緊的黑紫色雙唇，他緩緩垂下臉，銀黑色的長髮滑落他蒼白發青的酷美臉龐：「我知道妳恨我，但是，我真的愛……」

「你閉嘴！」我冷笑：「你以為我不知道你的目的？」

他銀黑的長髮微微一顫，袍下的黑雲漸漸滾動。

我瞇起眼睛，冷冷看他：「聖陽呢！」

他微微一怔，抬起臉，冰寒的紫眸裡是一抹陰狠：「妳只想著他嗎？」

我瞇眸緊緊盯視他眸中的怒意，笑道：「我不想著他想著誰？是他決定把我封印的，我怎能不想著他？這三千年，我無時無刻不想著他！」

他紫眸中的寒意漸漸散去，越來越深邃的視線化作無盡修羅地獄，將人狠狠吸入，讓人無法逃脫，一絲詭異的笑意從那深淵中而出，黑紫色的薄唇微微開啟：「那我不會告訴妳他的下落，除非妳出來見我！」

我坐在月輪上捏緊雙拳，殺氣升騰，冷笑：「你放心，我會來找你的，你和那群混蛋都洗乾淨等我來拆神骨吧！」說罷，我甩起衣袖，黑色的衣袖甩過面前之時，下方的殘像也隨之而散。

「魅兒！」他急急伸手，抓向我的殘像，但我的臉在他的手中徹底破碎，飄散在陰冷而充滿死亡氣息的寒氣之中。

他閉上眼，腳下的黑氣突然四散飛射。我冷冷一笑，想抓我？沒那麼容易！

轉身揚手，我再次劃開空間，拉起鳳麟直接鑽入，落地之時，已是柔軟濡濕的草地和滿目的夕陽。

我疲憊地靠坐在月輪上，山崖之下可見整個姚家村，長長的髮絲隨風揚起，掠過我的唇邊，我所剩的魔力只夠逃到這裡。想拆那混蛋的神骨，可就沒拆花神的那麼容易了。

「噌！」劍光掠過臉邊，鳳麟的仙劍已在我的面前。他立於我的身前，眸光掙扎而痛苦著，渾身緊繃，劍指繃直在我的面前，和他的仙劍一樣，直指我的臉龐。

「師傅，我不能再讓妳弒仙殺神！」他澈黑的眼睛裡，是盈盈的淚光，他抉擇得那麼痛苦，痛苦到我也感覺到了他心口的揪痛。

我微微擰眉，是因為我的同心咒嗎？讓我感覺得那麼清晰。

我揚起唇角，微微抬起下巴，破爛衣領再次滑落我一側肩膀，絲絲縷縷的裙襬下是我赤裸的雙腳，髮絲撫過我的唇角，我抬手指向自己的心口：「那你還猶豫什麼？我現在正是最虛弱的時候，這裡，往這裡刺下去，從此我們師徒情絕，不再相見，你也可以徹底從痛苦中解脫了。」

他繃直的劍指竟是顫抖起來，煙灰色的罩紗在山風中飄擺，纖細的髮絲掠過他的眼角。他痛苦地閉上雙眸，緩緩垂下了雙手，仙劍退回他的身邊，夕陽從他身後落下。他站在陰暗之中，陷入久久的靜謐。

我抬手撫過唇瓣，慵懶地看他：「怎麼？下不了手？」

「師傅……」他在陰暗的陰影中緩緩抬起臉，澈黑深邃的目光卻在黑暗中炯炯閃爍：「我只是不想再失去妳！」

心口猛地一揪，我不知不覺地……出了神……

撲簌、撲簌，他腳踏草地走到我的面前：「師傅，我只有妳和仙尊兩個親人，我已經失去了爺爺，我不想再失去妳，可妳殺了神仙，他們就會知道，他們會來抓妳！我只是一個凡人，又該怎麼守護妳？」他不安的話音在我面前響起，我緩緩抬眸，看向他擔心得像是世界末日的臉龐。雖然，他遠遠不如神族任何一個男人俊美；雖然，他總在我這個邪與崑崙的正之間掙扎痛苦，神族的男人卻沒有一個可以比得上他對我的關心與憂急。

我漸漸揚起了笑。沒白養啊，我的寶貝麟兒。

「你不怪我殺花神了嗎？」

他側開臉：「我又能怎樣？而且，若她真的曾經詆毀師傅……」他的眸光陰寒起來：「那她也是罪有應得！師傅。」他轉回目光，神情變得認真：「妳說過，讓我忘記恨，不要給仙尊復仇。

現在妳可以復仇，為什麼我不可以？」

他切切的目光裡是想為清虛報仇的迫切，我在越來越暗沉的夜色中久久看他，沉默許久，夜風帶著涼意拂起他臉邊的髮絲，他的眸光裡是憤恨的火焰在燃燒。

我不想看到他這個樣子，我想，清虛也不想。

「因為我是神，而你不是。」我淡淡的話讓他的眸光顫動起來。第一次，我告訴了他自己的身分，不是他一直擔心的妖魔，而是神。

我在他震驚的目光中凝望遠方，看穿時間的漩渦，回到神族降臨，大地初開的時刻：「我們神族的神力來自於萬物，我們可以吸納萬物之靈氣，化為自己的神力，所以我們擁有不死之身，永生不滅。我們可以做任何想做的事情，灰飛煙滅之刑對我們毫無作用，所以我可以復仇，你不可以。」我收回目光，第一次認真地看他越發認真的臉龐，斂起自己的邪魅與不羈：「麟兒，你們凡人的命運還沒超脫神族的控制，如果你復仇，會增加自己的罪孽，你這百年修為，會全數傾覆，想要重新修煉，難上加難。」他緩緩垂下眼瞼，變得沉默。

因為我疲累地往前靠上他近在眼前的胸膛，他的胸膛立刻繃緊，心跳隨我的靠近而亂：「我想你的清虛爺爺也不希望你為他復仇而墮入心魔……」

『別讓他入魔……』這可是清虛死前的囑託。

哼，死老頭吃準我對麟兒有情，不會撒手不管。

「所以……師傅說會替那些怨靈復仇，也是不想他們再增罪孽，在冥界再受刑罰？」他的心跳漸漸平穩。

我在他胸口點點頭：「他們已經夠可憐了……」

「師傅……對不起……」他的聲音帶出一絲低哽和深深的懊悔：「徒兒不該不信妳，總是擔心妳會為禍蒼生。」

「沒關係，我習慣被人誤會了……」我伸手環抱他，輕輕而語：「誰讓我的神力是靠吸收怨氣呢？所以一直被當做壞人……」

「師傅……」他在我的上方低下了臉，越發愧疚的話音輕輕吹拂著我頭頂的髮絲。

「現在你知道師傅是神，是不是可以安心了？」他總是糾結我的身分，怕我做出可怕的事情。

他靜了片刻，說：「師傅，我一直當妳是妖，也不曾離開過妳、背叛妳，無論妳是什麼，我都不會在意。只不過現在，我的確可以安心妳不會禍害蒼生了。」

「哼……」我笑了，真是個傻小子。

「但徒兒現在唯一擔心的，就是那些封印妳的人找到妳。」他又開始憂心起來，他總是為我操心不停。

「麟兒……我的好麟兒……你不必擔心……」我閉上眼睛，完全放鬆地靠在他的胸口：「他們抓不住我的……」

「師傅，妳怎麼看上去好像很累？」他擔心地輕扣我的肩膀，溫暖的手心包裹了我在風中變得冰涼的赤裸肩膀。

「因為力量耗盡了，你以為我剛才說自己很虛弱是騙你的？」我靠在他起伏的胸膛上，懶得離開。

「怎麼會？」他疑惑不解：「剛才妳不是吸收了怨靈的怨氣？」

「哼，那百來個怨靈的怨氣夠我拆了花神的神骨又逃出來就不錯了，你以為拆神族的神骨跟殺雞殺鴨一樣容易嗎？」

他不再說話了，沉默讓四周變得安靜，靜謐之中，傳來聲聲蟲鳴，那是大自然的聲音，是這個世界最初的聲音。那時，只有神族在這片大地上，他們創造萬物，他們在忙碌中幸福快樂，可是不知為何，最後全變了……

忽的，身體被人抱起，我微微吃驚了一下，隨即閉眸淡淡微笑。

他小心翼翼地輕輕抱著我，然後坐在了地上，環抱我讓我坐在他的懷中，我可以繼續靠在他的肩膀上，他脫下外衣輕輕蓋落我的身體，輕柔地問：「師傅，這樣是不是更舒服些？」

我滿意地點頭：「嗯，舒服，很舒服。」到底是我的寶貝麟兒，知道我的喜好。

他靠在身後的雪樹上，不再說話。明月從東面而生，銀白乾淨的月光照亮了這個懸崖，也照在他身後大大的雪松上，如同一層銀白的霜打在這個小小的天地。夜霧漸漸而起，瀰漫在我們的身邊，如同崑崙山上那迷人的仙霧。

「你知道剛才那個男人是誰嗎？」我睜開眼睛，俯看他垂落在一旁的手。

「不知道。」他嘟囔著側開臉，語氣裡透出不悅與煩躁：「但我聽到了，他說他愛妳。」

「哼……」我笑：「他愛的不是我～是他們自己～～他們找我，是因為有樣東西在我這裡，只要得到這樣東西，他們就可以統治六界，成為神族中的主神！」

「什麼？」他吃驚地轉回臉，臉龐輕輕擦過我的頭頂。

我靠在他肩膀上陰冷地看地面上的銀霜：「剛才那個男人，正是冥界之主殷剎！」我瞇起了雙眸。剎，你以為我還會信你的萬鬼之王的鬼話嗎？

「冥王！」他驚呼起身，立刻按住我的肩膀：「師傅，別復仇了！我們躲起來，如果妳不願做嫣紅，我陪妳離開崑崙，我們……」

「噓……」我伸手按在了他濕潤的雙唇上，他頓住了話音，心跳再次加快。

我收回手，環上他的頸項：「你以為我能躲嗎？從我破印而出的那一刻，這已經不是你們凡人能管的事了，而是六界的事。所以麟兒，我躲不了的，他們早晚會找到我。記住，如果那時你跟我一起，你要撇清與我的任何關係，說是受我魅惑與控制，師傅允許你說這個謊。」

「不！我不會離開師傅的！」他情急地緊緊抱住了我，像是那天他緊緊抱住清虛虛弱的身體，不願讓他離開。

我搖了搖頭：「傻麟兒，師傅我是不滅之身，他們不會拿我怎樣。但是你不同，他們會遷怒於你，若是把你灰飛煙滅，師傅還要耗費神力把你找回，所以保護好你自己，就算是給師傅幫忙了。」

他的胸膛劇烈起伏起來，我感受到了他的不甘與著急。他不想失去我，不想在我被捉時，只能站在一旁，無法保護我。

我知道他想守護我，知道他視我為僅剩的親人；可我們的緣分總有結束的那一天。到了那天，我不希望他是為救我，而被灰飛煙滅。

第七章　順我者成仙成神

時間在寧靜中流淌，我靠在他胸前閉上了眼睛，不知不覺間，神思站在了虛無的盡頭。這裡天地未開，世界幻彩迷離，平靜的水面上倒映著我一個人的身影，透明的、巨大的水珠從水上緩緩分離，漂浮在我身邊。

「你是誰……」格外溫柔的聲音讓心也不自覺地感到安心與溫暖。水珠之中映出了一個模糊的人影，他墨黑的長髮卻閃耀著太陽般的暖光，他溫柔地注視我，一直一直陪伴在我的身旁。

「聖陽，她是陰氣孕育而生，應是陰邪之神，還是趁她尚未成形前滅之。否則待她降世，你我未必會是她的對手。」

「不，即使她是邪物，也是生靈，我會引導她向善，我相信她會成為我們的一員……」

聖陽，是你告訴我，做神要心懷善念，善待眾生，是你說你會信我。可是最後，你還是信了他們！信他們說的我魅惑眾神！信他們說的我威脅六界安危！你選擇了你的六界和平、你的兄弟情義，卻獨獨犧牲了我！

揮手拍碎周圍巨大的水滴，我閉上眼睛，深深呼吸讓自己平靜，嚥下模糊雙眼的淚水，冷笑看世界的盡頭。

聖陽，你看看你都選了些什麼人做神！

現在，女神因妒我而散布謠言，設剎他們爭奪我只是為了想得我內丹！男神們根本沒有被我魅惑，而是想吞我內丹，獲得創世滅世之神力！

一切起於貪念，女神貪愛男神，男神貪愛權力！聖陽，你不在正好，我就替你徹底清理神族，重設新神！

我恨恨地睜開眼睛，面前晨光如紗，染上晨霧，化作金霧在我身旁流淌。我平靜了一會兒起身，麟兒的外衣從我身上滑落，他卻不在，身後是巨大的雪松。滴答！一滴晨露從針葉上滴落，落在我的眼角，格外冰涼。

我俯看自己的雙手，嫣紅的衣裙再次浮現全身。我摸了摸臉，抱坐在雪松下，靜靜看漸漸而起的旭日。

每次看到太陽，都莫名地火大。

繚繞的金霧之中，若隱若現地出現了仙劍的流光，我笑了，小徒弟回來了。

煙灰色的罩紗和天蒼色的衣襬飄過我的面前，他已經躍落我的身前，半蹲時從懷裡掏出了一個油紙包：「師傅，給，早飯。」

他小心翼翼地打開，裡面是兩個熱氣騰騰的大白包子，包子有些燙手，他不停地輕吹。

我嫌棄地看一眼：「我不要，我不吃也不會餓。」

他笑了，看我的眸光中像是知道為何我不吃。他放落油紙包和包子，拿起一個，吹了吹，然後一掰為二，肉香立刻飄出，吸引了我的目光，他把有肉的一半遞給我：「給，師傅，把肉吃了，我吃皮。」

我笑了，伸手拍拍他的臉：「乖～～餵。」我張開口，他一愣，笑了笑，把肉遞到我嘴前，我叼出肉一口吞下，他笑呵呵地坐下開始吃包子皮。

自打確定我不會禍害蒼生後，他真的輕鬆了不少，在我面前也終於露出他兒時燦燦的笑容。

「師傅，妳把花神打入輪迴，世上少了花神會不會有影響？」他一邊吃一邊問。

我掰開另一個包子單單把肉吃掉：「多多少少都會有的，神族不多，但各司其職，對六界的影響需看他的神職。比如這花神，是負責創造新的花種，鮮花除了給世間帶來芬芳與美麗，還有治病之效，莫小看花香，花香是可驅散怨戾之氣的。」

「所以妳放出怨靈，讓怨氣沖天，引花神前來！」他推出了我釋放怨靈的真正目的。

我邪邪而笑，單腿曲起，單手支臉瞥眸看他：「不錯啊～～有長進。那賤人以前可沒少說我壞話，還製作毒藥害我。當初她是最美的花仙，才選她做了花神，沒想到現在變得那麼醜陋，哼，神骨果是最不會騙人的。」我攤開手心，神骨從手心中浮現，散發著幻彩迷離的光芒，散發陣陣花香。

鳳麟看神骨入了迷，小小凡人怎見過如此神物？他回神，眸光閃了閃，似是深思片刻看我：「師傅，妳既然有了神骨和那花神的內丹，不能恢復妳的神力嗎？」

我搖搖頭：「每個神的力量的源泉是不同的，例如花神的神力來自百花之靈氣，水神的神力來自於水，火神來自於火，以此類推，不像凡人的內丹可以通用，神族是無法煉化另一個神的內丹的。」

「那我呢？」他忽然問，我轉眸看他，他指向自己：「我可以嗎？是不是我變成神就能保護師傅妳了？」他迫切地看我，似是時時擔心殷剎找上門來，把我從他眼前擄走。

我呆呆看他一會兒，仰天大笑：「哈哈哈——哈哈哈哈——」我知道他不是因為貪念而想成神，這份可愛的心意，讓我實在忍俊不禁。

「師傅！妳笑徒兒！」他鬱悶地側開臉，帥氣的臉上是滿滿的不悅：「我知道，我只是個小小凡人，不能管妳的事；可如果妳被他們追殺，我卻什麼都做不了，我這輩子也不會原諒自己！」

我漸漸收起笑容，他是認真的。十八少年，自尊心正是最強之時，他對我有著極強的保護欲，可以說，他絕不允許自己眼睜睜看我被人捉走。

我想了想，托起神骨：「你以為神骨是花神的骨頭？」我可沒那麼變態，喜歡拆別人骨頭。

「那是？」他轉回臉，滿目疑惑。

我揚起嘴角：「神骨是神族神物，由太陽聖帝保管，在他選出可以做神之人後，會賜他神骨，使其成神。所以，神骨是有自己的靈性的。這是可以做花神的神骨，它自己會選擇適合做花神之人，不信，你看。」我把神骨放到他的面前，幻彩的霞光映入鳳麟的黑眸，將他的黑眸也照得如同璀璨琉璃的寶珠，神骨在他面前轉了轉，光芒陡然消失，如同死了般躺落在我的手心裡，一動不動。

我笑了：「看，神骨覺得你不是做花神的料。」

他驚嘆不已：「太不可思議了，那神丹呢？」他又目光灼灼看我，不成神不甘休。

我左手托起，神丹浮現手心，看似只有龍珠般大小，卻蘊藏了上萬年的神力：「神丹非凡胎肉體可以承受，若要強行灌注凡人之身，凡人會頃刻間灰飛煙滅。」

他一驚，眨眨眼摸了摸自己的身體，再看我右手的神骨：「所以神丹、神骨，缺一不可？」

我微笑點頭，落眸看手心中的神骨和神丹，它們在淡金色的晨光中安靜呼吸，彼此呼應，神骨再次閃現霞光從我的手心懸浮起來，花香四溢，引來彩蝶紛飛環繞。

鳳麟在我面前靜靜地看著我，彩蝶在他面前紛飛，也無法擾亂他看我的視線。他伸出右手，一隻黑翅藍斑的彩蝶停落在他纖長的指尖，翅膀輕輕擺動，他收起了呼吸，宛如深怕自己的呼吸驚動那停在他指尖的美麗的小東西，他透著小心的呼吸與眼神，讓他在淡金色的晨光中帶出了少有的暖意和溫柔。

一朵小小的潔白山花在鳳麟身邊隨風搖曳，世界需要新的花神，百花的靈氣若是無人取走，花不會再凋謝，果實也不會再生出，花的生死會被打亂。

空氣之中，帶出了一絲人氣。我立刻收起神骨與神丹，轉身看向能登上懸崖的唯一來路：「有人來了。」

「怎麼可能？」鳳麟說話之時，指尖的蝴蝶撲撲飛走，他目露疑惑看向來路：「此山很高，也沒有山路，爬上來非常危險。」鳳麟說罷，似也感覺到了來人，目露驚嘆：「真有人爬上來了。」

我們站起身，圍繞我們的彩蝶也紛紛飛離。

「姊姊——姊姊可在——」茶花的呼喚從懸崖靠山的一方傳來。

我和鳳麟走過去，只見山崖下正是茶花。此處山崖雖然靠山，但卻是一段絕壁，茶花站在下方，無法再登上。

她滿頭是汗，髮絲黏在額頭和臉邊，氣喘吁吁，汗濕衣襟。此山甚高，又無山路，人若要爬上來，極為不易。她的指甲滿是山泥，隱隱可見血絲，而她的衣裙也有勾破之處，很是狼狽。

「妳怎麼知道我在這兒？」我站在崖邊俯看她。

她喘了一會兒：「姊姊一直沒有出現，村裡人很擔心，幸好早上看見劍仙公子，大家才知姊姊已除山中怨靈，我是跟著劍仙公子來的。」

「你跟著我？」鳳麟微微吃驚。

茶花靦腆地笑了笑：「劍仙公子的仙劍有光，我看著那光的方向，估摸著姊姊大概在這茶山上。」

我不由細看這茶花，這是個細心的姑娘。

「妳找我們做什麼？我們自會去村裡。」鳳麟和善看她：「妳爬上來太危險了。」

「沒關係沒關係，以前採藥常常爬山，只有高處才能採到好藥，好藥可以賣個好價錢，然後給爺爺看病，我不怕危險的。」茶花低下臉，輕描淡寫地帶過往日一切的苦難：「茶花是擔心姊姊走了，因為今天國師就要來了！」她的話語擔憂起來：「茶花擔心國師降罪村裡，還想請姊姊跟國師說明，山中不是山神，而是怨靈。」

這茶花至此還在關心村中人的安危。

我冷冷一笑：「國師會不知山中不是山神而是怨靈嗎？」

茶花疑惑地抬起臉。

「哼，國師只是一直在欺騙你們罷了！那山裡其實是……！」

「師傅。」鳳麟忽然阻止了我，對我搖搖頭，黑眸之中是於心不忍的悲憫：「他們已經安息了，若讓姚家村人知道是用自己孩子的血去鎮壓自己先祖的怨靈，他們會陷入痛苦與自責的。」

他輕輕說完，深深看我，讓我不要對善良的茶花道出真相。

我沉默片刻，心中鬱悶，沉臉看茶花：「妳放心吧，我們會處理國師的事……」忽然間，空氣中飄來一股濃濃的妖氣，我雙眸微瞇：「茶花，妳說國師快來了？」

「是的，往年這個時候，他該到了，因為祭祀要在辰時進行。」

「哼。」我笑了：「看來國師不太像人啊，麟兒～～～」我轉眸看鳳麟：「這國師就交給你了。」

鳳麟目露疑惑，久久看我。

姚家村此刻萬籟俱靜，昨日擺放祭台之處站了一支華麗的隊伍。兩隊士兵分立兩旁，士兵之內，整整齊齊排列一隊身穿祭祀服的巫女，而巫女的前方，是一個身材高挑、身著祭祀華袍的男子。

姚家村的村民們戰戰兢兢地跪在士兵之外，瑟瑟發抖。

我和鳳麟高高立在半空，茶花害怕地抱緊我的身體，鳳麟目視那國師，也已是滿臉的陰沉：「果然是妖！」

「妖？」茶花驚呼。

我們身下，黑色的妖氣正從那國師的身上不斷散發，當然，凡人是看不到的。

「師傅，妳妖氣收嗎？」鳳麟忽然問道。

我斜睨他：「你以為你師傅什麼邪氣都要嗎？」

鳳麟笑了，笑得有點壞。

臭小子，不用擔心我傷人後就敢打趣師傅我了！

叮鈴！下方傳來神杖的鈴聲，國師轉過身，臉上是一個可怖的面具，長長的黑髮在陽光下散發出迷人的華光。

嗯——此妖必豔！

「祭品呢？」動聽悅耳的男聲從面具下傳出，卻讓台下的村民為之一顫。姚家村的巫婆和族長跪在一起，巫婆哆哆嗦嗦地撞了族長一下，族長才顫巍巍站起。

「啟、啟稟國師，昨、昨日來了一位仙女和一位劍仙，他們說山中是怨靈作祟，不是山……神。」族長說到最後，聲如蚊蠅，他小心翼翼地看國師一眼，匆匆低下頭。

族長稟報之後，整個祭台陷入窒息的寧靜。

那國師緩緩捏緊神杖，絲絲的殺氣從他身上浮現，他忽的揚起臉，直直朝我們看來：「是他們嗎？」

村民們也在他沉沉的話音中抬起臉，看到我和鳳麟時目露驚訝、欣喜和希望。

我揚唇一笑，隨手在茶花的後背上一推：「給你，祭品！」

「啊————」茶花被我直接推落高空，嚇得驚叫。

「師傅，妳太亂來了。」鳳麟無語地瞟我一眼，無奈地搖搖頭。立刻御劍而下，在茶花將要墜地之時，拉住了她的手臂，將驚魂未定的她放落地面。因為他知道我推茶花下去，就沒打算去接住她。

他的出現，讓台下的巫女和士兵們目瞪口呆。他一身仙氣地站在台上，看到大家驚訝的目光也微微擰眉，知道自己破了不能在凡人面前施法的門規。但很快，他恢復鎮定，因為他知道，現在更重要的，是面前的那隻妖。

哼～我高高坐在月輪上揚唇一笑，麟兒，你若想成神，先從破規開始。凡塵所有的繁文縟節，只是為了讓你做一個聽話的孩子；如果你現在是個聽話的孩子，那你即使成神，也只是一個聽話的神。

崑崙教了十八年讓你變得如何地乖，後面的日子就讓我教會你如何去「壞」。

仙劍從鳳麟腳下離開，飛至他的身旁，他穩穩落於祭台，冷光劃過雙眸，一身崑崙的正氣凜然：「妖孽，還不現形！」仙劍從他身旁懸浮而起，直指國師。

國師轉身正對鳳麟，陰沉的妖氣緩緩凝聚環繞他的周身。我單腿曲起，裙襬在月輪下飄擺，這小妖精少說也有五百年。

「哪來的妖孽，敢在這裡大放厥詞！汙蔑本國師！」國師抬手高舉神杖，高聲厲喝：「妖孽，休要在此妖言惑眾，速速現出原形！」他猛地敲落神杖，登時「轟！」一聲，妖氣炸開，鳳麟立刻躍起，冷笑地看他一眼，仙劍滑入他的腳下，直接拔地而起！國師提起神杖緊跟鳳麟身後。

這妖孽居然還賊喊捉賊了！哼，因為凡人看不出誰妖誰人嗎？

鳳麟飛過我的身旁，忽然伸手，啪的一聲，直接拉住我的手臂，把我從月輪上拽下落上他的仙劍，一手護住我的身體，帶我往前繼續飛去。我知道，他擔心對戰會傷及無辜，所以要帶那隻妖孽離開。

祭台邊所有人目瞪口呆地揚起臉，看那國師緊追我們而來。我站在鳳麟身後，轉臉看追我們的國師，我瞇起雙眸深吸一口氣，邪邪笑起，原來你是這東西，有點意思。

我伸出右手，朝他勾了勾手指，他面具下的目光一愣。我揚唇邪邪一笑，陰冷劃過雙眸，接著揚手自右向左狠狠一扇，月輪立刻飛過他的面前，青光隨月鉤劃過他的臉，啪的一聲，面具裂開，在風中飄飄擺擺地落下高空。

他轉回臉登時驚詫地看我，那張妖豔的臉雌雄莫辨。我勾笑看他，他更加發狠地朝我們追來。

就在此時，鳳麟從空中急速而落，離近地面之時，他放緩了速度，平穩地懸停在我們昨晚的山崖之旁：「師傅，小心。」他拉住我的手腕扶我下仙劍。

我瞥眸笑看他，他身後那國師已經慢慢停下：「不需要我出手嗎？」

他微微擰眉：「不，師傅，妳不能再運用神力，會讓那些人察覺。妳現在那麼虛弱，會被捉住的。」他認真地看我一眼，轉身，似是還是不放心，突地又轉回囑託：「千萬別動！」他狠狠盯視我一眼，才轉身朝那國師迎去。

我笑了，就地坐下，月輪飛到我的身後讓我依靠。好，就讓我看看你的長進，正好之前你一直不敢用我教你的仙術，今天，你不用可就沒命了。

崑崙七子七人聯手方能收服千年妖物，單單一人無法應對五百年妖力的妖類。幸好，清虛的法力給了麟兒，小妖精，今天就拿你來給我家麟兒練手。

忽的，妖光閃現，那國師的神杖脫手飛出，直擊鳳麟。鳳麟立刻閃身，轉身時劍指甩出，立刻仙劍的劍氣從仙劍上飛離，逼向那妖。

國師妖豔的眼睛鄙夷地一笑，雙手揮舞，神杖飛回輕輕鬆鬆撞開了鳳麟的劍氣。國師手執法杖立於空中：「就憑這點力量，就想收我，真是可笑～～」說到最後，那國師露出妖媚恰似女人的神情來，連聲音也似是帶上了女聲。

哼哼，小東西快要露出本性了！

鳳麟立於仙劍，風姿逼人，長髮隨風揚起，罩紗和衣襬一起在仙劍的劍光中飄擺，他冷冷一笑。那雙黑眸一旦失去了溫柔，便是足可讓人戰慄的寒意：「哼，不如試試。」說罷，他飛身而起，劍指掠過身前，渾身的仙氣開始冉冉升起，鼓起了他的仙袍，我雙眸一亮，他要用我教他的上古法術——天滅訣！

倏然，金色的法陣在他衣袍下炸開，在他甩手之時，登時金色的法陣穿透他的身體，直直罩向國師。國師驚訝得神容失色，匆匆托起法杖撐在上方，但他怎能抵擋上古神術的封印！

頃刻間，他毫無反擊之力地被天滅陣狠狠壓下地面，鳳麟也怔立在仙劍上，宛如完全沒想到天滅訣會有如此威力！

「轟！」的一聲，煙塵四起，金色的法陣在地面上漸漸消散，下面是一個圓形的深坑，即使我在高山之上，依然看得清晰。

煙塵漸漸散盡，卻是現出了一具性感的胴體。她虛弱地側躺在深坑之內，寬大的巫師袍鬆鬆散散地包裹她的身體，香肩半裸，玉腿半露，一頭碧綠的長髮在身周散開，如同一條條細細的小蛇盤繞在那深坑之內。

四周再次恢復樹林原始的寧靜。

陽光打落深坑之內，坑內人兒的肌膚在陽光中晶瑩剔透，漂亮的胴體散發迷人的華光。身形在寬大的國師袍中顯得是那麼地嬌小玲瓏，裸露的香肩圓潤飽滿，誘人握在手中，纖柔性感的裸背現於巫師袍之外，已經完全不是之前的國師之形，分分明明是一個女子。

鳳麟立刻側臉，擰緊雙眉，仙劍卻浮於身旁，時時防備。

我唇角勾起，坐上月輪，月輪帶我離開懸崖，緩緩而下。小妖精終於現出性別了，但是，還沒打出她的原形，鳳麟即使有了清虛的元丹，也無法完全施展天滅訣的威力。

女妖緩緩撐起自己的身體，柔弱無力，讓人心憐，碧綠的長髮隨她起身一絲一絲滑過她的身體，巫師袍又滑落一寸。她嬌滴滴地抓緊滑落的領口，但依然露出一抹深深長長的讓男人足以血脈賁張的乳溝，擠在飽滿雪白的雙乳之間，實在讓男人焦灼難耐。

「咳。」她虛弱地輕咳一聲，血絲從嬌豔小巧的唇畔流出，是那麼地楚楚可憐，惹人心疼。她抬起精巧的螓首，淚光顫顫地看向鳳麟：「小妖知錯了……」她動人的聲音足以讓任何男人為她心動：「求上仙……放過小妖……」

我冷冷一笑，妳以為我家麟兒是誰？會受妳魅惑，放妳一把？

鳳麟面露一絲心煩，仙劍依然指在那女妖面前，他伸手掏入衣領，這是要拿他們崑崙的捉妖神器乾坤鏡。

「上仙～～～」忽的，女妖從寬大的巫師袍中滑出，撲倒在鳳麟的腳下，赤身裸體地抱住了他的腿。鳳麟登時抽眉，殺氣浮現全身：「上仙如此清俊，讓小妖心生欽慕，若是上仙肯放過小妖，小妖願做上仙的人～～～」那女妖的酥胸緊貼鳳麟的衣襬，圓滾滾的胸部壓上鳳麟的腳。

我心中登時生出怒火，在鳳麟從懷中掏出乾坤鏡的同時，我直接躍落月輪，急速掠過鳳麟的身體。風揚起他的髮絲飄飛在我的臉邊，他一時陷入怔愣，我一腳直接踹上女妖的身體：「不准碰我的麟兒！」

「啊！」女妖被我一腳踹回深坑，我陰沉地昂首立在坑邊，渾身魔力環繞，隨風飛揚！

一口血從女妖唇中嗆出，她怒然瞪向我時登時一驚，妖豔的綠瞳中竟是浮出本能的恐懼，匆匆蜷縮身體驚恐地跪在坑中，連連磕頭：「小妖知錯了，小妖知錯了！求上仙饒命。」

妖是動物修煉而成，尚存和動物一般對神魔的本能感應，她感應到了我的身分。

「真是找死！居然敢勾引我的人！」魔力纏上右手，我揚起魔力環繞的手爪，忽的，身邊煙灰罩紗掠過，一面乾坤鏡從我臉龐高高舉起：「收！」

一聲厲喝從身旁傳出，我轉臉看向他，他異常地正經，瞥眸看我一眼，收回目光聚精會神地高舉乾坤鏡。

立刻，金光從乾坤鏡中直直射出，照在那女妖身上。那女妖在金光中顫抖地現出了原形，一條碧綠色的花蛇，金光猛地綻放，刺目的光芒吞沒了周圍的一切，也吞沒了蛇妖。

金光散去，鳳麟淡定地收好乾坤鏡，我冷冷地瞥眸看他：「怎麼？捨不得殺？」

鳳麟垂眸靜了片刻，轉身正對我的臉，目光柔和卻飽含無奈：「師傅，我不想讓妳的手沾上血腥。」

我一怔，愣愣看他，久久無言。

一陣和煦涼爽的夏風拂過我們之間，帶來夏的清新，夏的寧靜，還有夏的涼爽，似是想吹散我心中的燥氣，讓我可以重歸平靜。

他的髮絲在風中輕揚，靜靜地看我許久，目露一絲老氣地垂下臉，發出一聲長長的老氣橫秋的嘆息：「哎……」

這一聲長嘆，宛如是他在一直包容我，遷就我，對我的任性妄為頗感無力和無奈。

「那你怎麼不說我殺了花神？」我冷冷說，沉臉看他。

他抿抿嘴，不看我：「妳是把她打入輪迴，不算殺。」

我又是一怔，心中忽然想笑，所以，他是這樣說服自己的？

「只要妳不沾血。」他側開臉說：「血太髒了，妳的手……」他的話音忽然而斷，目光陷入久久的失神：「很美……」

撲通。我的心在他的話中微微一滯，看著他沉靜的臉，我揚唇而笑，輕輕走到失神的他身旁，壞意浮上嘴角。嗯，逗逗他。

我緩緩靠近他的側臉，風在我和他之間也開始停滯。他的髮絲在風停時緩緩垂落頸邊，遮住他纖長白皙的頸項。

我浮起雙腳，到他的耳邊，沙啞地輕語：「麟兒……」

他的全身立刻一緊，被我的話音吹拂到的左耳瞬間被血染成了漂亮的紅色，我唇角勾起，邪邪而笑：「剛才那女妖……可是……一點都沒穿吶……」

他全身繃緊地側開臉，避開我的唇：「師傅，妳又想說什麼？」他胸膛起伏起來，帶出一絲浮躁與倉皇。

「臉紅了？害羞？」我雙腳落地，歪下臉看著他已經發紅的臉：「原來剛才你是裝出來的，心裡……是不是……」我傾身靠上他的手臂：「很癢癢？」我抬手按上他的胸膛，在感覺到他猛烈的心跳時，他立刻後退一步，滿臉通紅地避開我的手，著急看我：「我對那女妖沒非分之想！我連看都沒看她一眼！」

我咬唇壞笑，瞥眸看他：「看看有什麼關係？你是男人，這再正常不過，看多了才不會受到誘惑～～～～」

「師傅！」他生氣地喚我一聲，臉紅成了醬紫：「非禮勿視！即使妖女再妖豔，我也不會受到她們的誘惑！」

他說得義正辭嚴，我偏不信，白他一眼：「呿，我才不信。」

「因為妳已經夠妖魅了好不好！」他忽然大聲打斷了我的話。空氣頓時凝固，他似是察覺說錯了話，懊悔地擰眉抿唇，僵硬地轉開身不敢看我。

我吃驚地愣愣看他，原來……是這樣。

我可以探聽任何人的心事，唯獨沒對麟兒這麼做。我們一起相處了十二年，從他知道我是妖，依然敬我為師為娘的時候開始，我便信他。

雖然在他十三歲後，娘的部分已經淡去，但他依然把我當作親人來愛。

這十二年，他長大了，他的心裡對我究竟想了什麼，我並不知。正因不知，才有今天這樣大大的驚喜。

鳳麟，真的不再是我心中那個六歲的孩子。如他所說，他已經是個男人了。

他懊惱不已地抬手拍了拍自己的額頭，越發側開臉躲避我的目光：「對、對不起……師傅……我的意思不是說妳像女妖精，或是像妖精那樣喜歡誘惑男人，妳是個好女人，是我的好師傅。妳是……就是……就是……我……我……！」他已經急得有些語無倫次，不知該如何解釋。

「噗嗤！哈哈哈哈——哈哈哈哈——」我終於忍不住噴笑，仰天久久大笑。我歡快的笑聲在樹林間久久迴盪，飛鳥從林間飛起，圍繞在了我們的周圍。

鳳麟緩緩轉回臉，眨眨眼看我，在我的大笑中漸漸平靜，臉上也浮起了微微的笑容。

我努力收住大笑，看向他，他的黑眸顫動了一下，匆匆側開，不敢看我的他，白皙的臉龐又開始慢慢發紅。

我雙腳微微離地，與他同高，飄飛到他面前。他又側開臉，山風撫過他的臉龐，如同一隻纖柔的手撩起了他纖細的髮絲。

我瞥眸看他一眼，壞壞一笑，伸手之時，環住了他的頸項。他的身體登時緊繃，我靠在了他的臉龐：「沒關係，我知道你想說什麼。我的寶貝麟兒……」我輕撫他背後長長的、順滑的墨髮，細滑的手感讓人還真有些愛不釋手。

他的身體緩緩放鬆下來，卻是變得有些沉默，似乎有什麼讓他有些失落。

我放開他，雙腳落地，抬眸看他略帶失落的沉默的臉：「麟兒，你怎麼了？不開心嗎？」

他的睫毛在山風中顫了顫，眸光深深落在我的臉上：「在妳心裡，我依然只是六歲那個孩子，是嗎？」

我邪邪一笑：「我知道你長大了，因為你知道師傅是妖魅的女人。」

「不，妳還是把我當孩子。」他略帶落寞地說完，從我身側走過，天蒼色的背影浮出絲絲幽怨之氣。

我吸入那一縷小小的怨氣，心中浮出一絲不解，他怎麼忽然哀怨了？伸手想去觸碰他身體時，想了想，還是作罷，什麼都知道，便無趣了。做人的樂趣，便在於不知他人心中所思所想。

我跟在他的身後，踩在他拉長在地面的影子上。我和他一起走過深坑之旁，坑內還是那女妖身上的巫師袍，我隨手一勾，從麟兒那裡吸來的怨氣化作我的魔力把那巫師袍勾了上來，繼續一步一步跟在他身後。

沙……沙……樹葉在我們上方輕輕搖擺，整個樹林靜得可以聽見我們輕微的腳步聲，地面滿是斑駁的光點，光點隨著樹葉的搖擺又繪出不同的圖紋。我和他的影子穿梭在那些光點之間，斑駁的陽光投落在我和他的衣衫之上。

他停了下來，衣襬在風中揚了揚，轉身看我，目露疑惑：「師傅，妳不是最討厭走路嗎？」

我抿唇一笑，轉身懶懶地扶腰：「是啊，可是我又覺得月輪太硬坐著不舒服，怎麼辦？」我瞥眸看他。

他在斑駁的樹影下看我片刻，黑眸之中帶過一絲無奈，他走到我身前，轉身，單膝落地：「上來吧。」

我笑了，立刻趴到他的身上，他背起我繼續向前步行。

我扯了扯他的髮絲：「為什麼不御劍？」

他靜了片刻，說：「只想走走。」說完，他沒有再說話，一直背著我向前。我們走出了靜靜的樹林，跨過潺潺的小溪，看到姚家村時，他停下腳步，有些失落：「怎麼這麼快？」

我勾住他的脖子探臉：「嗯～～？你就這麼喜歡背著師傅？」

他微微垂下眼瞼，帥氣的臉上又是多了分幽怨：「師傅，我現在覺得，妳還不如是個妖精。這樣妳的敵人便不會是天神，而只是凡間的劍仙，我也可以好好地保護妳了。」

我靜靜看他一會兒，男人很奇怪，不能保護女人便會陷入奇怪的自責。從神族，便是如此，可是，誰規定了男人非要保護女人？

想我當年日益強大，強大到甚至成了六界的「威脅」，為何他們不信我會保護他們，而不會去傷害他們？不去奪取他們的權力？

過去的一切浮現心頭，我直接躍下他的後背，他有些吃驚地轉身，我不悅地沉臉側身：「我不需要你們男人的保護。你把你自己管好，別來管我。」說罷，我拂袖直接飛起，不再看他一眼。

憑什麼只能男人掌權？憑什麼女人只能在家？憑什麼世間要以男人為尊，憑什麼女人只能在家抱孩子？

這些規定，是誰定的？

即便看似男女平等的神族，但真正有實權的女神又有多少？六界界神皆是男人！

我不說必須女神掌權，但也想求得真正的公平公正！

不像在我強大之時，卻把我壓在崑崙山下！

落在祭台之時，我異常陰沉地俯看台下國師帶來的士兵和巫女，姚家村村民各自躲在屋內抬頭哆哆嗦嗦偷看。

我拿起手中國師所穿的巫師長袍，直接甩下祭台：「你們的國師是條蛇精，已被我崑崙收服，不服來戰！」

國師的長袍在空中飄飄擺擺，墜落在地，露出了已經站在台下的鳳麟。他仰臉看我，深邃的視線裡，再次浮現他的憂慮和關切。

我站在台上，他站在台下，久久對視。即使四周響起驚叫，人群陷入慌亂，依然無法打斷我們牢牢相連的視線。

「啊——」巫女們嚇得驚叫起來，四處逃離。

士兵見狀也驚恐地看看我，一步步後退，然後轉身逃跑。

姚家村的村民們從驚喜轉為驚訝，忽然全數拿著耙子和鐮刀衝了出來，一起轟走巫女與士兵。姚家村人，終於團結起來。

「滾！滾出我們姚家村！」

「滾——」

「不要再來了——妖怪——」

男的揮舞手中耙子，女的扔起爛菜葉，茶花站在一旁默默地含淚而笑。

「噌——」一聲，仙劍的嘯鳴打斷了我與鳳麟的對視。他手中的仙劍正在震顫不已，鳳麟吃驚俯看，雙眉立刻緊擰。

崑崙弟子的仙劍除了御劍之用外，還可通信；將仙力注入自己的仙劍，即可聯繫自己的同伴。看鳳麟忽然凝重的神情，呼喚他之人定是遇到危難。

他飛身躍到我身旁，正色道：「師傅，天水師兄在召喚我。」

心中立刻不悅，又是天水。這小子肯定喜歡我家鳳麟！

「多謝大仙救我們姚家村！」族長帶領村民再次跪倒在我祭台之下。

鳳麟捏緊手中仙劍，看向眾村民：「大家快請起，我們還有要事，告辭了，從此你們姚家村會太太平平。」說罷，他在一眾村民的叩謝中直接拉起我的手，御劍而起，不再顧及什麼不能在凡人面前施法的崑崙條規，也不問我是否同意隨他去見天水。

「多謝大仙——」

「大仙好走——」

村民們感激的呼喊聲從下方不斷傳來，鳳麟拉住我的手直衝雲天。破雲而出時，我們飛翔在茫茫雲海之上，他拉著我的手帶著一絲霸道，他不讓我離開他的視線，也不讓我離他半分，他要去見天水，也要帶我一起同去。

但是，我不要見天水！

啪！我在空中甩開他的手，月輪飛到自己身旁。他有些吃驚地轉身，我躍上自己的月輪，手扶月輪冷冷看他：「如果就這麼走了，朝廷會降罪姚家村。」

「怎麼會？」他擰眉不解：「國師是蛇妖！」

「誰信？國君信嗎？」

我的反問，讓鳳麟怔立空中。

我沉臉看他：「你去見你的天水，我在這裡善後！」

他擰起眉峰，在碧藍的雲天下深深看我：「師傅，妳到底怎麼了？我是不是又說錯了什麼？從我說想好好保護妳開始，妳就開始生氣，我想保護妳又有什麼錯？」他也變得有些激動，焦急地看我臉龐，伸手握住了我的手臂，深切地凝視我的眼睛：「師傅，別鬧性子了。天水師兄那裡定是情況危急，否則他不會召喚我，我必須趕去救他。」

「那這裡呢？」我指向雲海的下方：「其實，你可以去接應你的天水師兄，我可以留在這裡善後。」

他眸光微微一緊，那目光像是怕我跑了。

我勾起一抹邪笑看他：「我去又有什麼用？我能施展我的神力嗎？那樣豈非暴露我的身分？而這裡需要有人善後，需要有人去告訴那糊塗皇帝他的國師到底是什麼，才能阻止他派兵圍剿姚家村。殘害國師……我想……在你們凡間，是大罪吧。」

鳳麟的目光變得猶豫起來，因為猶豫和太多的憂慮而讓他呼吸不穩，神情左右為難。

「而且，我殺了花神，需要儘快找一個花神補上，不然世界百草的生死會陷入混亂，種植瓜果的老百姓可就沒收成了，那豈不是又要害他們失收挨餓？到最後，是我在禍害蒼生，還是你？」

鳳麟的眸光猛地一顫，猶猶豫豫地放開了我的手。他立於仙劍，深吸一口氣後恢復鎮定，神情裡已經帶出了他的決定，他鄭重看我：「師傅，妳留在這裡善後吧。」

我勾笑點頭。

「但是！不能亂來！」他再三交代，又似是怕我誤會他懷疑我，立刻解釋：「我的意思是劍仙不能干政，恐惹禍端……」

「我知道。」我輕輕巧巧地打斷了他的憂慮他的話，坐下月輪懶懶看他：「當年劍仙亂政，朝廷派兵剿殺所有修真弟子，但真正的修仙之人躲入仙境，卻連累了凡間那些清修的道士。那一年，被屠殺的道士上萬，你放心，我自有分寸，必要時，我會讓國君忘了一切。」

鳳麟聽罷，才放心點頭，再次抬眸時，他的眸中是滿滿的不捨：「師傅……這十二年來，我們……從沒分開過……」

「你可以滾了！」我受不了地白他一眼，他一愣，有些鬱悶，他像是第一次離開娘的孩子，兒女情長：「不要說得像生離死別，你放心，我辦完事就會來找你，你這麼煩，是去救天水還是打算給他收屍？」

他不說話了，垂落眼瞼，又不捨地站了一會兒，從懷中拿出乾坤鏡：「師傅，蛇妖在裡面，妳拿著，好讓皇帝相信。」

「嗯。」我懶懶地接過，嫌棄地揮揮手：「快走吧。」

他又是擔心地看我一眼，指向我：「不准亂來！」

「知道了！」

他擰擰眉，轉身，捏了捏拳頭，然後，再也不回頭地御劍而去，劍光化作一道流光，頃刻消失在我的眼前，雲海的盡頭。這是他第一次與我分開，而且是在崑崙之外，如此遙遠。

鳳麟是凡人，無法把天地六界攥在手中，他會感覺到距離的遙遠，會感覺到與我分開的不安與掛念。凡人這些細微的情感，正是神族沒有的。

我攤開掌心，花神的神骨已經浮現手心，我靠在月輪上慵懶而笑：「神骨，你覺得誰可以做下一任花神？」

神骨幻彩的光芒在碧藍天空下閃耀出耀眼的光芒，瞬間映得下方一片雲海華彩四射，清新的花香也瞬間瀰漫了周圍的世界。一道絢麗的彩虹從我手中而出，穿透雲海，直落下方。

「嘖嘖嘖，你這樣可不行，會暴露我哦。」我拋出了神骨，它從彩虹中緩緩降落，我隱去身形沉落雲海，順著那彩虹直下雲天。

彩虹降落在姚家村一間簡陋的茅屋上，它的霞光瞬間引來村民驚奇的目光，他們開始圍攏在茅屋前，駐足觀看。

一個女孩從茅屋中而出，吃驚地看屋頂上神奇的彩虹，幽幽的花香也從彩虹中漸漸飄散。

「茶花！看！妳家生出彩虹了！」人群中有人興奮地喊。

「一定是天神顯靈！」

「是天神顯靈！」

族長、巫婆還有村民們一個個跪下，在茶花屋前叩拜。

茶花好奇地看那彩虹，隱去身形的我緩緩降落她的身後：「妳為什麼不拜？」

茶花聽見我的聲音驚訝轉身，看著空氣，欣喜找尋：「姊姊？姊姊是妳嗎？」

「我問妳，妳為什麼不拜？」我揚起右手，啪地打了一個響指，立刻時間凝凍，萬物停滯，唯有茶花目瞪口呆地站在我的面前。

我漸漸現出身形，邪邪而笑：「別人都在拜，妳為何不拜？」

「因、因為那是彩虹，怎麼會是天神？」她在我現形時僵滯地答，然後大驚：「難道真是天神？」

「哼……」我悠悠而笑，靠在自己月輪之上：「不錯，是天神，妳怕嗎？因為只有妳沒有拜，妳不敬天神。」

茶花露出了一絲慌張，這才是凡人對天神該有的畏懼和害怕，這也是天神們所要的。

可是很快的，茶花定了定心神，再次抬起純然的臉，臉上是她善良乾淨的微笑：「我不怕，姊姊說過，哪有山神會吃人，所以天神一定是好人。爺爺說過，神仙很善良，他們護佑蒼生，保護我們的天地，讓我們可以幸福快樂地生活下去。天神那麼善良，應該不會怪罪我剛才不拜，因為他明白，我剛才並不知道那是天神。」她純淨天然的笑容如同山間清麗乾淨的茶花綻放，甚至讓人彷彿可以聞到那茶花輕悠甘甜的芬芳。

茶花的笑容，可以讓我聞到花香……

這孩子的前世不簡單。

「很好。」我微微坐直身體，單腿曲起，嫣紅的衣裙在我身上褪盡，露出我自己破破爛爛的黑裙，和我布滿邪氣的臉龐。茶花的雙眸隨著我的變化而睜大，最後目瞪口呆地站在我的月輪之前，完全呆若木雞。

我生於天地之陰氣，長於世界之陰暗，我可以看透任何人心底的陰暗汙穢。只要他們心中有半絲半點的暗處，他們對我即會產生本能的畏懼，如同畏懼陰暗之主！

但是茶花沒有，她只是呆呆地站在那裡，驚訝地看著我。

身下的月輪在她身邊緩緩繞行：「別人都說那是天神，都在叩拜，只有妳在懷疑天神，心懷質疑。妳很善良，又不盲從，雖然我不喜歡什麼願意為了別人而犧牲的人，但妳敢懷疑神明的態度我很欣賞，妳做花神去吧，順便給我帶一句話上去，告訴他：不用他來找我，我自會找他。」

我眯起雙眸，懸浮在茶花的身後，破破爛爛的裙襬垂落躍落，隨我的繞行而輕動。

「他？姊姊說的是誰？」茶花驚慌轉身，目露困惑，我勾唇一笑：「妳那麼聰明，會知道的。」我抬起右手，花神的神丹現出掌心，立刻花香四溢，茶花的院子、茅屋四周、屋頂，無不開出繽紛的鮮花，化作花毯遍布整個世界，美若仙境，讓人的心跳也會因為這美麗的景象而停滯。

茶花驚喜而激動地俯看滿地鮮花，忘記了剛才的驚慌失措。她在我的面前也從不現出畏懼；她不畏懼天神，因為她心懷美好，相信爺爺說的話，相信天神的善良。

神骨在彩虹中緩緩降落，彩虹從屋頂移在了茶花的身上。茶花驚奇地觸摸美麗的彩虹，我坐在月輪上靜靜看她，茶花的身上讓我看到了最初的神族。

神骨在她觸摸彩虹時漸漸沒入她的後背，她的身體也在彩虹中慢慢離地，她驚慌著急地在彩虹中揮舞手臂，雙腳踢踹，那模樣像是被人吊起手腳掙扎，著急看我：「姊姊！姊姊怎麼回事？姊姊救我！」

我對她邪邪而笑，手托神丹：「神骨已經選擇了妳，妳從此是新的花神了。這是神丹，可以助妳吸取神力，去吧。」神丹從我手中飛出，撞入茶花的胸口，瞬間茶花被刺目的金光包裹，仙氣繚繞。

「姊姊！是不是搞錯了！我不配做花神的！我只是個凡人！我只會採茶種花！」茶花在光芒中急得跳腳，沒有瞬間成神的狂喜，只有驚慌失措：「我怎麼能做花神！我怎麼配！我什麼都不會，姊姊！姊姊！姊姊——」在她呼喚我時，彩虹猛地收回，她也隨著彩虹的收回瞬間消失。

我和月輪懸浮在滿地的花海上，我仰望九天。茶花，既然神骨選擇了妳，這就是妳的命運，已非你我可變。不知有多少花仙想做花神，妳在上面的路還很遙遠。

幸好，妳是我選的人，我相信他們會時時護妳，因為他們想從妳這裡找尋到我的蹤跡，哼。我蔑然地看上方天空，茶花，上面還有一群小婊子正等著妳去對付呢，妳不會沒事做的。

我揚起手，啪的一聲，時間再次走動。

我乘坐月輪直飛而上，只留下看著茶花茅屋滿園鮮花的呆滯村民們。

第八章　京都怨氣多

呼呼的風揚起我的長髮，灌入我寬鬆的衣領，我破破爛爛的裙襬在月輪下飄擺。我在月輪上拿出了花神的仙裙，擰眉，真氣悶，想找件仙裙穿，手上這件偏偏是那賤人穿的，我才不要穿呢。

我收回衣內，嗯，拿回去給麟兒穿。

對了，可以找他給我送件來，我的唇角不由壞壞揚起。三千年不見，那孩子該長大了，也不知現在是什麼模樣？

一時間，我的心情莫名地好，哼著小曲飛向京城。

忽然間，怨氣直沖高空，我的血液開始沸騰，此處怨氣濃鬱而新鮮，必是京城！

歷來繁華之都皆是怨氣叢生，因為在那華麗的表面之下，卻隱藏著腐爛之心，而那些腐爛的心會讓民怨叢生，怨氣升騰！

我深深吸入那新鮮美味的怨氣，渾身的衣裙再次修補完成。我揚唇而笑，身旁已是明月東升，碩大的朗月在我身旁，縹緲的青雲之下，是如同星光燦爛的繁花都城！

「嘶———」嗯～～～真是討厭，繁華之都，什麼牛鬼蛇神都有，讓我的怨氣也不純淨。之前國師是妖，這京城裡自然有妖類；想必這些妖因那國師也是過上了好日子，隱藏在凡人之間，逍遙快活。

這京都，快成妖都了。

我從月輪上站起，月輪閃爍青光懸浮在我身旁。我拿出了乾坤鏡，看了看，裡面現出青蛇身影，邪邪一笑，手執乾坤鏡直下雲天！

夜空之下，大燕都繁華似錦，即使在空中，也能聽見喧鬧的人聲。酒樓裡跑堂的忙著吆喝，青樓裡的女人們嬌滴滴地呼喊。

我在夜中走出，長長的裙襬收至腳踝，化作一襲緊身而乾淨俐落的紫裙，換上一副普通得不能再普通的女孩容貌，我走入喧鬧的夜市。

好久沒有來這凡人的夜市了，真熱鬧。

在我被封印之前，凡人沒有自己的政權，不知種植紡織，身上的衣裙也是簡單粗陋，沒有絲綢、棉麻和如此鮮豔的顏色；他們不知如何染布，如何繡花，他們也沒有自己的城池，沒有自己的軍隊。他們一直和平共處，因為那時的神族護佑著他們，保護著他們。

漸漸的，他們也有了自己的王，他們想要得更多更多……

現在，我的眼前，已是繁榮的凡人世界。在被封印後的兩千年，我能清晰地感覺到他們的繁衍、壯大，他們建立了自己的皇權，造起自己的城池，守護自己，不再依靠神明。

凡人是堅強的，他們的身上，有很多很多美好的優點。

同樣，他們的缺點也足可毀滅自己的族群。一代又一代，權欲的戰爭讓鮮血染滿大地，民不聊生，怨氣沖天。可是很快，他們又開始自癒，重建，繁榮，一次又一次，輪迴不止。

凡人，真是一個神奇而有趣的種族。

但他們不知道，這命運的輪迴之後，是天神在悄悄推動的。

「哎～～～各位客官是打尖還是住店～～～」

「喲喲喲！各位尊客，我們酒樓可是京都最好的酒店——」

「牛肉一斤，羊肉一斤，萬年春一罈，脆皮的花生一盤快上咧～～～」

「客官～～～來我們鳳棲樓嘛～～～我們這兒有全京都最好的姑娘～～～」

「豆腐花～～新鮮的豆腐花～～～」

我漫步在人群之中，四處都是吆喝與叫賣。我喜歡凡人，除了他們身上有我的能量源泉這些陰暗能量，還有他們的生生不息，為生活而奔波不停的精神，我喜歡他們身上的活力，堅強，不屈，充滿希望。

我停下腳步，面前已是巍峨的皇城，深深吸入一口氣，這裡的怨氣最強烈。小小的皇城，卻散發出整個京都最強烈的怨氣，這裡面的女人是有多麼哀怨？

「嘶——」好想住在這裡，對我恢復身體很有好處。

我走上通往城門的小橋，門口的士兵立刻厲喝：「什麼人！站住！」

我揚起手，啪的一個響指，他們定在了城門口，目光呆滯，魔力的黑氣纏繞我的全身，城樓上撲啦啦飛起了兩隻烏鴉，我愣愣睨向牠們：「少管閒事！」

呱！烏鴉嚇得撲棱棱飛離。那兩隻烏鴉身上有妖氣，而且還帶著一絲蛇妖的妖氣，可見牠們是她的小嘍囉。

黑氣纏繞在腳下，我從僵滯的士兵之間昂首走過，黑色的裙襬如同黑雲一般在我腳下飄浮。

我緩緩離地，月輪從空中噌地劃破空氣，落到我的身後，再次成為我的座椅。正事要緊，之後有的是時間逛街，而且，逛街沒個男人做跟班怎麼行？

月輪所過之處，行人皆停；提燈的太監、行走的宮女、巡邏的士兵，黑氣掠過他們的臉龐，他們全數呆立在原地，目光呆滯。兩隻烏鴉一直遠遠地、偷偷地跟在我的身後。

遠遠的，我聽到了音樂之聲，我拿出乾坤鏡，裡面蜷縮著那條青蛇。我伸手直接抓入乾坤鏡，一把提出那條青色的小蛇隨手扔在了地上，咕嚕嚕，牠滾了一圈，化作了綠衣的少女，綠髮披散，面色蒼白，全身發抖：「上上上仙饒命！」

「呱──」兩隻烏鴉驚得呆立在樹上，牠們看到了自己的主人。

我的月輪飄浮到她的面前，抬手扣起她如蛇般精巧的下巴：「皇帝在哪兒？」大半夜的，我懶得找。

她驚慌地抬起臉，淚水不斷湧出：「求上神饒過陛下，是我魅惑了陛下，陛下不知我是妖孽！求上神饒過陛下！陛下真的什麼都不知道，無論陛下犯了什麼錯，請讓小妖來承擔，求上神！求上神了！」她說罷匆匆後退，不斷向我磕頭，咚，咚，咚，蒼白的額頭在碎石的地面上磕出絲絲血跡。

我瞇起雙眸看她淚水滿布的臉，鮮血順著她的額頭和她的淚水混在了一起，流下她蒼白的小臉，她在那個皇帝身邊，難道……

我再次伸手，扣起她的下巴，她的血水一滴一滴落入我的掌心，滴答滴答的聲音帶我進入她的內心……

她叫小竹，在山中修煉，本是潛心向仙，卻在百年前遇到了他……

他英姿颯爽，他器宇軒昂。他，就是大燕王燕靖。

她對他一見鍾情，自知是妖，又是個女人，無法在他身旁，她化身隱士，成了他的軍師，為他出謀劃策，贏得天下。然後，她成了大燕國的國師，不求回報，無怨無悔。即使燕靖死後，她依然守護燕雲天下。

每隔三十年，她換一次容貌，讓國師相傳，但無人知道，國師一直是她，從未改變。

百年之後，燕晉降生，他與先祖燕靖是如此地相像，她隱忍百年的深愛終於無法壓抑，她徹徹底底陷了進去，只為彌補未能與燕靖相愛的遺憾。

她化身舞姬，現於他的面前，當年既得寵幸，從此日日為男也為女，夜夜與燕晉纏綿，不離龍床。

我收回手，冷冷看她：「妳可知錯？小竹？」

「小妖知錯，小妖知錯。」她哭得梨花帶雨，滿臉的血汙：「可是、可是小妖只想守護愛人的江山，為自己心愛之人做些力所能及之事，這，又有何錯？」

「哼。」我邪邪地冷笑：「不，妳沒錯，天下蒼生皆是聖靈，妳殺人，和人類殺妖，在我眼中皆是一樣。但妳錯在不該在人類的地盤上造孽，既然妳在人界，就要守人界的規矩，在這裡，人類才是主人！」

她哭泣地低下臉：「小妖自知殺孽深重，只求上神不要告訴陛下小妖的身分，求……上神成全……」她哭泣地趴伏在我黑色裙襬之下，將和愛人的分離讓她痛得聲音發哽，哀傷不捨。

我淡淡看她一眼，沒有做出任何承諾，只是繼續問她：「告訴我那皇帝在哪兒？」

「陛下晚上一般都待在御書房……」她抽泣著說：「上神，究竟為什麼……人與妖……不可相戀……」她哽咽地抽泣，痛得傷心欲絕。

我冷冷看她：「誰說不能？」

她吃驚地抬起臉。

「哼。」我瞥眸看向暗沉的月色：「在上古之時，都可相戀，神與人，人與妖，妖與神，只要相愛，何來種族之分？但是，後來他們的孩子成了半人半妖或是半神半妖，忽然有一天，神族有人說，這樣會使神族的血統無法純正，才有了種族不同，不可相戀之說。而且那時人類還有仙骨，可承受妖類妖氣；而現在，他們太弱，妳是妖，難道不知道妳每一次與燕晉的歡愛，會損傷他的元氣？」

「我知道，我都知道！」她痛苦地點頭：「所以我才會煉製仙丹，為他強身健體，可是……其實……」她的眼神漸漸渙散起來：「小妖也知道……和陛下的時間……越來越……短了……」

「有時放手也是愛，跟我走吧。」身下月輪轉身。

「不，不！我不能這樣去見他！我不能！」她驚惶地大叫，忽然抓住我身後的裙襬，傳來她聲聲哀求：「上神，求您了，不要讓他知道我是妖精，求您了！」

我轉身冷冷俯看她：「妳當然就該這樣去見他！這樣才能看清他的本心，若他嫌妳是妖，妳何須自己作踐再去愛他？知道真相即可了結妳與他兩世孽緣，難道還要生生世世糾纏下去？」

她雙目空洞了一下，我的裙襬從她蒼白的手中滑落。我轉回身，飄浮向前，她一步一步跟在我的身旁，腳步顯得那麼沉重，宛如赴死。

女人太痴，正因痴，才生怨，哼……我喜歡。

現在的凡人不僅造了自己的宮殿，還造了那麼多的房間，富麗堂皇，奢華無比。一路過去，寂靜無聲，宮女、太監、巡邏的士兵定在原處，成了月色下一座座木頭人像，給整個忽然靜謐的皇宮添了一分陰森之氣。

呱～～呱～～兩隻烏鴉飛過他們之間，停在他們頭頂，小心翼翼地看著我們。

終於，我們到了御書房前。

啪！響指響起，一縷縷黑氣湧入御書房，整個御書房也瞬間被靜謐吞沒。房中燭光輕顫了一下，傳來男子的聲音：「小李子，怎麼回事？你怎麼不動了？」

所有人一動不動，我帶小竹進入御書房。我的黑影在燭光中顯現，年輕俊美的國君燕晉呆坐在他的龍案之後。

我勾起邪笑瞥眸看他，他瞪大眼睛驚呆看我片刻，不由自主地緩緩站起，眸光也從驚訝轉為痴迷：「神女……」他痴痴地看著我，一步一步走下龍案，提起龍袍緩緩跪落在我的面前，仰臉依然痴迷地看著我，那副神情幾乎是要給我舔腳。

小竹站在一旁，渾身顫抖，輕顫的紅唇中帶出了苦澀的笑：「呵、呵……你不是說愛我嗎？原來看見比我更美的女人時，你竟是連看，也不看我一眼了嗎！」

燕晉聽到了小竹的話，轉臉看向我的身旁，卻是被小竹滿臉血汙驚嚇：「啊！妳是誰？」

「我是誰？」小竹的聲音也因憤怒和心痛而顫抖，她顫顫地指向自己，一步步上前：「我不是你最寵愛的綠姬，最愛的愛妃嗎！」小竹的長髮染上了黑色，驚得燕晉立刻起身連連後退：「妳，妳不要靠近孤王！」燕晉的眼神帶出一絲混亂，氣息不穩：「丞相說妳是妖孽，孤王還不信，原來是真的！孤王居然和妖孽在一起！神女！快救孤王！這妖孽定是想吸取孤王的陽氣！」

小竹在燕晉翻臉無情的話中趔趄了一步，單薄的身體如同枯葉般搖搖欲墜，她雙目空洞地看著前方：「我為你守了兩世，為你守護燕雲天下，為你殺生，為你放棄修仙自甘墮入妖道，你卻因我是妖一朝恩斷情絕，翻臉不認！是，呵呵……不錯，我是妖啊，我要吸人陽氣的啊，我是妖，是妖！哈哈哈——」小竹抽搐地狂笑，赫然間，她身上怨氣爆棚，眸光收緊之時瞬間現出針尖的蛇瞳，她恨恨地看燕晉：「我要吃了你——」頃刻間，她化出了巨大的蛇形，碧綠的身體幾乎撐滿整個御書房！

「啊！」燕晉驚得幾乎本能地拔出了寶劍，刺向小竹碧綠的身體。他倒是有點膽量，常人早嚇得魂飛魄散。

噗！鋒利的寶劍刺入小竹的蛇身，一滴淚從小竹巨大的蛇瞳中落出，比鮮血更快地染濕了地面。

我在一旁邪邪而笑：「吃了他吧，吃了他就解恨了，怎麼，捨不得？」

燕晉驚恐地看向我：「神女！妳、妳到底在說什麼？」

「哼，」我冷笑瞥眸，不屑看他：「就因我漂亮，就是神女了？你怎麼不懷疑我是妖呢？」

燕晉僵立在小竹身前，臉色立刻發白：「妳、妳是誰？」

我橫睨他一眼：「哼，你不配知道。今天我來是告訴你，你的國師，是你面前這條蛇妖，我會帶她離開，但你今後也不得再傷害姚家村村民！」我冷眸橫睨他，他驚得呆立在原地。

小竹緩緩收回身形，徹底無神地站在我的身旁，肩膀的衣裙被血跡徹底染紅，她也毫無反應，宛如徹底心碎，不知傷痛。

「你相信國師的話，用活人祭祀，你也不是什麼好東西。」我冷蔑地撇開眼睛，不再看那燕晉：「我看你的心遠比這蛇妖惡多了！」

「神女！」燕晉匆匆跪倒在我面前：「神女，孤王知錯了，孤王一定會改！定會勤政愛民，善待百姓！」

「哈哈哈——」我好笑低臉，冷睨看他，唇角勾笑：「你對我解釋什麼？向我保證什麼？你以為你解釋了，保證了我就會喜歡你，跟你纏綿一夜嗎？」

他立刻全身僵硬，眸光心虛慌亂地低落，不敢看我。

我懶得看那燕晉一眼，瞥眸看小竹：「妳也別恨他了，想想當初他被妳的妖魅所惑，那些為此而怨恨妳的後宮女人們吧。今日他為我所痴，將妳拋棄，不過是妳的報應，只怪妳眼瞎，愛錯了人。」

小竹身體一怔，呆呆地看著地面。

我不屑地淡語：「妳就當拿這個男人玩玩，何須在意，他日再找真心愛妳之人。」

「上神提點得甚是！」小竹咬牙切齒，在我身旁跪落，臉上的神情已是一片死寂：「小妖願隨上神回崑崙受刑，重新修仙！」

「嗯～～～這才對。今生他嫌妳是妖，待妳成仙時莫再看他一眼。」我拿出乾坤鏡，金色的柔光灑落在小竹身上，小竹不再看燕晉一眼，身形卻是緩緩化作少年之形：「小竹再不為女，女人之愛，太苦……」他最後哽咽的聲音漸漸消失在乾坤鏡的金光之內，妖類性別一直不定，他因愛而傷，不願再做女。

呱——烏鴉撲棱棱飛離，宛如怕我下一個便收了牠們。

御書房內，只剩我和那燕雲王，他匆匆垂落目光，份外恭敬地叩拜：「多謝神女相救。」

「誰要救你，我只是想見你主子。」我看向右手，魔力已在指尖環繞。

「主子？」在他困惑仰臉之時，我揮起右手，魔力瞬間化作一隻黑爪直接打在他的胸口：「給本尊滾出來！」

「啊——」燕晉痛苦地撐開手臂，瞬間，一個黑衣小孩兒從他後背咕嚕嚕滾了出來，他眼神迷離失散了一下，暈眩過去，撲通一聲倒落在地面上。我冷冷瞥眸看去，一個光溜溜的小腦袋從倒落的燕晉身後偷偷摸摸探出，胖嘟嘟的小臉紅潤可愛，一身小小黑衣讓他看上去像一顆小小的黑球。

他黑溜溜的大眼睛一看到我，就嚇得逃跑。

「想跑！」我一勾手，魔力化作長長的手臂，手指勾住他小小的衣領，把他一把提回面前。

「救命！救命！」他小手小腳害怕地蹬踹，胖嘟嘟的小臉急得臉通紅，他慌忙用小手抱住自己光溜溜的大腦袋：「不要吃我，不要吃我！我不好吃！」話音剛落，他砰的一聲，化作一顆黑色的棋子落下。

我立刻伸手，啪的把那顆棋子握在手中，攤開手心時，他再次化作小人在我手心叩拜：「饒命饒命！請您饒命！」

我邪邪而笑：「你的主子不下來，我就吃了你！」我故作凶惡看他，他嚇得又是砰的一聲，變成了黑色的棋子，棋子油光閃亮，如他的小腦袋。

我擰眉道：「真沒趣，才嚇嚇就變回原形了。」我無趣地拋扔他，黑色的棋子隨即發出「啊——啊——」三歲兒童般稚嫩的叫聲：「求大仙別扔了，好疼啊……啊——嗚——請對我溫柔一些……嗚……」

「你閉嘴！一顆棋子瞎叫什麼，吵死了。怎麼這麼慢？」我無聊地拋扔那顆哇哇亂叫的小棋子。忽然間，棋子蹲在了空氣之中，金光從上空陡然落下，狠狠砸在我的面前，瞬間讓周圍時間停滯、空間隔離。我揚唇而笑，終於來了。

雪白的華袍上是紫色如同星辰的花紋，仙氣從金光之中滾滾而出。他踏出金光的那一刻，威嚴的聲音也隨之而來：「誰敢動我紫微星君的棋子！」

我斜靠在月輪上邪邪而笑，抬臉瞥眸：「是我，小紫。」

他在我的話音中徹底頓住了腳步，緩緩抬眸朝我看來時，清美極致的容貌也陷入了凝滯的神情。細細長長的星眸裡閃動著驚詫和激動的淚光，如紙片般的薄唇揚起了激動的笑容，讓他瘦削精緻的臉龐多了一分柔和與暖意。

纖長的銀髮帶著淡淡的紫色一直垂至他的後腰之下，白金色的神冠束起一束長髮，直垂後背，神冠上是點點星辰，神光柔和美麗。

「真是長大了……」我離開月輪，雙腳離地飄飛到他的面前，他的淚光在眼中閃現，我撫上他精緻的臉龐：「長這麼大了……我還記得那時你還是個少年，現在，已經是真正的神君了，嗯……長得真漂亮。」

他銀紫色的睫毛在我的觸碰中輕顫，淚水染濕我的指尖，他閉眸哽咽地低下臉，緩緩單膝跪落，長髮絲絲縷縷滑落他美麗的神袍：「北極紫微宮星君……紫垣拜見娘娘……」他哽咽伸手抱住了我的雙腿，長髮滑落我的裙襬，宛如化作一條條銀紫色的絲線。

我揚起臉邪邪而笑，輕撫他帶著一絲暖意的長髮，自家的孩子，始終不會變心。

天地初開，神族降臨，但是那時，神族寥寥無幾，他們需要造神，協助他們一起打理這個新的天地。

於是，月神、星君、水神、火神等等神族一一誕生。那時，他們還只是孩子，我與他們時常相伴，因為他們喜歡我。我很討他們喜歡，常常帶他們玩耍，讓聖陽頭痛不已。因為他想要的是威嚴的神君，而不是一個個貪玩的野孩子。

當然，心始終是會變的，隨著孩子們的長大，他們的心也不再如最初那般單純。但我知道，紫垣這孩子和鳳麟一樣，不會變，因為他是我挑選出來的，是眾星之首，對我最為忠誠。

「我不能久留此處，小紫。」我說。

他放開我抬起臉，眸中還帶著一絲激動，但神情已經恢復平靜。鎮定後的他面容冷峻，寒氣逼人，恢復了神君的威嚴，他星輝般淡紫色的瞳仁落在我的臉上：「紫垣知道，請娘娘授印，紫垣願聽娘娘任何差遣！」他眸光異常堅定地看著我，抿緊雙唇，眉心北極星的神印已經浮現。

我的心裡浮起許久沒有的感動，讓我授印，有如將心完全交給了我。一旦他有背叛我的心意，我可立刻察覺，並毀印直接取他性命，這是對我最大的忠誠。

我收起了笑容點點頭，伸手撫過他星光般的神印，緩緩俯落臉，輕輕吻上他眉心的神印，留下我的心印，融入他的神印之中。從此他與鳳麟一樣，與我心心相連，彼此感知。

被授印者是無法探知施印者之心的，只有我允許，才能心語相通，所以鳳麟無法主動與我心語，但我可以。

紫垣的睫毛在我吻落時輕顫，我感覺到了他呼吸的凝滯和皮膚下那加快的心跳，他還在為我的自由，我的出現而激動。我還記得我被封印時他急哭的淚水，和無能為力時痛苦的神情。

我應該聽他的話的，早些離開神界，離開聖陽。可是，我那時心裡還相信著聖陽。

我緩緩離開他的眉心：「小紫，我需要幾樣東西。」

「娘娘請吩咐。」他垂眸沉語，努力克制自己紊亂的呼吸。

「給我一瓶普通的仙丹，我需要唬一下凡人。」

他身體一僵，眨眨眼右手伸出，左手微微拾起袍袖。右手攤開掌心時，現出一只翠綠的小瓶：

「此瓶中的仙丹可增加凡人的仙力與壽命。」

我邪邪地笑了，勾勾手指，小瓶朝我飛來，握我在手中：「不錯～～這個真不錯～～～小紫，我還要一件仙裙，凡人的衣服我穿不慣。」

「是！」他再次伸手，月光灑滿整個御書房，聖潔雪白的仙裙散發幽幽的冷香。

我勾勾手指，仙裙飄飛在我的面前。我伸出手，紫垣微微低臉，胸膛起伏不停。

黑色的衣袖從我手臂上緩緩消失，露出如玉如雪的肌膚，仙裙的衣袖滑入我的手臂，聖潔的光芒在我身上綻放，我勾唇一笑：「這不太符合我的風格。」立刻旋身，裙襬飛揚之時，如夜般的黑色染上仙裙的衣襬，自下而上漸入星光之色，宛若將銀河穿在了身上，嫣紅崑崙的裙衫也同時墜落在紫垣的面前。

他僵硬了一下，越發低下臉，嫣紅的衣裙在他的眼前漸漸化為灰燼，隨它真正的主人而去。

「這才對。」我滿意地摸摸身上黑色的衣裙，仙裙可隨主人心意所變，若是穿在凡人身上，更可刀槍不入，減少法術的傷害。

「我的吃不飽現在被關在何處？」我一邊整理衣裙，一邊問。

「被關在了妖界，由妖界界王看管。」他答。

我手一頓：「在妖皇那兒？」我緩緩瞇起眼睛，邪邪地笑了：「好！下一個就是他。」我俯望紫垣：「小紫，你起來，不用跪我。」

「是，娘娘。」他提袍起身，動作優雅而沉穩，當年他還是少年時，已現出與他人不同的老成與穩重。

我拋了拋他的棋子，勾唇一笑：「這個還你。」我扔出棋子。

「啊———」黑色的小小棋子在空中化作三歲小孩，他伸手將黑衣小孩兒接在懷中，小孩立刻抱住他，下一刻，便哇哇大哭：「星君她欺負我～～～啊～～～～～～」

「沒事沒事，別哭了，娘娘是好人。」他輕撫那孩子光溜溜的小腦袋，柔聲輕哄。

我坐回月輪靜靜看他：「哼，你倒是對棋子溫柔愛護。」

他薄薄的唇角揚起一抹淡淡的幅度，抱起被我嚇壞的小童抬眸柔柔看我：「娘娘說過，萬物皆有靈性，好好愛他，他也會愛你，即使一花一草。」

我揚唇而笑，他懷抱小童，一直凝視著我，目光中那份濃濃的依戀情意讓我有些不適。我轉開目光，避開了他的視線，掃視一旁昏迷的燕晉：「這裡交給你善後，我走了。」我轉身欲走。

「娘娘。」他搶步到我身旁，神光隨他的身形也籠罩我的身旁，帶著神明的暖意：「妳……現在在哪兒？安不安全？」他的話音裡是滿滿的擔憂，讓我不由自主地想起麟兒，我閉起雙眸，神行千里。

「麟兒。」我輕輕呼喚。

「師傅！」耳邊立刻傳來他的呼喚：「師傅！這裡危險，妳先回崑崙，我很快回來！」

我睜開眼睛，麟兒那裡危險，我聽出他在戰鬥，氣息不穩。他若說危險，必是非常危險，否則，不會讓我先回崑崙，可見他那裡的戰事拖住了他。

崑崙七子怎麼回事？打了一天居然都沒擺平殭屍。

我看向紫垣：「我現在在崑崙，很安全。」

紫垣目露驚訝：「原來妳還在崑崙，他們已經找妳許久！」他銀紫色的瞳中露出一抹陰沉。

我揚起冷笑：「哼，想抓我，哪有那麼容易。我問妳，聖陽怎麼不見了？」

他擰眉搖頭，神情嚴肅：「封印妳之後，陽帝一直不出神宮。然後有一天，冥帝他們去神宮找他，他便已經不見。沒有人知道他去了何處，在妳被封印的這三千年裡，他從未現身。」

躲起來了嗎？內疚？哼，現在我已現身，相信他不久也會出現。

「知道了。」我拂袖飛起，他走到我的身下，伸手輕輕拉住我的裙襬，懷中的小童顫顫看我。

他抓住我的裙襬，卻是久久不言，仰起的臉上似有千言萬語，卻不知從何說起。

「怎麼了？」我俯臉看他。

他抿了抿唇，放開了我的裙襬：「小心。」

「嗯。」我揚唇邪邪一笑，拔地而起，衝出他的神光和結界，金光漸漸消失在我的身後。宮中執燈的太監宮女再次前行，化作一條小小的光蛇隨著我的遠離越來越遙遠。

凡人只知帝王是紫微星下凡，卻不知下凡的不是紫微星君，而是他扔下的棋子。每一天，每一刻，他在他的棋盤上操縱凡間帝王們的命運，他可動用那顆棋子，徹底改朝換代。

一國之運在於君王，君王之運，卻在那小小棋盤之上。小紫每天下棋會不會太枯燥了？

他那些棋子倒是長得可愛，改天去玩玩他的小崽子們。

邪笑不由從心底揚起，撲啦啦，卻是那兩隻烏鴉飛在了我的身旁，我看向牠們，牠們慌忙轉回臉目視前方。

「怎麼，想跟著我？好，那就跟著我吧，但若是被我發現你們背叛我，我會扒了你們的皮！」

呱！右側的烏鴉立刻墜落了一下，拍打翅膀匆忙飛回。

「哈哈哈哈——」我仰天大笑，狂放的笑聲在夜空中迴盪。

❖

荊門關遠在京城之西，接萬里荒漠，沙塵飛揚，天氣乾燥。坐在震天錘上頃刻間可到。京城怨氣看似深重，但活人的，始終不如在姚家村那些死人的，所以我恢復的力量並不多。我需要的是像姚家村那強烈的、沒有半絲雜氣的怨氣！

雲天高闊，可視萬里，皎潔的月光灑滿邊關內外整個蒼茫大地。

未到荊門關，已聞濃鬱怨氣，我的血脈因怨氣而沸騰。怨氣是我能量之源，我對怨氣會有本能的反應。

我的嘴角邪邪揚起，這是為我而準備的饕餮盛宴，也是誘我出現的美味陷阱。

塞外邊關，人跡罕見，突現殭屍，又有如此濃烈的怨氣，絕非正常。在歸墟鏡顯現之時，我心中已經生疑。

「嘶——」我吸入那為我準備的美餐，深沉地俯看蒼冷月光之中火光閃閃的城池。

邊境塞外，人煙稀少，日光猛烈，陽氣更甚，難出殭屍。而就在我破印而出後，這裡卻突現殭屍，瞬間醞釀出可供我恢復力量的怨氣。也正因這裡遠離人煙，近乎隔絕，才成為一個很好的誘餌，釋放濃濃怨氣誘我前來，只要怨氣頃刻消失，便知是我前來。

「哼。」我揚唇一笑，看來這頓大餐，我只有看的份了。

我開始緩緩降落，衣裙從裙襬開始染上嫣紅的顏色，化作崑崙仙裙。當聽到喊殺聲時，我已化作嫣紅的容貌。

荊門關內外火光閃耀，慘叫連連，一片狼藉。

「啊——啊——」

飛速躍起的殭屍撲倒一個士兵開口就咬！

好快！

這可不像是普通殭屍，殭屍速度越快，傳染越快。難怪之前看歸墟鏡不過幾十個，現在已是成千上百。這樣的速度，要不了三天，這座城全是殭屍的天下了，產生的怨氣足以把我從千里之外引誘而來。

呱——呱——兩隻烏鴉飛落我身邊，在城頭哀叫。

忽然，仙劍刺穿了殭屍的身體，殭屍在那士兵的身上化作灰燼，一名崑崙弟子落在被咬的士兵身旁，他驚恐地大喊：「我被咬了！我被咬了——」

「鎮定點！」

「我被咬了！被咬了！啊——」士兵推開崑崙弟子，奪路而逃，那士兵也快變成殭屍了。

這樣的情況果然危險。

我的麟兒呢？

我俯看整座城池，一眼看見城門外劍光閃閃，殭屍圍城，鳳麟和天水正在殭屍群中混戰。在他們身旁，正是崑崙七子，他們全到了，連潛龍也在殭屍之中。

若是情況格外危急，崑崙可以破例允許崑崙弟子在凡人面前施法；但之後需清除凡人的記憶，所以我才覺得這些條規矯情。

那些殭屍速度都是極快，十分地驍勇，只見一個殭屍一躍而起，竟是把離地的青龍殿弟子直接拽下就是一口，嚇地那弟子立刻驚叫：「啊——啊——」

紅色的劍光立刻閃過，朝霞大師姐落在那青龍殿弟子面前，將那殭屍瞬間斬首。

「啊——啊——我、我被咬了！被咬了！」青龍殿弟子的慘叫吸引了其他七子的目光，但蜂擁而上的殭屍，也讓他們自顧不暇。

就在這時，幾隻纏住月靈的殭屍中忽然躍起一隻，抓住月靈的手臂就要咬！

「啊！」月靈嚇得驚呼起來，看見此狀的天水立刻轉身甩出劍指，仙劍噌的一聲貫穿那殭屍胸口的同時，也掃去了圍住月靈的其他殭屍，月靈算是得救。她感激地匆匆看向天水時，圍在天水身邊的殭屍猛地一湧而上。

「天水師兄小心！」月靈急得撲上前。

失去仙劍的天水振開雙臂，將身周的殭屍震飛。與此同時，鳳麟、麒恆、潛龍、朝霞和霓裳也紛紛圍攏在他的身旁。他們雙手掐訣，陣法在他們之間相連，瞬間一個結界撐開，護住了他們自己，也讓殭屍無法再靠近他們半分。

「天水你怎麼樣？」鳳麟和其他人急急轉身。

站在他們中間的天水，神情卻變得僵滯，他緩緩抬起手臂，雪白乾淨的衣袖上，赫然是黑色的血跡！

登時，所有人倒吸了口冷氣，目光凝重而沉痛。

我勾唇緩緩而下，懸停在他們的結界之上：「嘖嘖嘖，還是崑崙七子呢，打了一天都沒把殭屍解決還被殭屍咬了。」

我話音剛落，結界中的人驚訝地抬臉，看見我的鳳麟登時搶步到我身下，急得厲喝：「不是讓妳先回崑崙嗎？這裡太危險了！」

「是啊，這裡太危險。」潛龍竟也跟著上前：「妳快回……」

「不幫忙也就罷了，還在上面說風涼話！」月靈氣得打斷潛龍的話，也打斷了鳳麟看我的目光。鳳麟擰眉看向身後一臉無神的天水，天水雙目空洞，平日溫潤的臉上只有一片死寂的無望。

月靈急哭地憤憤看我：「天水師兄被殭屍咬了妳知道嗎？妳怎麼可以還那樣說？」她氣得渾身顫抖，朝霞和霓裳也難過地垮下臉，朝霞伸手攬住了月靈的肩膀，月靈抱住她開始痛哭。

天水依然呆呆看著前方，結界外殭屍瘋狂地抓撓他們的結界，極為恐怖。麒恆也失去了總是不羈的笑容，眼神沉痛伸手放落天水的肩膀。

忽的，身旁有風襲來，潛龍驚呼：「嫣紅快飛！」

聽到他的急呼，鳳麟立刻轉身：「師傅！」兩個字脫口而出，他像是想都沒想地衝出了結界，完全沒有發覺他那聲師傅讓結界內所有人目露吃驚，即使是一直發呆的天水，也呆滯地朝鳳麟看去。

劍光劃過我身旁，鳳麟的劍刺穿了朝我躍來的殭屍，他護在我的身下。結界外的殭屍見有人出來，立刻湧上，我冷冷看鳳麟一眼，揮起手臂：「滾回去！」魔力從右手甩出，直接把鳳麟推回結界，緊跟著我甩出了乾坤鏡，乾坤鏡在我的手心旋轉，我勾笑冷看結界中的人：「讓你們看看乾坤鏡真正的用處！」

說罷，我在他們驚訝的目光中向上甩出乾坤鏡：「天誅！」

乾坤鏡在旋轉中飛快地變大，變大，變大！

與此同時，小竹從乾坤鏡中而出，化作綠色的大蟒飛速衝過我的身旁，揚起我的髮絲和裙襬，直直衝入殭屍群，一口吞下無數殭屍。

「那難道是……！」鳳麟驚呆地看那條綠蟒，天水等人也驚訝地看著衝入殭屍群的小竹。

我邪邪而笑：「不錯，就是你收的那條蛇妖，他叫小竹。一直忘記告訴你，他有五百年的道行，現在嘛……應該是我的人了。」我放出小竹是為讓他戰鬥，但我沒想到他可以為我如此拚命，他是在贖罪，是在發洩，不管怎樣，他是我的了。

「鳳麟師兄，你一個人收了五百年的蛇妖？」霓裳近乎崇拜地看鳳麟，其他人也目露驚訝地看向他一人，鳳麟微微擰眉，抿唇陷入沉默。似是整件事並不值得讓他驕傲高興，反是多了些麻煩。

「你們看！乾坤鏡變大了！」麒恆驚嘆地指向高空，所有人隨他看去。

乾坤鏡飛升高空，形成一面巨大遮天的鏡子，金光陡然落下，瞬間將照射範圍內的殭屍化作灰燼。鳳麟結界內的天水，麒恆、潛龍、朝霞、霓裳和月靈看得目瞪口呆。

「回城。」我在月輪上對鳳麟說，鳳麟呆呆點頭，轉身扶起天水：「大家快回城！」麒恆幫鳳麟也扶住天水，驚疑地看我一眼，和鳳麟一起匆匆回城。大家緊跟其後，乾坤鏡也隨大家而動，照入整座城池，化盡裡面的殭屍。

小竹隨乾坤鏡的金光而動，看見殭屍躍來時，一口吞下。勇猛威武，巨大的身形在月光下宛若通天！

乾坤鏡的金光變成最強的屏障罩住了整座關城，小竹在城外與殭屍繼續撕咬，兩隻烏鴉撲棱棱飛落，陡然變大，護住小竹，與小竹一起戰鬥。

若能得妖心，他必誓死相隨。妖遠遠比人類更加忠誠。

城內滿目是傷兵殘將，青龍殿的弟子也在這次大戰中所剩無幾，百姓在牆根瑟瑟發抖。遍地屍體，偌大的城池，如同空城鬼城，只聞死氣，少見活人。

鳳麟他們進城，匆匆扶天水進入城關府衙，我收起月輪，走在受傷的士兵和百姓之間，柔弱的百姓害怕哭泣，絲絲怨氣不斷從他們身上而生。只為誘我出現，犧牲了那麼多人，這是我帶來的殺戮。

我停住了腳步，目光落在瑟瑟發抖的孩子們身上。到底是誰，會做出這種事？

忽然，手臂被人拽住，把我往一旁的角落用力帶去，是鳳麟。

他把我拉入深院之內，院牆之旁，他看看左右，確定無人後眼神複雜地看我：「師傅，救救天水師兄。」

「不能。」我直接答。

鳳麟急急拉住我的手腕：「為什麼？」乾坤鏡淡淡的光芒混雜著月光火光，讓這座城池變得光怪陸離，照在鳳麟焦急的臉上。

我在怪異的夜色中淡淡看他：「這是定數，我不能改變。就像清虛之死。」

「所以……妳還是見死不救是嗎？」一抹痛劃過他的雙眸，他失落地垂下臉，握住我的手緩緩滑脫。

「你也是修仙之人，理應知道，定數不可改變。」我靜靜看他在怪異光芒中忽明忽暗的失望表情。

「我知道……」他的聲音微微透出一絲哽咽。

我慢慢眯起雙眸：「你會怪我嗎？」

「不……不會……」他低落地說著：「因為我已經知道師傅是誰了……」低低的聲音隨風消散在空氣裡，他轉身離我而去，身形漸漸消失在昏暗的夜色之中。

我微微擰眉，鳳麟說不怪我，但他臉上那大大的失望兩個字還是讓我胸口窒悶，心裡煩躁。好煩，這小子讓我忽然有點內疚了，因為不救天水除了這是他的命數，還有一點，我不喜歡他，我不想救他。

但是，偏偏鳳麟喜歡。

他把崑崙七子當做自己的兄弟姊妹，他在我面前，常常會提起他們。

說天水師兄對他如何好，在他受罰時會偷偷把饅頭給他帶來。說潛龍有多麼高傲，說崑崙的女弟子全是庸脂俗粉，他看不上。又說麒恆看著壞，其實心眼很好，好打抱不平，對朋友仗義，常常為了救人而破壞崑崙的規矩。

他雖然很少提及同為崑崙七子的朝霞她們，但也很愛護她們，一旦她們陷入危險，他會挺身而出，和天水、潛龍、麒恆一起保護她們的安危。

他們和清虛一樣，是他的家人。

我心煩地往回走，迎面走來了潛龍。同樣天蒼色的衣服和煙灰色的罩紗，潛龍卻能穿出帝王般的器宇軒昂，一枚白翡翠的圓形雕花玉珮垂掛在煙灰的罩紗之內，更添他一分貴氣。

「妳什麼時候成了鳳麟的師傅？」他頗感興趣地看我，我瞥眸看他一眼：「哼，你也想嗎？」

他在我邪氣的眸光中怔立，呆呆地看著我。

我收回目光：「即使你想，我還未必收。」鳳麟在情急之中，下意識地喊了我一聲師傅，這一聲師傅，他又該如何掩飾？

綠影忽然從天而降，劃過我和潛龍的面前。

「誰！」潛龍立刻進入防備，那抹綠影掠過我便落在一旁的假山旁，緊跟著是一聲聲嘔吐的聲音：「嘔——嘔——」

「是那蛇妖！」潛龍戒備欲上前，我揚手攔住他：「別碰他，他是我的人！」我冷冷瞥他一眼：「妖比人更忠誠。」

潛龍又是怔怔看我，宛如我的每一個眼神，每一個舉動都能讓他陷入長久的呆愣。

假山邊身穿綠色短衣的小竹一直嘔吐，他的侍從那兩隻烏鴉也隨之飛來，立在假山上始終不離他左右。

他少年的身形與他做女子時同高，沒有了女子的胸部後，他顯得越發單薄，原先綠色的長髮也變成了短髮，他下定了做男子的決心。

「嘔——嘔——」他嘔吐不止，一團又一團黑色腥臭的汙物從他的嘴中嘔出，為了贖罪，他也是拚了。

我走到他身旁，伸手想拍拍他後背時，他又是一聲：「嘔——」

瞬間，黑色的液體嘩啦啦從他口中嘔出，還帶出了一條條扭動的蛆。

「嘔！」這一聲，卻是潛龍的，他臉色蒼白地捂嘴，噁心地看著地上扭動的蛆。

我也覺得胃部難受，一定要救出吃不飽。那傢伙什麼都吃，從來不挑，也不會這樣吐出來，讓人噁心。如果他敢，我會一腳把他踹出去。

「嘔——」小竹看到吐出的蛆後，嘔得更加厲害。

呱！呱！兩隻烏鴉心疼地叫了兩聲，飛落啄蛆吃下，不讓小竹再看見。這兩隻烏鴉對小竹也真是忠心了。

我擰擰眉，拿出了紫垣給我的玉瓶，倒出一顆仙丹，立刻芳香四溢，也吸引了潛龍的目光。

「吃了，清清腸胃，別再噁心我了。」我嫌棄地捂住鼻子。

小竹吐得氣喘吁吁，從我手中拿過仙丹毫不猶豫地吞下，也不擔心我給他吃古古怪怪的東西。

他吞下仙丹後深深呼吸，扶著假山緩緩站直身體，精緻而依然雌雄莫辨的小臉由原先的青綠色漸漸恢復了人色。少年的臉龐依然惹人心疼，眼角綠色的天然眼影帶出妖族的妖媚。

忽的，他眨眨眼，摸起自己的身體，驚訝看我：「主人，妳給我吃了什麼？」

我邪邪而笑：「好吃嗎？」

他張大了嘴，他是妖，又修煉了五百餘年，自然識得仙丹。這仙丹可增加人類壽命和仙力，雖屬低級仙丹，在凡間也是極品了。對妖類來說，可清除體內濁氣，一顆仙丹便可除盡周身妖氣，提升他體內清氣，助他成仙。

我扔了扔手中的仙瓶：「吐完了就跟我走吧。」

他僵滯地、神色複雜地看我一會兒，低下臉：「是。」

我揣好仙瓶，走過潛龍身前，他的目光一直落在跟隨我的小竹身上，驚豔的目光中還帶著無數的疑問。

崑崙劍仙捉妖，但五百年以上的妖類畢竟少見。

「沒見過這麼漂亮的妖嗎？你這樣看著我的東西，真的好嗎？」我冷冷站在潛龍身旁，小竹面無表情地跟在我的身後，潛龍回神看我，眸中是絲絲笑意：「他什麼時候是妳的了？他不是鳳麟捉的嗎？妳是怎麼把他從乾坤鏡裡放出來的？」

他連連的問題讓我心煩，我不搭理他向前，他啪啪啪地追上我，繼續問：「妳是怎麼知道乾坤鏡這樣的用法的？還有，妳是怎麼讓這條五百年的蛇妖乖乖聽話的？」

我停下腳步，小竹也跟著停下，我橫睨潛龍，沉沉而語：「天水被殭屍咬了，你不去關心他卻圍著我轉，哼，你想幹什麼？」

潛龍神情一怔，我轉臉看向他們扶天水進入的院子，院內燈光閃爍，隱隱傳來月靈的哭聲。奇怪，我怎麼感覺不到鳳麟，哼，正好，趁他不在，把天水清除。

我看入圓形的拱門，正看見月靈在院中哭泣，朝霞和霓裳陪伴在旁，輕輕安慰。

「月靈……別哭了……」

「怎麼辦……大師兄他……怎麼辦……」月靈急哭，連連跺腳，平日再冷酷的她在此刻也急得失去了冷靜，只能說明一件事……

哼……我不由勾唇，這丫頭喜歡天水，只有心愛之人受傷，才會讓她慌亂。

我抬步入內，朝霞和霓裳朝我和潛龍看來。朝霞眼神閃爍了一下，垂下視線，似是刻意避開與潛龍一起的我。

月靈抬臉看見了我，登時憤怒地大步到我面前，朝我哭喊：「妳既然早知道乾坤鏡的用法，為什麼一開始不用？現在天水大師兄被咬了！被咬了妳知不知道——都是妳！是妳——」她激動地朝我抓來，立刻被霓裳和朝霞拽住。

「月靈，冷靜！」

潛龍不悅地上前一步，沉臉看月靈：「月靈！冷靜點！嫣紅趕到時那件事已經發生了！妳怎麼能怪嫣紅？天水是為救妳而傷，要怪也要怪妳技藝不精，偏偏好大喜功還要跟來！」

「你說什麼？」月靈氣得雙唇打顫：「你們到底怎麼了？你們難道看不出她根本不是嫣紅嗎！」她憤然甩臉看我，雙眼因為哭泣而紅腫：「妳這個賤人到底對這些男人做了什麼？把他們的魂都勾去了！」

立刻，我沉下臉，心中極為不悅。忽然，小竹從我身邊大步而出，在所有人沒有反應時直接揚手打落，「啪！」一個巴掌扇紅了月靈的臉，立刻讓在場的所有人目瞪口呆，朝霞和霓裳驚得一時放開了月靈，雙手捂唇。

我心中也有些驚訝，看小竹單薄的背影，他冷臉橫睨目瞪口呆的月靈：「妳算什麼東西？敢辱罵我主子！」

哼～～～果然還是妖類符合我的胃口。

我邪邪而笑，小竹深得我心。

他以前殺的是人類，但，關我屁事；現在，他對我很有用。

月靈瞪大紅腫的眼睛緩緩回神，殺氣登時燃起：「我要殺了你這妖孽，我要殺了你——」她陡然仙力炸開，仙劍飛速而落，她瘋狂瞪大通紅的眼睛，狠狠瞪視小竹。

「月靈！妳冷靜！」朝霞和霓裳站在一旁面露急色，潛龍也開始運力，似要阻止月靈。

小竹側立對她冷笑，五百年修為的小竹怎會把月靈放在眼中？

仙劍急速刺向小竹，我揚起手，就在仙劍要刺中小竹之時，突然拐彎，落在了我的手中。瞬間，院內陷入時間凝固般的安靜。

仙劍有靈性，只聽自己主人；所以被他人召喚，仙劍是不會回應的。而現在，月靈的仙劍落在了我的手中，說明她的仙劍已經認我為主。

邪氣漸漸浮上我的笑容，我瞥眸掃視院中驚訝的朝霞、霓裳，以及仙劍的主人月靈。

「妳、妳是怎麼做到的？」潛龍不可思議地看著我。

小竹冷著臉再次走回我身旁。

我收回目光，扔起仙劍，反手握住：「我知道，有件事你們都不忍心去做，所以我來幫你們了結。如果劍仙變成了殭屍，可就不那麼好對付了。」說罷，我朝天水的房間躍去。

「不！不！」回過神的月靈朝我撲來，小竹立刻閃身，冷冷站在我的身側，用他單薄的身軀阻擋任何來阻止我的人。

「月靈！」忽然間，朝霞和霓裳齊齊同時拉住了她，痛苦哽咽：「或許這一次，她說的……是對的……」

「不！不——妳們放開我！放開我！」月靈痛哭掙扎，憤怒地質問：「妳們真的不管天水了嗎？妳們怎麼可以這樣！如果被咬的是潛龍！是鳳麟！妳們還會這樣嗎？」濃鬱的怨氣瞬間從月靈身上升騰，她好怨，好恨，她在恨自己的姊妹，恨她們的見死不救。

潛龍在月靈的話中一時發怔，誰都聽得出月靈這番話的意思。意思就是朝霞和霓裳之中，有人喜歡潛龍，還有一個喜歡鳳麟。

呿，這些人真是煩人。

我手提仙劍，拎裙邁入房內，扭頭時，看到內屋裡扶著天水靠坐在床邊的麒恆。天水滿頭大汗，虛弱痛苦地靠在麒恆的胸膛上，臉色已經開始發青，黑色的血絲爬上他曾經溫潤俊美的臉，嘴唇已經開始發紫，渾身散發出一種死人的腐臭味。

這次絕不是普通殭屍，普通的殭屍發作絕不會那麼快，這次的殭屍王定是加了別的作料，咬出來的小殭屍進化才那麼快，沒準再拖下去，它們都能長翅膀飛了。

麒恆一眼看見我手中月靈的仙劍，眼神立刻陷入戒備。他放開天水虛弱的身體，慢慢起身，仙力開始浮起，一把玄鐵般的黑色仙劍漸漸浮現他的身旁。

「妳別想動天水！」他狠狠看我，不再像平日那般嬉皮笑臉。鳳麟說得對，麒恆看著嘴賤，卻是個願為兄弟兩肋插刀的角色。

我手提仙劍一步步進入，昂首勾唇，邪氣凜然，我陰冷瞥眸：「你以為你能阻止我嗎？」

「我不管妳是什麼東西！傷我兄弟就是不行！」他厲聲說罷，劍指俐落地甩起。

啪！忽的，一隻灰黑的手扣住了麒恆提起的手腕，麒恆心急地轉臉看，從他的身後，慢慢浮現出天水青灰色的側臉。他虛弱地用力喘息，目光渙散地垂下，像是用盡全身的力氣扣住麒恆的手腕：「讓她殺了我。」

「天水！」麒恆發急地掙扎：「你放開我！我絕不會讓她殺你！」

天水吃力地搖搖頭：「我知道……你們都下不了手……讓她來，你，出去。」

「大師兄！」

「出去！」天水用盡最後的力氣大喝，手從麒恆的手腕上滑落。

麒恆痛苦地看看他，咬了咬牙抓起懸浮的仙劍，頭也不回地從我身邊走過，帶起的風揚起了我的髮絲。

我勾唇一笑，抬眸看天水：「看在你是麟兒大師兄的份上，我會讓你走得痛快些。」

「哼。」他搖頭輕笑，目光俯看自己前方：「我還要謝謝妳嗎？」

「你想謝，我也會接受。」

他緩緩轉臉，雙瞳已經徹底化作膿水，瞳孔渙散：「嫣紅到底怎麼了？」

「死了。」我乾乾脆脆地答。

他渙散的目光在我臉上看了一會兒，轉回臉低落目光：「真的死了？」

「嫣紅一直愛慕你，你真的不知嗎？嫣紅活著時，你從沒好好看她一眼，嫣紅死了，你卻時時關心她的生死，還有什麼意義？若想真對她人好，記住要在她活的時候。」我托起仙劍，仙劍在我手心懸浮起來，劍尖緩緩指向天水的心口。

他沒有絲毫反抗，只是俯看自己青灰色的雙手：「妳說得對……我太虛偽自私了……」他的聲音虛弱而低啞，嘴角帶出一絲苦笑：「我明明知道嫣紅……月靈她們喜歡我……但我一直裝作不知，只是不想被男女私情拖累。因為，我想成仙，若不想成仙，我們修仙又是為何？」他轉臉茫然地看向我：「妳告訴我……若不想成仙，修仙又是為何？」

我看他一眼，蔑然地勾唇：「成仙不過是讓你們甘願為奴的幌子，因為神族需要有人在凡間清理妖魔鬼怪，讓六界平衡，若不說成仙，誰願意冒死去收妖降魔？」

天水臉上的神情變得呆滯：「妳是說……我們修仙一輩子……也無法成仙？」

「哈哈哈——」我不由仰天大笑，然後，收回笑容冷冷看他：「你們崑崙出神仙了嗎？」

他的目光越發空洞一分。

我好笑地俯看他布滿黑色血絲，徹底失去俊美容顏的他：「你修仙一輩子，最後沒有成仙反而要變殭屍，成為這副鬼樣子，真是可悲。還是讓我來結束你這一世，下輩子你好好做個凡人，娶妻生子，痛痛快快享受男女之情，才是快活賽神仙！」仙劍在身旁閃爍劍光，光芒照在我無情冷酷的臉上。

「妳到底是誰……」他怔怔地用那雙汙濁滾膿的雙眸凝望我。

我邪邪勾唇：「你不配知道。」抬手啪的一聲響指，仙劍直直朝天水的胸膛刺去。

倏然，水晶般的光芒劃過我的身旁，噹的一聲撞落刺向天水的仙劍。緊跟著，烏黑的髮絲掠過我的眼角，煙灰色罩衫已經閃現在我的身前，鳳麟目光堅定灼灼地看我：「師傅！妳不能殺他！」

我的怒火莫名而起，瞇起雙眸：「他現在要的是解脫！」

「不錯……」天水在鳳麟身後了無生氣地低下臉：「我只想解脫……我是劍仙，不要讓我變成怪物——」他痛恨地用力嘶喊，砰砰地捶打床榻。

鳳麟側臉看看天水，眸光閃閃。就在這時，身後腳步聲起，所有人都進入了房間，站在我的身後。

「大師兄……」月靈哽咽地低喚。

「滾……滾——」天水激動地大喊：「你們這麼想看我變殭屍嗎——」

「大師兄——」月靈哭喊起來，我側臉看身後，霓裳和朝霞也不忍難過地側開臉。

潛龍和麒恆已經沉默地低下臉，他們都是劍仙，都明白現在天水想要的，是一名劍仙的尊嚴！

我轉回臉看鳳麟：「讓開。」

鳳麟沒有讓，而是收起仙劍，眸光份外銳利。忽然，他朝我伸出手臂，袍袖掠過我的視線。

我落眸看去，登時驚得抓住了他的手臂，他的手臂上，赫然是個黑色的牙印。

他狠狠看我：「妳現在願意救天水了嗎？」

「鳳麟！」

「鳳麟師兄！」

「你瘋了！」

一聲聲驚呼，從身後傳來。

我吃驚地、不解地看向他，而他的眸光卻依然堅定。

「你這個白痴！」我憤然拂袖，黑色的魔力掃向天水，天水昏倒在床上。

「天水師兄！」月靈驚呼上前。

鳳麟依然堅定看我：「如果妳不願救，我也會變成殭屍！」

我憤怒地捏緊他的手臂，一把抓起他從眾人之間如風般離開，無人能捕捉我們的身影。停落腳步時，我們再次站在深院牆下，大大的松樹樹冠落在我的上方，將乾坤鏡的光芒打散成一束又一束細細小小的光束。

「師傅！我求妳了！救救……」

在他沒說完時，我一把扯住他的衣領，拉下他的臉吻上了他的唇。他驚呆地瞪大眼睛，光怪陸離的光束落在我們的身上，如同淨滌我們周圍的空氣。

紅唇柔軟，浮出絲絲熱意，他僵滯地站在我的身前，全身的每一處無不繃緊。我揪住他的衣領貼在他的胸前，清晰地感覺到他幾乎凝滯的心跳。

我深深吸入他口中的氣息，屍毒從他口中而出，吸入我的口中，溶入我的內丹。殭屍生於陰，所以，它身上的陰氣便是我最初的源泉，只因陰氣味道太重，我不喜歡，所以我選擇了陰氣的衍生——怨氣。

我緩緩離開他的唇，他瞪大的瞳仁在光怪陸離的光芒中化作了一顆絢麗的琉璃寶珠。

我落眸看他的手腕，抬手拂過他的手腕，牙印漸漸消失。

我抬起臉，氣結地看他：「現在你知道我怎麼解毒了？」

他怔怔看我。

我放開他的衣領：「你想看我這樣去吻天水嗎？」

他的眸光顫動起來，目露焦急：「難道不能用別的方法吸毒嗎？」

「用什麼？」我氣鬱反問：「吸毒不用嘴，難道用屁股嗎？」

他一陣僵硬。

我沉臉拂袖，俯望一旁：「我不救天水，是因為我不想去親別的男人，我跟他根本不熟，我為什麼要去親他？這樣吧，你這麼想救他，你吸了他，我再來吸你。」我轉回臉看他。

他猛地倒抽一口冷氣，眨眨眼，摸上自己柔軟的雙唇：「又跟潛龍一樣？」

「哼。」我笑：「是。」

他咬了咬紅唇，那紅唇似是因為被我的雙唇碰觸，而越發地豔麗水潤。

他擰了擰眉，似是有了決定，眸光灼灼看我：「好！」

「噗！」我一下沒忍住。

他面色發黑：「師傅，我是認真的！」

我努力忍住笑，無奈氣鬱地搖頭：「麟兒，你可知即使我們今天救了他，他也逃不過鬼差的追捕。」

鳳麟在我的話中怔立：「鬼差……」

我瞥眸看他：「我說了，這是定數，是天水的大限到了。」我轉回目光凝視夜色中的黑暗：「生死簿上有了天水的名字，他逃不掉的。他今日重生做人，卻成了冥府通緝的鬼，你認為他逃得掉嗎？」我再次看向面色不甘的鳳麟。

他雙拳漸漸擰緊：「難道，真救不了了……」

看他那副失望不甘的模樣，我思索片刻，往回快步走回。鳳麟見狀立刻跟在我的身後，我們回到天水的院子，小竹面無表情地站在門口，見我來，恭敬地退到一邊。

我大步走回屋，月靈和麒恆立刻一起站在了天水的床前，一臉防備的神情。

朝霞和霓裳站在一處，面露猶豫和為難。潛龍朝我走來：「妳回來了。」

「妳別想再靠近天水一步！」月靈份外堅決地說，哭紅的眼睛狠狠看我。

鳳麟立刻上前，麒恆見狀緊跟著站出挺胸攔住了鳳麟，與他四目相對，牢牢對視：「你今天不說出那女人到底是什麼東西，我是不會讓你和那女人再靠近天水的！」他狠狠瞇起了眼睛，毫不相讓。

鳳麟的目光在他不善的語氣中陡然陰沉，猛地揪住麒恆的衣領，對上他的鼻尖，殺氣升騰：「閉上你的嘴！我不准任何人對我師傅不敬！滾開！這裡只有她能救天水！」

麒恆的目光一滯，鳳麟冷冷推開麒恆，麒恆後退了一步，衣領被鳳麟捏得凌亂皺褶。麒恆的後退給我讓出了路，我到天水的床邊，俯看昏迷的天水。

「妳到底對大師兄做了什麼？」月靈在旁憤怒地質問，想靠近我時，被朝霞和霓裳用力拽住。

「月靈！冷靜點！妳沒聽鳳麟師兄說嗎，只有她能救天水！」朝霞用力拉住月靈。

「月靈，鳳麟師兄不會說謊的。」霓裳也在一旁好言相勸，月靈才稍稍冷靜了一些，站在一旁緊緊地盯視我。

我不看月靈，淡淡地答：「暫停他的屍變，我們必須要讓他超脫三界之外，才能逃脫冥界的追捕。」

「什麼意思？」潛龍不解地看鳳麟。

鳳麟擰擰眉：「是我想得簡單了。今天是天水的命數，是他在生死簿上的死期。」

整個房間瞬間因為鳳麟的話陷入死寂。

「師傅說即使今天救活了他，冥界的鬼差也會對他進行追捕，天水逃不掉的。」鳳麟沉重的解釋讓大家陷入凝重的氣氛之中，整個屋內的空氣像是凝固一般，沉重，窒息。

月靈撲通一聲跌坐在床榻邊，面色瞬間如紙般蒼白：「原來我們修仙……還是逃不過生死輪迴……我們……還是在生死簿上……」

「那，怎麼讓天水超脫三界之外？」麒恆焦急追問。

「讓他變成殭屍。」我瞥眸掃視眾人，朝霞和霓裳倒吸一口冷氣，我邪邪道：「只有變成殭屍，他才是不人不鬼，超脫三界之外，無人能管。」

「不行！絕對不行！」麒恆連連搖頭，呼吸急促：「如果變成殭屍，天水師兄寧可去死！」忽的，鳳麟站到所有人面前，沉沉看眾人：「就這麼辦！」

大家一時收聲，只看鳳麟。

鳳麟看向我：「要讓天水師兄繼續屍變嗎？」

「不。」我揚起手，邪邪看向門外：「這樣天水只能變成普通殭屍，沒有自己的思維，只會像狗一樣到處亂咬人，所以我們要找到殭屍王，你們殺了殭屍王，我就能讓天水變回原來的樣子。但這件事，只能你們來做。」我轉臉瞥眸看他們：「天水能不能救回來，就看你們了。」

月靈怔怔看我片刻，赫然起身，秀眉收緊：「我不管！我一定要救活天水，不管他變成什麼！」說完，她提起自己的仙劍直奔屋外，經過我身旁時停下，轉臉冷冷瞪我：「我信妳的話，妳最好別騙我！」她更像是警告我，把話扔下就走。

朝霞和霓裳看了看彼此，立刻跟上。

隨即，麒恆、潛龍也匆匆離開，鳳麟要跟上時，我伸手擋在他的胸口。他看向我，我睇睨看眾人的背影：「我不信任他們，事成之後，我會抹去所有人的記憶。」

鳳麟看我片刻，沒有半絲猶豫地點頭。這一次，他沒有阻止我，他認真看我：「怎麼找到殭屍王？」

「小竹會帶你們去。」

「好！」他輕扶我的手臂：「師傅，妳不要動用神力，以免被人發現。」說罷，他執劍飛身而去，俐落的身形透著一股讓人心動的帥氣。

整個房間再次安靜，我轉臉看昏迷的天水，抬手拂過空氣，黑色的魔力從他體內而出，回到我的掌心，如絲線般纏繞：「嗯……沒想到你還有此造化。嘖，好久沒改過別人的命運了，我也好想看看之後會變成什麼樣，哼哼哼哼……」拂袖轉身，唇角揚起邪邪的笑，裙襬從下而上化作夜色，身後是一聲天水痛苦的悶哼。

我停下腳步微微側臉，他從床上吃力地撐起身體：「讓我死……」

「哼。」我繼續向前。

「讓我死——妳聽見沒有！讓我死——啊————」身後傳來他朝我撲來，腳步趔趄的聲音。

裙襬跨出房門，我一揚手，結界封住了門口，天水撲在了結界上，砰的一聲，隨即傳來他已經變得粗啞的嘶號：「啊——啊——」

我悠然地走到院中石桌旁，轉身。那一刻，結界內的天水停下了嚎叫，驚詫地看著我如星光般光輝的容顏。

我提裙慵懶地坐下石凳，單手支臉，看向趴在結界上呆滯的天水勾唇而笑：「嗯……怎麼辦呢？我好討厭你對所有女人都濫情的溫柔，若不是麟兒那麼固執，我還真不想救你，該怎麼懲罰你呢……嗯……」我笑了，陰陰的笑容讓結界內的天水不自覺地後退了一步：「就看你慢慢變作殭屍吧，那個過程……嘖，應該也是滿痛苦的。」我咧開了嘴角，渾身邪氣纏繞。

「啊！啊！啊——」他憤怒地再次撲上結界，已經生出指甲的利爪在結界上抓撓，他已經無法說話了，離殭屍變不遠了。

我深深吸入從他身上而來的恨極的怨氣，他真是好恨我，好恨我。哼，他怎能不恨我？我坐在這裡悠閒地看他變殭屍，那可是無論從身體還是內心都格外痛苦的折磨。

砰！砰！他用力地撞上結界，重重的撞擊聲在寂靜的深夜裡格外懾人。他的眼神開始變得像野獸，他狠狠地盯視我，只為衝出牢籠把我一口咬死。現在的天水已經從有理智的溫潤君子，徹底變成了一頭凶猛的困獸。

誰會想到曾經溫柔謙和的飄飄劍仙天水，會這樣發瘋發狂，失去儒雅的儀態和他的理智與人性？我要讓他徹徹底底經歷自己變成怪物的每一個過程，不知等待死亡的恐懼，又怎會珍惜活著的每分每刻？

這算是對他自私和虛偽的懲罰，他對成仙的貪欲和強烈渴望，讓他永遠無法超脫凡人私欲的束縛。這樣的天水，不值得我的麟兒去救。

天水，好好享受。希望你重生之後，能有所參悟。

不知麟兒他們怎樣了？我閉上雙眸，神思追隨鳳麟而去，捉殭屍王對鳳麟他們來說，是一次很好的歷練。

殭屍這種東西屬陰邪。凡人總說妖魔鬼怪淫邪，但其實真正淫邪的，是人類。

妖魔鬼怪需要的東西很單純，不是陰氣就是邪氣。所謂與人交合，也不過是為了吸取人身上的陽氣，平衡體內陰毒。

而妖，更不能算是淫。因為他們真身乃是牲畜，牲畜皆有發情期，對於他們而言，不過是發情期到了，就像人吃飯睡覺一樣正常。

所以六界之內，最為複雜的，還是人心；想要更多的，也還是人；最好色的，非人莫屬。

要找殭屍王很簡單，他喜歡陰氣，只要順著陰氣最重的地方去找，便能捉到他。

小竹是妖，對陰氣邪氣很是敏感，他可以幫鳳麟他們找到殭屍王所在的陰穴。

神思追隨鳳麟之時，我已從他的眼中看到了一切，小竹領著他們直接出了城，守在城門外的殭屍因為乾坤鏡的光芒停滯不前，鳳麟和其他人正從他們上空飛過。

「麟兒。」

「師傅！」他微微側臉。

我單手支臉，邪邪勾唇，幽幽而語：「千年殭屍王一般不會亂咬人，因為他存有理智，知道咬人會引來對他的追捕，所以這隻殭屍王的妖力不會太多，但也不可輕敵。必要時，你知道該怎麼做，事後我會抹去所有人記憶。」我不能出手，一旦出手，會被設下此陷阱的人察覺。

我相信麟兒的實力，更莫說還有小竹護佑在旁，小竹可是一隻五百年的蛇妖了。

「我知道了。」他點了點頭，放落目光時，我看到了一片荒漠中的湖水。湖水格外平靜，在皎潔的月光中恰似一面明鏡鑲嵌在荒漠之中，湖面上卻正散發出絲絲邪氣。邪氣陰寒，在湖面上形成了一層薄霧。

原來是這樣，沒想到荒漠之內會有此陰穴。水屬陰，又可遮擋日光，這東西在水底。

「在這兒。」小竹往湖水一指，月靈飛到湖水上空：「在湖底？怎麼捉他？」她著急地回頭看眾人。

「用處子之血……」我的話音傳入鳳麟耳中。

立刻，鳳麟伸手向月靈，直接沉語：「把妳的手給我。」

月靈絲毫不懷疑地伸出手：「你要幹什麼？」

忽然，劍光劃過月靈的手，月靈痛得抽手：「啊！」

「鳳麟你做什麼？」朝霞大師姐心疼地握住月靈的手，與此同時，潛龍和麒恆也不解地看鳳麟，鳳麟直接揚手：「布陣！」

大家似是明白了，眸光立刻陷入戒備，緩緩退開。潛龍、麒恆、霓裳和鳳麟懸停在湖面上的四處，整個湖面上陷入了寧靜。

朝霞望向月靈，月靈堅定無懼地點點頭，朝霞放開了月靈，也朝自己的位置而去。與鳳麟他們四人形成了五角之形。

月靈伸長手臂，用力捏自己的手，讓血液更快更多地流出，緩緩滴落高空。所有人在此刻都屏住了呼吸，腳下的仙劍開始隱隱閃光。

滴答。鮮紅的血落入湖面上的邪霧之中，撞開一圈霧氣，激起湖面層層漣漪。忽的，湖面無聲地震顫了一下，緊跟著，湖面上的邪氣如同開水燒滾般咕咚咕咚翻滾起來。

「小心！」就在鳳麟警告大家之時，水面傳來嘩啦一聲巨響，一個赤裸的黑色人影從水中竄出，「嗷——」地朝半空的月靈撲去。

「啊！」月靈驚得一時呆滯，黑色的殭屍朝她撲去，千鈞一髮之際，鳳麟劍指劃過身前，厲喝：「降魔陣！」

鳳麟、麒恆、潛龍、朝霞和霓裳的劍光立刻練成光線，形成一個五星法陣，罩住了殭屍王。

「嗷～～～」殭屍王碰觸到法陣的雙手瞬間被灼燒，冒出了青煙，他嚎叫地往下墜落。小竹見狀，化作巨大的青蛇猛一掃尾，把那殭屍王直接打了出來。殭屍王像是一個黑色的球，在荒漠上打滾。我放心地勾唇，果然不用我出手。

我閉眸繼續觀看。

鳳麟他們五人一起移到殭屍王上方，降魔陣的陣網落下，罩在殭屍王身上，殭屍王在陣網下掙扎，「嗷——嗷——」地痛嚎。

「讓我來結束他！」月靈御劍而下，在空中躍起，劍指甩出，仙劍直擊殭屍王。

「嗷——」黑色的殭屍王猛地狂吼一聲，妖力登時爆發，轟的一聲炸起身周沙石的同時，也將鳳麟他們五人的法陣震碎。朝霞和霓裳被震飛，潛龍與麒恆立刻上前扶穩她們的身體後，立刻從空中躍下，仙劍刺向渾身烏黑的殭屍王。

那殭屍王更像是千年的黑人乾，像是剛剛蘇醒，還沒能完全恢復人形。

鳳麟穩穩站於高空，冷冷俯視，劍指豎在胸前，另一隻手緩緩揚起，猛地甩落。他腳下的仙劍登時化作暴雨一般落下，如同無數流星劃過夜空，砸向殭屍王。

麒恆和潛龍立刻閃開，絲毫不用鳳麟擔心自己的招數會傷害他們。崑崙七子的默契讓我刮目相看，平時看他們鬥嘴，沒想到在共同對敵時會如此團結一致。

「轟！」劍針墜落地面，激起塵土飛揚，潛龍和麒恆同時甩出仙劍。他們手中的仙劍化作藍紅的光芒刺入飛揚的塵土之中。朝霞和霓裳緊跟著甩出仙劍，與潛龍和麒恆的交織如網。

月靈從空中毫不畏懼地直直衝入塵土之中，整個世界忽然變得安靜。鳳麟降落地面，和麒恆、潛龍、霓裳、朝霞站在一起。塵土漸漸落下，蒼月之下，月靈一劍刺穿了殭屍王的身體，黑色的殭屍王身上傷痕累累，黑血橫流。

殭屍王血紅的眼睛落在月靈的身上，月靈滿目憤恨地瞪視殭屍王：「妖怪！你去死吧！」

月靈猛地抽回劍，殭屍王一個趔趄，我雙眉微收，立刻提醒鳳麟：「讓月靈快回來！」

鳳麟聽見我的話音，立刻上前，就在這時，那殭屍王猛地仰天長嚎：「啊——————」登時強大的妖力爆發，震起身周塵土，他揮舞起黑色的手臂，離他最近的月靈閃避不及，直接被他扇飛。

「啊———」月靈墜落在鳳麟身前，鳳麟立刻扶起她，往回拖，一口血從月靈口中吐出。麒恆和潛龍見狀，憤怒地衝向殭屍王。

「看好她。」鳳麟把月靈交給霓裳和朝霞，立刻提劍迎上。

殭屍王在妖力迸發中陡然變大，巨大的黑色身形立在天地之間，肌肉橫生，變得格外健碩。

一絲不掛的身體也因變大而讓男性特徵更加明顯，在精壯的腿間晃蕩。之前他一團烏黑，又是混戰，朝霞她們這些女子並未留意，現在，她們驚得抱住月靈，匆匆轉身遠離，面紅耳赤。

鳳麟、潛龍和麒恆三人牽制住殭屍王，潛龍和麒恆漸漸變得難以招架。

我立刻說道：「束縛殭屍王，讓小竹取他內丹。」

「是！師傅！」就在鳳麟答我之時，麒恆和潛龍同時被巨大的殭屍王拍落，鳳麟立刻飛起，手中掐訣：「縛！」隨即，他雙手甩出，仙力化作靈線從他手指射出，紛紛綁住了殭屍王的手足和脖子。看得下方的麒恆和潛龍目露驚訝，因為崑崙從未有這樣特殊的仙術！

縛字訣可讓仙力化作繩索，一時束縛妖魔的行動，但能束縛多久，還要看施法人自身的法力。

嗷——殭屍王掙扎大吼，鳳麟差點被他甩起，他用盡全身力氣穩穩站住，大喊：「小竹！取他內丹！」

嘶——小竹猛地揚起巨大的蛇首，信子吐出，發出遠比殭屍王更加可怖的嘶鳴。下一刻，他張開巨大的嘴，把殭屍王從上到下一口吞下！

頃刻間，整個世界靜了，靈線斷落，收回僵滯落地的鳳麟指尖。

麒恆和潛龍趔趄地到鳳麟身邊：「這蛇妖這麼厲害，怎麼一開始不出手？」他們呆滯地仰臉看小竹，小竹的身體凹凸不平，很明顯可以看出殭屍王的身形。

鳳麟僵硬地眨眨眼：「是啊，師傅，為什麼一開始不讓小竹出手？」

我緩緩睜開眼睛，看向屋內已經徹底變成殭屍的天水，勾唇而笑：「什麼事都讓小竹出手，那你們還怎麼歷練？不要太依賴比你們強的人，那只會讓你們自己越來越弱。」更何況如果沒有鳳麟的束縛，小竹跟那殭屍王打起來也要半天，若是被殭屍王咬上一口，小竹未必會贏。強者不會時時在你身邊，看顧你，過多的幫助只會讓自己變弱，遇到強敵之時，只有死的份。

「呃！呃！呃！」天水在結界內不斷粗喘，我單手支臉看著他：「別急～～好吃的馬上就送到了～～」

「呃！呃！呃！」他血紅的眼睛狠狠瞪視我。

我緩緩坐直身體，與他久久對視，身形漸漸恢復成嫣紅。

上方的空氣輕輕震動，他們回來了。

「主子。」小竹率先落在我身邊，我慵懶地攤手，一顆陰寒的妖丹放入我的手中。我拿回慢慢看著，妖丹一片烏黑。

啪，啪，啪，啪。鳳麟等人躍入院中，朝霞攙扶月靈到我身旁，月靈重傷乏力，但依然狠狠看我：「不要騙我們！」

「放心～～我最討厭的，就是說謊。」我站起身體，在他們的目光中手托妖丹，一步步走向封住房門的結界。

「師傅！」鳳麟扣住了我的手腕：「這是妖丹。」

「我知道。」我瞥眸看他：「確切地說，殭屍王的內丹不算妖丹，只是你們凡人無法給殭屍定性，才把他劃入妖類。」

他聽罷，深邃的黑眸陷入沉思，擰擰眉放開了我的手腕，我托起妖丹放到唇前，「嘶——」

我深深吸入殭屍王內丹上陰邪之氣，他的過去也浮現我的腦海之中……

第九章　不人，不鬼，不殭屍

五百年前，他曾是一名驍勇的蠻族將軍，生性殘暴，殺人如麻，所到之處，燒殺擄掠，片草不留……

五百年前，這裡曾是一片美麗的綠洲，善良柔弱的聖光族人在這裡放羊牧牛，他們在美麗的聖湖邊平靜生活……

忽然，有一天，他來了。

他搶奪他們的糧食，殺害他們的族人，強姦他們的女人，還要淹死他們的孩子！

聖光族人決定反抗，他們用自己的生命驅動了最強大的邪術。頃刻間將他和他的蠻族全部捲入聖湖之中，一雙雙手痛苦地伸出水面，又被憤怒的靈魂狠狠拽入湖底。

族長撈出了他的屍體，煉成殭屍，使他的靈魂永困軀體，無法輪迴。他被釘入石棺，永沉湖底。那個族長……有點像天水……

他是罪有應得。

他本該長困於湖底，卻在五百年後的這一天，一束金光打碎了他的棺蓋，放他而出！

他帶著五百年的怨氣衝出聖湖，咬了正在湖邊紮營的商隊，開始他的復仇……

我深深呼吸，那束金光只有可能是從上面而來，是掌管仙界的他？還是掌管神界的他？抑或是他們？

我俯看面前的內丹，你作惡一生，最後也算是做了件好事，才有這解脫的機會。內丹裡的黑氣隨我的吸取已經完全抽離，一顆晶瑩剔透的丹珠在月光下閃耀華光。

麒恆、潛龍、朝霞、霓裳和月靈無不目露驚訝。

「嘔！」我乾嘔一聲，果然殭屍王的陰邪之氣讓我反胃。

「師傅！」鳳麟擔心上前，我伸手攔住：「滾遠點，我要放殭屍出來了。」

鳳麟有些猶豫地後退，其他人也隨他一起後退，即使是小竹。

我手托乾淨的內丹，對結界內的天水微微一笑，站到了結界之前：「你可以超脫三界外了，嗯……真是讓人羨慕～～」說罷，我揚手破開結界，在結界消失那一剎那，天水撲了出來，扣住我的肩膀張口就咬。

「啊！」在月靈驚呼之時，我把內丹狠狠打入了天水的小腹，如果他不是完全變成殭屍，這內丹是沒有作用的！天水終要變殭屍，這是他的劫，他的果！

扣住我肩膀的利爪瞬間失去了力量，天水青黑的臉倒落在我的頸旁，血紅的眼睛緩緩閉起。

我伸手，推了他一把，他軟綿綿地往後倒去，撲通摔在地上，臉上黑色的血絲正在慢慢褪去。

「大師兄！」月靈從我身邊跑過，情難自抑地抓住了天水的手，含淚激動地看著他漸漸恢復溫潤的容顏。

我轉身看向眾人，他們還未回神，呆呆看我。

「現在，你們也可以休息了。」啪的一聲，響指打響。潛龍、麒恆、霓裳、朝霞和月靈紛紛倒落原地，陷入昏睡。

院中，只剩下面無表情的小竹，和深深看著我、目露感激的鳳麟。

「謝謝妳，師傅。」他輕柔的話語比以往任何時候都要溫柔。

月垂西關，整個荊門關陷入了無聲的安靜，所有人在鳳麟的符咒中安然睡去。明日醒來，他們將不再記得這裡的一切。

我單腿曲起坐在城樓之頂，嫣紅的裙襬在乾燥的狂風中飄擺。我遙望一縷發白的天際，天水的命運在今天發生了轉變，歷史的行進也會因他而發生轉向，未來已經在所有人不知之中，悄然變化。

哼，管他呢。

未來一直在改變。當初他們封印我時，也沒想到三千年後會有一隻紅毛，助我破印而出。自創世造物之後，時運已非神族能完全控制，不然，也不會有變數一說。

乾坤鏡已被鳳麟收回，蒼茫天地再次恢復乾淨，空曠，悠遠，安靜，讓我不禁想起上古時空曠無人的空靈之感。

絲絲縷縷的怨氣隨風飄散，怨氣聚得快，也散得快。大漠狂風，便可輕易將它們吹散，可惜了。

小竹雙腿抱膝坐在我下方城牆凸起之處，呆滯地凝望遠方，雌雄莫辨的側臉還帶著一絲哀傷，纖細綠色的短髮被狂風徹底吹亂，但依然不會影響他精緻的美貌。他的心裡，依然放不下那段情。

情若是可以隨意放下，這世間，也不會再有真愛。

「我現在到底是什麼？」天水落在了我的身側，痛苦地問。

我沒有轉臉看他，依然凝視前方，淡淡地答：「什麼都不是，不人，不鬼，不殭屍。」

「什麼都不是？」他的聲音越發激動起來：「這就是妳的回答？妳為什麼不乾脆讓我死？」

「我是想，但他們捨不得你。」我懶懶地靠在月輪上：「凡人之間的情啊……忽然讓我有那麼一點感動。」

憤怒的寒氣在我身旁瀰漫，他的身影在漸漸發白的天空下映落在我的身旁，清晰得可以看到他捏緊的雙拳。

呱——呱——小竹的兩隻烏鴉又紛紛落下，落在我月輪之上，牢牢瞪視天水的方向，宛如在護衛我，嚴防天水的靠近。

「天水師兄。」鳳麟落在了天水的身旁，抱歉垂臉：「對不起，是我執意讓師傅救你。」

「鳳麟！」天水立刻激動地一把揪住鳳麟的衣領，痛苦難言。

「這是你的命數，天水~~~」身後的月輪開始變寬，我懶懶地躺在上面，雙臂和長髮自然地垂落兩旁：「五百年前，是你把他變成了殭屍，成為今日的殭屍王……」

天水在我的話音中怔怔地放開鳳麟，轉臉看我：「妳說……什麼？」

「師傅，妳說的是真的？」鳳麟也吃驚轉身：「天水師兄和那殭屍王五百年有因緣？」

我掛在月輪上，懶懶地答：「嗯……所以，五百年後，天水註定要變一次殭屍，方知當年他的苦痛。這是因果，是命數，天水逃不掉的。」

「那現在呢？天水師兄真的是殭屍了？」鳳麟急急追問，大步到我身旁，雙手輕扶懸浮的月輪。

我轉臉看他，目光透過他看到了面容反而更加白裡透紅、俊美一分的天水，他還陷在激動與混亂之中，目光落在別處，滿目的痛苦與焦躁。

「喲！漂亮了！」我壞笑起身。

「師傅！」鳳麟鬱悶地沉臉：「妳能不能正經點？」

「哼。」我白他一眼：「是你要救天水的，又不是我，你可知救他或許反是害他？」

鳳麟一時語塞，自責地垂下目光。凡人會被感情所左右，但也正是如此，真情只存凡間。

天水在他身後痛苦搖頭：「鳳麟，你這是害了我，害了我……」他看向自己的雙手，雙眉緊擰：「我會傷人，我會吸血！」

「你不會吸血的～～」我曲起右腿，幽幽打斷了天水擔憂的話，右手隨意地放落膝蓋，單手支臉勾唇看掙扎痛苦的他。嘶——不知為何，心裡莫名地爽快。

天水怔了怔，緩緩朝我看來，清水如珠的黑眸在漸漸發白的天空下，盈盈顫動：「妳說什麼？」

「師傅，妳說的是真的？」鳳麟目露欣喜，立刻看向天水。

我邪邪地看天水，嘴角上揚：「你不是人，所以不會再有心跳、體溫和味覺，因為你已經死了，如果你不死透，殭屍王的內丹不能救你。但你也不是殭屍，因為我已經把陰毒除去，殭屍吸血，是對陽氣和溫度本能的渴望，現在，你不會了。當然，你也不是鬼，因為你有肉身。所以，你現在什麼都不是，我抹去了月靈他們的記憶，他們也不會知道你變成了殭屍。只要鳳麟不說，沒人會知道你的身分，不會有劍仙來與你為敵。」

天水的視線在我的臉上變得渙散，他後退了一步，茫然地低下臉，苦澀地笑了起來：「我什麼……都不是……呵呵……」

「大師兄……」鳳麟神情複雜地走到天水的身邊，抬手猶豫了一下，放落天水的肩膀，他側落臉，似是無法正對天水，他自責而內疚地捏緊天水的肩膀：「對不起……」

「你們這算什麼神情，怪我嗎？」我不悅地看鳳麟和天水，天水苦笑看我：「難道還要謝謝妳把我變成什麼都不是？」

「大師兄，怪我！」鳳麟雙手扣住天水的肩膀，正對天水的目光，不讓天水再看我。鳳麟不再躲避天水，而是站在了他的身前，承擔一切後果與責任：「是我求師傅救你的，是我考慮不周，是我沒有聽師傅的話。大師兄，不要怪師傅，是我不想失去你！」

天水的眸光顫了顫，緩緩垂下了眼瞼：「呵。」他像是勉強地笑了一聲，抬手放在鳳麟按住自己肩膀的手上，鳳麟微微一怔，擔心地看天水：「大師兄，你的手怎麼這麼涼？」

天水勉強揚起一抹似是不在意的微笑，拍了拍鳳麟的手，抬眸看他：「你忘了嗎？我已經死了……」

鳳麟看著天水的目光越發愧疚起來。

天水笑了笑：「我想一個人靜靜。」他拂開鳳麟的手，轉身落寞離去，鳳麟擔憂而帶著幾分沉重地看天水離開的背影，邊關淒涼的風揚起了鳳麟的髮絲，和天水長長的墨髮，在微露的晨光中劃過淡淡的水光。

「嗯……原來殭屍的屍丹對人還是有作用的。」我慵懶地斜靠上月輪一側，看天水水光瀲灩的長髮，屍丹讓天水的身體正在慢慢發生變化。修煉千年的殭屍就能有一副魅惑迷人的容顏。

「師傅，天水師兄最後會變成什麼？」鳳麟轉回身異常認真看我。

我瞥眸睨他：「我怎麼知道。」

「妳……不知道！」鳳麟瞪大眼睛驚呼，大步到我身前：「妳怎麼會不知道？」

我好笑看他：「我從沒把殭屍的屍丹放到凡人的體內，我怎麼知道天水最後會變成什麼？」我有趣地看向自己的手指：「嗯……我覺得這實驗……挺有趣。」

鳳麟的臉立刻發黑，鼓起臉緊盯我的眼睛。

我被他盯得哭笑不得：「放心～～除了不能用屍丹裡的五百年殭屍之力，屍丹可讓天水保持人形，而且……從現在的情況看，屍丹反而讓他更俊美了。」

「呼……」鳳麟安心地鬆了口氣，靜了片刻，抬眸深深地凝視我。

我奇怪地看他，他一直站在我的月輪前凝視我，深邃的黑眸裡如同深院的宇宙，漸漸吸入我的視線。我不由撫上他少年帥氣的側臉，他緩緩抬手撐在了我身邊的月輪，俯下臉越發深沉地凝視我。

他慢慢俯下臉，到我的近前，近到清澈的黑眸裡可以看見我的倒影。一束晨光從上空打落，落在他的身上，照亮了他的眸子，把他煙灰色的罩紗也映出了華麗的絲光。

「師傅……」他的衣袍壓在我懸掛在月輪外的雙腿上，帶著他溫熱的體溫，他身上好聞的氣息進入我的鼻息，我微笑閉眸，深深呼吸：「嘶……麟兒身上的味道還是這麼好聞……」我睜開了眼睛，看到了比之前更加近在咫尺的他，近到他的雙唇幾乎……快要壓在了我的唇上……

他的眸光劃過了一絲慌亂，似是我的睜眼讓他猝不及防。可是，在那一抹慌亂後，他卻猛地收緊目光，俯下了臉，我下意識地後退，他伸手托住了我的後背，深沉地鄭重地俯視我：「師傅！我真的已經是個男人了，請妳小心點。」警告的語氣帶出一絲霸道，他狠狠放下話從，我後背立刻抽回手，轉身躍起，水晶般的仙劍掠過我的面前落在他的腳下，他飛速御劍而去。

我怔怔看著他遠去的身影，隨即緩緩回神，不由唇角揚起，邪邪而笑，單手支臉斜靠月輪。是嗎……麟兒原來真的是男人了，要我小心？哼……有意思~

「主人，天下男人沒一個是好東西！」忽然，小竹陰沉沉地站在我前方，黃色針尖的瞳仁裡是深深的恨。

我瞥眸看他：「那你還變成男人？」

他一怔，咬了咬唇，側開臉，雙拳捏緊。

「哼。」我坐起身，輕笑：「被男人傷害反而想變成男人，小竹，你這是在承認自己軟弱。」

他站在晨光下深深呼吸，閉起雙眸，讓自己恢復平靜，他平復了許久，才睜開那雙針尖妖媚的蛇眸，再次面無表情，他不看我地吶吶而語：「主子愛過嗎？」

「愛過。」我眸光瞥向他，他驚訝看我，我冷笑揚唇：「但現在，我不會再愛他，也不會為他而痛而傷。而且……」我眯起雙眸：「我更會取代他，成為真神之主！不！」我收緊眸光：「我不稀罕他的世界，我要重新創造一個屬於我的世界！」我看向一束束從蒼天落下的晨光，這個世界不容我，我也不屑留在這個世界！我回眸看向小竹時，他站在一束晨光中呆呆地看我，身後，是蒼茫空曠的荒涼大地。

我勾起笑：「忘記臭男人最好的方法，就是再去愛，小竹，好好去愛，莫讓愛情寂寞。愛情，會好好回報你的。」我咧開嘴角，邪氣浮上臉龐，在他呆呆的目光中飛入空中，晨光灑落周身，讓我忽然還真有些想他了。再見他的時候，是先跟他「親熱」一下，再拆他神骨，還是直接拆了他的神骨呢？嗯……忽然變得有點難以抉擇了。

茫茫荒漠之中，一點金光閃閃發亮，璀璨如星。飛近之時，是那曾經的聖光族人的聖湖。天水靜靜地站在湖邊，湖面邪氣已除，一片清澈乾淨。

平靜的湖面上漸漸映入我的身影，天水一怔，抬眸看我，溫潤的臉上寫的可是「不歡迎」三個字。

我緩緩落於湖面上，腳尖點落平靜的湖面，點開層層漣漪。

他靜靜看我片刻，臉上多了份認命，他垂下目光凝視我腳下的聖湖：「我一開始並不相信妳說的我與殭屍王的因緣，可是，我不知不覺來到了這裡。我明明不認識這裡，昨晚鳳麟他們降服殭屍王的時候我也不在，我不該認識這裡的！可是，我卻來到了這裡！腦中還出現了一些模糊的影響！」他情緒激動起來，匆匆抱住頭深深呼吸，緩緩平靜。

他比鳳麟更長的長髮在湖風中輕輕揚了揚，湖面當中一圈漣漪，打碎了我和他在湖裡的倒影。

他放落雙手，長長吐出一口氣，眸光已經恢復鎮定，抬眸再次看我，眸光銳利恢復如初：「妳到底是誰？鳳麟為什麼會叫妳師傅？」

我勾起了唇角，雙手撐在月輪上瞥眸看他：「你們不是一直想知道鎖妖塔下關的是什麼？」

登時，天水瞪大了黑眸，白裡透紅的肌膚在陽光下讓他如玉般通透迷人，我緩緩飄向他，伸出手，指尖挑起他柔美的下巴，邪氣地俯視他：「現在，你是想讓我抹去你的記憶，還是……替麟兒和我保密？」

他驚詫地後退一步，離開我的指尖，神色因為巨大的震驚而混亂，一時難以平復。他抬起手，手指貼於紅唇前再次深深呼吸，眸光閃動之間是縷縷深思。

終於，他勉強平靜下來，轉臉看我，沉沉看我：「妳真是刑姬？」

我立刻沉下臉，陰冷地橫睨他：「閉嘴！本尊不准你提刑姬這個名字！」

「那妳怎麼會收鳳麟為徒？」他又問。

我撇開目光，懶得看他：「鳳麟六歲那年誤入鎖妖塔，拜我為師，這件事，你們的清虛仙尊是知道的，也是默許的。哼，那老頭子沒交代完就死了，真是不負責任。」

「什麼？仙尊知道！」他更加驚訝，擰眉微微側臉：「難怪鳳麟進步會這麼大。」

「天水。」我沉沉喚他，他下意識看向我，我收起邪氣，沉沉看他，加重了話音：「肉身不過是皮囊，你不要被自己皮囊束縛，無論你變成什麼，只要你一心向仙，依然能成仙。」

他怔怔看我一會兒，苦澀地輕笑，眸中帶出一絲嘲諷：「呵，妳不是說過，我們根本成不了仙，現在妳又來唬我？」

「那是在你重生之前，現在，你的命數已變，未來也會隨之而變。」我沉沉看他，深沉的話音在蒼茫天地間迴盪：「你可願拜我為師？」

天水一驚，訝然地久久看我，晨光漸漸灑滿大地，他的眸光猛地收緊：「我的命是鳳麟求來的，我不會出賣鳳麟，但我天水絕不會拜妳為師！」

「很好～～哼哼哼哼……」我邪笑連連，一掃之前真神威嚴，在我邪笑之時，天水的目光中更多了分肯定。

我伸伸懶腰曲起右腿，俯臉看他：「好久沒做出一副神的樣子，渾身不爽。小水，替我跟麟兒說一聲，我回崑崙等他，以後，你也是我的人了。」我瞇眸而笑。

「我不是！」天水憤怒地瞪我之時，我已拔地而起，他後面的話音消失在我的腳下。不管天水願不願意，我不會讓他離開我的視線。因為他是我造出來的，我要負責，不能讓他的轉變脫離我的控制。

天地蒼蒼，崑崙悠悠。浮島連綿不絕，清氣繚繞不盡。

僅僅離開幾日，崑崙的鎖妖塔已經成形，法陣圍繞，閃閃發光。

崑崙玄武的弟子效率不錯啊～～不捉妖也可以去造房子。

我的月輪高高懸浮在鎖妖塔上方，遙遙俯看。小竹面無表情地站在我身旁，我指向下方的鎖妖塔：「看，那就是關了我三千年的地方。」

小竹一驚：「主子被關了三千年！主子妳……幾歲？」

「嗯……」我掐指慢慢算，眨眨眼，心煩：「算不清了，呿，管他幾歲，只要我依然年輕貌美如花就行～～」我邪邪地咧開嘴角，揚起手，動動手指：「來我身上。」

「是。」身旁綠光閃閃，小竹化作綠色的小蛇纏上我的手臂。我隱去身形，進入崑崙法陣，直入塔底，走入那曾經封印我的地方。

黑裙浮現全身，身上星辰星光四射，柔和聖潔的光芒照亮身周一片黑暗。揚起手，星辰從我指尖流出，遍布四周，瞬間將星宙帶入這黑暗世界。

星河在面前流淌，北極星高高閃耀，乾坤星宇瞬間納入小小斗室，讓人驚嘆。

小竹從我手上滑落，在星輝中現出少年之形，呆呆地看著周圍星光。他伸出手，纖細蒼白的手指點上黑暗中飄浮的星辰，星辰在他的指尖猛地迸射光芒，盈盈閃耀，宛如在回應他的觸摸。

我在星辰間慢步向前，走上封印我的玉台，轉身時，黑裙的裙襬被我甩起，飄逸的仙裙裙襬飛揚如同黑色的玫瑰綻放。

我緩緩坐下，看看星光之中狼藉的暗室，右手揮起，魔力甩出，帶起一片星辰飛舞。星辰飛過之處，殘破的石頭回歸原位，華光閃現，金色的壁燈嵌入石壁，寶珠入燈，閃出如同太陽般的金光，登時照亮整個石室，金碧輝煌！

星辰被光芒吞沒，小竹驚了驚，下意識看向我，登時忘記了呼吸，目光凝滯在我的臉上，無法移開。

左手揮起，魔力掃過整個空蕩蕩的石室，立刻，桌椅屏風臥榻一一浮現。精美的地毯鋪在我的石台之前，雪白的地毯上是一隻振翅的金鳳，寶珠在她爪下，引來九龍爭奪。

白色如玉的桌椅，翡翠雕花鏤空的香爐，仙氣繚繞而升，清香瀰漫整個房間。

水晶的珠簾掛落屏風，屏風後是華光四射的浴池，溫熱的泉水正從浴池中央咕咚咕咚冒出，瞬間仙氣瀰漫浴台。

鮮花在兩側開放，化作五彩的花園，嫩綠的藤條垂落、纏繞，編織成一只秋千。前方石壁化開，可見崑崙悠悠天地，清風吹入，將秋千盪出雲海，推向碧空藍天。

原本看似狹小的世界，被我擴大，造出一片新的天地。

我抬手撫過身下石台，仙鶴羽毛與鮮花編織而成的睡毯浮現，柔軟舒適。

我慵懶地側身躺下，黑紫色的紗帳從上方飄然落下，圍住整個石台，也遮起我的身影。

「嗯……舒服了……」我伏在床上，不想起來，裝修這裡，可耗費了我好不容易積攢的魔力，因為我不是隔空取物或是幻化，而是造物。這裡的每樣東西都是真實的，是我真正造出來的。

我慵懶地坐起，紗帳外的小竹還在呆呆看我。我瞇眸而笑，輕輕揚手，黑紫的紗帳緩緩掀起，壞笑浮上我的嘴角。我突地旋身，立刻化作巨大的黑龍，朝發呆的小竹撲去。

「嗷～～～～」

「啊！」小竹驚跳，我凶惡地俯下龍首：「看夠了沒？」

小竹僵滯地點點頭。

我緩緩恢復人形，單手扠腰站在他面前，睨他一眼：「看夠了去做事。」

「是！」他眨眨眼，轉身，再次發愣，呆呆地看著我在他發呆時造出的桌椅。他驚嘆地摸上桌子，敲了敲，驚道：「是真的仙玉！」

「廢話！你以為是障眼法嗎？」我白他後背一眼，他吃驚轉回身，雌雄莫辨的小臉上淨是不可思議：「主子能造物？」

我揮揮手：「快去做事！」

他眨眨眼回神，目露疑惑：「做什麼？」

「去把崑崙仙尊清華老頭子叫來。」我拂袖轉身走回石台。

小竹跟了上來，在我轉身坐下時，他著急指向自己：「可我是妖，這裡是崑崙。我、我不能在崑崙亂走。」

「怎麼不能？」我好笑看他：「你身上的妖氣不是沒了嗎？弄套崑崙弟子的衣服還不會嗎？想跟著我，就機靈著點。」

小竹一愣，匆匆低下臉摸上自己的身體，方才恍然大悟：「對呀，我妖氣沒了，謝主子。」他朝我深深一拜，起身時，滿頭的綠髮變成了普通的黑髮，眼角綠色的眼影已然不在，一雙清水靈靈的黑眼睛如同動人的黑色寶珠。

「主子，我這就去。」他說罷，轉身即走，單薄的身形卻份外地俐落。

我起身到玉桌旁，手心按落玉桌，魔力纏繞之間，緩緩拉起空氣，一只白色的玉壺和四只玉杯從玉桌中緩緩而起，花藤一般的把手纏繞瓶身。我抓住把手，一把拿起玉壺，滿意一笑，移步到花園邊，手托玉壺，單手托腮。

嗯……採集花露好麻煩。

呱！呱！

我抬眸，小竹的兩隻烏鴉從秋千前的洞口飛入，看見我時一下子呆住了小黑眼珠，撞在了一起，從空中直直墜落。

我揚唇一笑：「就你們了。」抬手輕點，魔力從指尖而出，纏繞住落下的烏鴉，牠們的身形開始縮小，黑色的烏鴉翅膀化作透明的薄翼，黑色的衣衫包裹住牠們的身體。牠們化作一男一女兩個小精靈，呆呆地看自己變化的身體，然後激動地拉起對方的手，撫摸對方的臉，開心地抱在了一起。

「拿去，把花露倒進去。」玉瓶從我手中飛起，他們抱住玉瓶飛落在鮮花之間，忙忙碌碌。

我懶懶地坐回玉桌旁，把玩桌上的玉杯。

接下去，要去找妖皇帝琊。他也是在我破印離開時，出現的三人之一。

那三個人……不，應該說是三個神，冥王殷剎、妖皇帝琊，還有他，聖陽最親的弟弟，仙界之主廣玥。

三人之中，廣玥最難琢磨，因為他少言寡語，心性孤僻。荊門關殭屍變很有他的作風，極有可能是他所為，他得放到最後。

但以我現在的實力，想要對付帝琊，明顯只有送死的份，沒準還會被他摁在床上。因為他看我的眼神裡，只有強烈的欲望。

「嘔！」我不由乾嘔。我可不想跟他光溜溜躺在一起，我不喜歡他。

可我現在的魔力不足以穿梭六界，無法突破妖界的結界進入妖界，只有通過妖界界門，然而那妖界界門也不會隨意開啟。

掐指算了算，快到帝琊的生辰，以他的心性，又該選美女入他的妖皇宮。他經常換女人，他可從不會虧待自己的情欲，他是六人之中情欲最旺盛之人。我每每走近他，都能聞到他濃濃的發情「味道」。

在六界未分之時，他也是女人最多的男神，他那張妖豔絕世的臉，只需坐在那裡，便有女神自動上門。正因我對他不屑一顧，所以他看我的眼神一直熾烈。

哼～～妖皇選妃，仙妖皆可，界門會開。看來，我需要一個領路人。

玉瓶緩緩放落面前仙桌，兩隻小妖精放開玉瓶，再次化作兩隻烏鴉停落在秋千上，彼此梳理黑毛。

我拿起玉瓶，給自己倒上一杯，抿了一口，齒頰留香。抬眸之時，小竹已把我的客人帶到。

小竹帶清華從秋千處的洞門而入，清華怔立在了秋千旁。他呆呆地環視周圍，白髮在清風中輕揚，這個曾經是黑暗不見天日的密牢轉眼間化作了仙宮玉殿，讓他的眼中充滿了驚訝。

他伸出手，和小竹一樣先去碰碰身邊的東西是不是真的。

「別亂碰！」小竹陰著臉白他一眼：「這些都是主子造出來，不是低劣的障眼法。」小竹把我的話又甩給了清華。

清華匆匆收回手，朝我看來，他再次呆愣。

「還不拜見主子！」小竹冷冷沉沉地說。

清華回神，不甘願地側開臉：「我是崑崙堂堂仙尊，豈能向妖族下跪？」

「放肆！」小竹抬腳一腳踹在清華膝蓋上，清華頓時一個趔趄，單膝下跪，他隨即憤然扭頭：

「你……！」

「清華。」

清華在我的呼喚中轉回頭，我手執酒杯側目對他勾唇一笑，他再次看著我呆愣。

「我答應過你，我會給你想要的。」抬手拂過桌面，紫垣給我的仙瓶浮現桌面。他的目光從我的臉上落在了仙瓶上，仙瓶開啟，一顆霞光琉璃的仙丹從仙瓶中浮出，緩緩飄向他。

他像是本能地抬起雙手，眸光顫動起來，仙丹的香味讓他知道，他面前的是什麼。

仙丹落於他的手心，他激動地雙手輕顫。

我收回目光輕笑：「這是仙丹，每一顆可長你百年功力，延你百年壽命。」

他在我的話音中激動地迫不及待吞下仙丹，立刻，華髮恢復了墨色。修仙人本是鶴髮童顏，他瞬間恢復了青春讓他越加俊美一分。

他激動地站起來，拿起自己的黑髮：「是真的！是真的！哈哈哈——」他立刻大步到我面前，看了看我，毫不猶豫地單膝跪下：「尊上有何吩咐！」他激動地連話音也微微輕顫。

我蔑然一笑，執起酒杯：「我要紅毛。」

「紅毛？」他困惑地抬起臉：「紅毛是誰？」

我瞥眸看他：「就是幫你殺死清虛的那隻妖。」

他的神色劃過一抹慌亂，匆匆低臉：「本仙尊……不，是小人知道了。」

我收回目光抿笑點頭：「很好，你去吧。還有，嫣紅已死，本尊即是嫣紅。」

「是！」他沒有驚訝地匆匆起身，似是早已猜到。他轉身離開，到小竹身邊腳步頓了頓，看小竹，像是在驚訝我在這麼短的時間還有了僕人。

小竹面無表情地不看他。

他看了看，轉臉走出洞門，墨髮再次化作雪髮，腳踏仙劍而去，雪髮在風中飛揚。

一掛水簾從上而下遮住了洞口，嘩嘩的清水引入我的石室，在花間流淌，使得花兒們越發嬌豔迷人。

我靠在白玉石桌邊，手執玉杯飲花露，聞花香，悠悠而笑……

❖

不久之後，崑崙七子回崑崙覆命。

遠遠便可聽見崑崙弟子的歡呼聲，如歡迎英雄回歸。

潛龍他們的記憶將停留在天水救月靈的那一刻，之後的記憶，我做了改變。天水救了月靈，但並沒被咬，殭屍王隨即出現，他們合力消滅。這件事會在崑崙弟子之間又成一段壯舉，久久流傳。

在鳳麟他們去向清華覆命時，我再次化作嫣紅，嫣紅不能這樣消失，有時這個身分很好用。

我來到朱雀殿，我還從沒來過這裡。朱雀殿在崑崙正南一座最大的浮島上，殿如其名，朱色為主，如同崑崙女弟子身上晚霞般的衣裙，不僅巍峨，而且豔麗。

朱雀殿今日很安靜，殿外無人，看入殿內，朱雀殿的女弟子們正恭敬站立，認真地看著前方。

我就這樣走了進去，提起裙襬，跨入安靜的殿內。整個大殿的女弟子立刻朝我看來，芸央和玉蓮目露驚訝。而站在大殿之前的，正是朱雀殿師尊，崑崙唯一的女師尊——萝琴。

她看見我，微露威嚴：「嫣紅，妳的任務完成了？」

「是，完成了。」我簡單俐落地答，細細打量她。

夢琴在我的打量中微露一抹疑惑，但依然保持她做為師尊的威嚴：「那入列吧。」

「好。」我沒有說是，一邊看著她一邊入列，她反是被我盯得收回目光，臉上劃過一抹不解的神色，宛如在奇怪自己怎麼不敢直視我。

我收回目光，芸央和玉蓮偷偷向我招手。在我走近時，她們伸手把我拉入她們之間，其他朱雀女弟子用奇怪的目光看著我，有好奇，有羨慕，還有嫉妒和不屑。

我瞥眸冷冷掃過她們，她們一驚，匆匆各自收回目光。

「接下去的仙法會希望妳們能好好表現。」夢琴再次肅然地看大家：「妳們用心努力，才有進崑崙七子的希望。」

「夢琴老師，我們怎麼可能比得上朝霞大師姐她們啊～～」

「就是，我們根本比不上嘛～～」

夢琴在大家的話音中沉下臉：「崑崙七子一向是能者居之，妳們不努力，又怎能替換朝霞她們？」

大家幽怨地看向彼此，忽的有人看向我，嘲諷地挑眉：「嫣紅，妳沒準能進七子。妳不過是去驅鬼，鳳麟大師兄卻親自護駕。妳跟崑崙七子的關係可真好～～」

忽然間，我明白她們之前那些羨慕嫉妒的目光了。

「妳們是什麼意思？」芸央生氣上前。

「沒什麼意思～～」她們冷嘲熱諷地看。

夢琴沉下臉：「夠了！看看妳們，跟凡間的潑婦有何兩樣？」

夢琴一發話，所有人不敢再出聲，紛紛低下臉。

夢琴生氣地看她們：「妳們是崑崙清修的女弟子，應該清心寡欲，修心修性，卻在這裡嫉妒挑事，真是丟我們崑崙的臉！若被其他仙門知道，還不讓別人笑話！」

「弟子知錯了……」慚愧的話音在殿內響起，我可以感覺到從她們身上散發出來的絲絲不甘與怨氣。哼……有女人的地方就有怨氣。很好，在崑崙能吸到怨氣，是多麼不易之事。

朱雀殿的女弟子熙熙攘攘從朱雀殿出來，離我遠遠的，用各異的目光偷偷看我。還有之前在殿上被夢琴斥責，心裡不服委屈者，遠遠地、怨氣深重地狠狠瞪我。

我對她們的印象只從嫣紅的記憶中而來。嫣紅的記憶裡，女弟子之間的戰爭從未停歇，也包括嫣紅自己。

朱雀殿的女弟子不過四十人，那次妖族大戰後，只剩二十餘人了。

「嫣紅嫣紅，妳是跟鳳麟師兄一起回來的嗎？」羨慕我的紛紛上前，崇拜的目光裡更多的是對鳳麟。

「沒有，我們分開了。」我冷冷地答，她們還頗為失望，宛如想從我這裡得到更多關於鳳麟的消息。

「妳們就別亂猜了。」芸央生氣上前：「嫣紅剛剛執行任務，還沒休息呢……」

正說著，夢琴從殿內走出，眾人紛紛退開，芸央和玉蓮也恭敬垂首，後退一步。

夢琴走到我面前，與我同高，她細細看我，我也細細看她。她微蹙蛾眉：「嫣紅，仙尊已經交代為師，妳今後在崑崙可自由出入，不必到我朱雀殿早課。從今而後，妳已升為上上階崑崙弟子，直接聽命於北極殿。」

「什麼？」

「怎麼可能？」

「明明嫣紅法力還不如我。」

「怎麼回事？」

「到底怎麼回事？」

驚訝的議論從四周而起，芸央和玉蓮也目瞪口呆地看我。

崑崙上上階弟子，意味著我是崑崙七子的候補之人，隨時可以將七子中任何一人取而代之！這是崑崙的規矩，每一年都會有弟子向崑崙七子發出挑戰。只是，尚未有人有足夠的潛力超越，才無法進入候補名單，成為崑崙七子和四殿弟子之間的上上階弟子。

我可謂是第一人。

夢琴也滿目懷疑地看我，忽的沉下容顏，威嚴而語：「嫣紅，妳現在是上上階弟子了，但為師還是要奉勸妳一句，為人要謙遜，驕兵必敗。」

我在她話音中勾唇而笑，邪氣布滿臉龐。夢琴在我的邪笑中再次愣住神情，威嚴從她臉上消失，她還是顯得有些稚嫩。

我意味深長地對她一笑，轉臉從她面前離開，她怔怔站在遠處，久久沒有回神。

芸央和玉蓮追上我。

「嫣紅，那麼說妳以後不睡我們房了？」芸央有些失落。

「憑什麼啊。」

「就是，憑什麼是嫣紅？」

議論聲依然不停。

我蔑然地掃視她們，她們立刻像是被點穴般定在原處。我輕蔑一笑：「哼！」

忽然間，她們的目光齊齊仰起，視線集中在我的上方，臉上是滿滿的欽慕和崇拜，眼睛裡幾乎可以擠出桃花。我看她們來修仙，更像是為了跟翩翩劍仙滾床，一群小花痴。

與此同時，兩個黑影落在我的身旁，我微微側臉，上方已傳來鳳麟的聲音：「嫣紅，走了。」乾脆俐落的話音宛如與我毫無干係。

「哼。」我揚唇一笑，揚手揮過面前，月輪已在身後。青光閃爍的月輪仙氣逼人，登時讓朱雀殿的女弟子們目瞪口呆，也包括站在台階上的夢琴。

月輪帶我而起，天水站在我的身旁，看我一眼後便瞥向前方，臉上的溫柔已不再。另一側則是鳳麟。

我們正要離去，芸央和玉蓮御劍到我們身前，玉蓮微微站在芸央身後，偷瞄鳳麟。

芸央緊張地看天水：「天水大師兄，潛龍大師兄還好嗎？」

天水的臉上終於再次浮現那溫潤的溫柔微笑：「他很好，謝謝關心。」

「那真是太好了。」芸央開心地雙手交握時，鳳麟拉起我的手臂，從她與玉蓮身邊直接飛過。天水也飛速而來。

他們一左一右，更像是在押解我。

第十章　白棋子

他們一起帶我落在無人的、仙氣縹緲的浮島上，嫩綠的草地鋪滿整座浮島，仙氣繚繞在隨風搖擺的草尖。

「師傅，仙尊怎麼封妳為上上階弟子了？」鳳麟開口就是問這件事，早在我意料之內。

「難道妳控制了仙尊？」天水捏緊了仙劍，寒光劃過雙眸：「妳雖然是鳳麟的師傅，但妳不能亂來！」天水有些激動地要上前。

鳳麟立刻伸手攔住他：「師兄，師傅不是壞人，請相信我！她不會控制仙尊的……」

「沒錯，我控制了他。」我清澈的聲音響起，鳳麟僵滯在天水的身前，天水冷笑而起：「看見了沒，她承認了！師弟，你不要再被她迷惑了！你清醒點！她是妖！」

「她不是！」鳳麟猛地沉沉厲喝出口，怔住了天水，天水溫潤剔透的臉上，是一抹驚訝，宛如鳳麟從未與他如此說話。

鳳麟手執仙劍站在了我的身旁，昂首正視天水，沉沉而語：「師兄，不管師傅做什麼，一定有她的原因。但師傅從不害人。」

天水有些失望地擰起雙眉：「鳳麟，妖是最會迷惑人心的，你忘了嗎？」

「你是在說我漂亮嗎？」我勾起唇，側轉身歪臉看天水，天水擰緊雙眉，捏緊手中仙劍：「妳別再魅惑師弟了！」

「哼。」我轉身冷笑：「說得我的麟兒好像是普通好色的男人，說得好像你不會被妖女魅惑，你……真的確定嗎？」夜色漸漸染上我的裙襬，星辰一點一點爬上我的衣裙，天水的目光越發戒備，手中的仙劍橫在身前。

「師傅！不要耍師兄！」鳳麟有些焦急地想阻止我，我壞笑地橫睨他一眼，醉醉而語：「晚了。」說罷，我猛地旋身，裙襬如同黑色的玫瑰花綻放，星光瞬間遍及全身，長髮飛揚之時，我飛身而起直落天水的面前。

他慌忙拿起仙劍，卻在與我目光相對時，怔住了神情。

我飄飛在他面前，滿是星辰夜色的仙裙在空氣中飄逸。我正對他的臉，咫尺之近，近到感覺到他呼吸凝滯。我邪邪而笑：「或許……白衣更能迷惑你們這些凡夫俗子……」

我在空中緩緩站起身體，鳳麟擰眉嘆氣，側開臉直接不看我。

聖潔的白色染上衣裙，身上的仙裙再次恢復最初的顏色，我如女神般站立在空中，月輪懸於身後，我昂首俯視天水，再次擺出女神威嚴的神態：「天水，本尊現在明明白白告訴你，你們的清虛仙尊是被清華所害。」緩慢的語音卻讓天水瞬間從我容貌中回神，驚詫抽氣。

「師傅，妳說的是真的？」鳳麟立刻情緒激動地大步朝我走來，一把握住了我懸在空中的手，他激動捏緊了我的手，宛如用所有的力氣牢牢握住真相。

清虛對他的意義完全不同，他無法冷靜面對任何殺害清虛的凶手。

我低臉看他片刻，終於忍不住掩唇而笑：「哈哈哈哈——哈哈哈——看看你們，看看你們！你們跟狗眼看人低的凡人有何區別！我之前對你們說話，你們說我魅惑；現在我只是換身衣服，換副神態，你們就信了，哈哈哈——」

「妳……！」天水生氣地提劍。

我立刻收起笑陰冷地俯視他：「神女誰不會裝，你們人間的婊子還裝清純呢！你以為就你會裝溫柔嗎？」

天水手執仙劍怔立在我身下，黑眸睜了睜，表情開始呆滯，目光和他執劍的手一起緩緩垂落。

忽然，鳳麟用力一把把我扯回地面，雙手扣住我的肩膀著急看我：「師傅！妳玩夠了嗎？妳剛才說的到底是不是真的？」他急急地扣緊我的肩膀，我在他急切悲傷的目光中擰眉點頭。

他臉色蒼白地後退一步，放開我的肩膀立刻捏緊了仙劍，渾身殺氣燃起，抬步就走。

天水回神，立刻躍起，落在鳳麟的身前攔住了他：「鳳麟，冷靜！你真的信那個女人的話？」

鳳麟胸膛大幅度地起伏起來，他不看天水就一把揪起天水的衣領，狠狠地攥在手心，面色緊繃到極點，帶出一絲冷沉的青色：「那個女人是我師傅！」鳳麟猛然轉臉直直盯視天水：「她從不會騙我！而且，我不允許任何人說她是妖，即使是師兄你！」

天水的目光也開始憤怒起來，反手揪住鳳麟的衣領：「你真是被迷得太深了！」就在他要推開鳳麟時，一束白光突然毫無預兆地從九天而下，砰的一聲直直撞入他們之間的縫隙，將他們兩人震飛！

整個世界忽然凝滯下來。

我躍起接住鳳麟的身體，天水直直撞在樹上，掉落地面，勉強站穩，他和鳳麟都驚訝地看著中央那束突然而降的白光。

我揚唇邪邪而笑。嘿嘿，小紫這是也想來摻一腳嗎？

光束漸漸收回，留下一個白色的光團，靜謐與仙氣一起在這座浮島上瀰漫。白光從光團上漸漸消失，出現了一個抱成團的白衣小人，他緩緩鬆開抱住膝蓋的雙臂，一個光溜溜的腦袋在陽光中如夜明珠般閃亮！

「哎呀哎呀，痛死了痛死了！」他小小的、肉嘟嘟的手揉自己像湯圓一樣的小腦袋，稚嫩的童音猶如三歲孩童。

天水和鳳麟都呆呆站在兩側，看這個突然出現的白衣小光頭。

我邪邪而笑，往後靠坐，月輪自然而然落下。我單腿曲起架在月輪上咬唇壞笑，有意思。

白衣小男孩揉完自己腦袋站起身，拍拍身上白白的小衣服，抬臉看看左右，看見了我，立刻蹦蹦跳跳到我身前一拜：「拜見娘娘。」

我慵懶地單手支臉：「嗯，乖～～」

「謝謝娘娘。」小光頭起身，抬起胖嘟嘟粉嫩嫩的包子臉，黑溜溜的大眼睛直瞅鳳麟。鳳麟眨眨眼，已經徹底忘記了恨意與復仇，微微向後靠：「你瞅什麼？」

「不是你。」小光頭眨眨黑溜溜的大眼睛，扭頭，看到了天水：「是你是你。」他匆匆蹦向天水。

三歲的小孩，胖嘟嘟的小屁股，一蹦一跳間活脫脫像隻兔子。

儘管三歲小孩可愛，但天水還是第一時刻戒備起來。他們崑崙七子常年除妖，有時妖類也會變作小孩的模樣。

白衣小男孩噠噠噠跑向天水，忽然一躍而起撲向天水。天水驚然後退，近乎本能地提起仙劍：「妖孽！」

白衣小男孩卻絲毫沒有後退，天水的眸中劃過一抹吃驚，似是也覺得對小孩下手不妥，匆匆收回仙劍。卻已經來不及，小孩直直撲向仙劍，天水驚詫地後退：「不要過來！」天水只有急急後退。

但白衣小男孩兒依然用腦袋直直撞向他：「進去進去！啊——」

噹！星光四濺，小孩兒的頭撞在天水的仙劍上，竟是發出了這樣的聲音。

天水驚得渾身僵硬，睜圓了雙眸。

白衣小男孩兒撲簌落地，登時再次揉自己光溜溜的小腦袋：「啊～～～～疼死了疼死了！」

「噗，哈哈哈——哈哈哈哈——」我仰天大笑，紫垣的棋子真是蠢得可愛。

「師傅，那到底是什麼？」鳳麟站在我身邊，驚疑地看那呼痛的白衣小男孩兒。

「棋子。」我答。

「棋子？什麼棋子？」

我勾唇一笑，緩緩吐出話語：「小紫的棋子。」

「小紫是誰？」他立刻看向我。

我瞥眸看他，眸光深沉：「紫微星君。」

鳳麟在得到答案後就此怔立在我裙邊，久久沒有回神。

「啊，痛死了痛死了。」白衣小男孩揉揉頭起身，雙手扠腰，不開心地看天水：「哼！你這樣星君會生氣的！」

「星君？」天水困惑放落仙劍。

白衣小男孩見他放下仙劍，黑眼珠轉了轉，忽然躺在地上開始撒潑大哭：「啊～～～你打得我痛死了～～～啊～～～你欺負我～～～我要告訴星君，告訴我爹，告訴我娘～～～」

天水被小男孩兒哭得面露一絲愧色，終於露出溫柔的神情，半蹲在小孩兒的身邊，柔聲而語：「別哭了，看你年紀還小，你快回家吧，這裡是崑崙，你這樣的小妖精會被捉的。」刻意放柔的聲音可以讓女人徹底融化。

「誰是妖精了？」小男孩一邊抹眼淚一邊站起身，鼓起滿是淚水的臉：「你的仙劍根本不能傷我！我是仙！你這隻蠢豬！」

「噗！」我忍不住噴笑。

天水溫柔的神情完全陷入僵硬，臉上柔和的笑容幾乎快要崩潰。堂堂崑崙七子之首，萬千少女心中的夢中情郎，被一個三歲小孩兒罵作豬。

白衣小男孩兒見天水僵硬，一拍自己光溜溜的小腦門：「好機會！進去進去！」突然，他彎下腰，用自己的湯圓腦袋朝天水撞去！

天水見狀也不躲，似是因對方是個孩子也不再防備，我勾起唇角，一拍手：「哈！成了！」

鳳麟和天水在我的話音中都疑惑地看向我，就在天水看我的那一刻，白衣小男孩猛地撞上了他的胸膛。頃刻間，白光乍現，驚得鳳麟回頭。

天水再次被撞飛起來，砰的落下，一切再次恢復安靜，白衣小男孩，不見了。

天水有點發懵地起身，看看自己的身體，疑惑地摸了摸，倏然，他全身像是被控制了一般僵直站立。他的雙眸頓時浮出了驚訝和宛如上當後的憤怒。

「妳到底對我做了什麼？」他憤怒地朝我大吼，咬牙切齒。忽然，他的膝蓋緩緩落地，他努力地想控制自己的身體，但是最後，他的膝蓋還是落在了地上，跪在了我的面前。

撲通！這一跪，跪得是那麼心不甘，情不願！

鳳麟驚訝地看著這一切，我身下的月輪平移到了天水的面前，白色仙裙的裙襬在他面前隨風輕擺。

「你應該感到榮幸，因為你被紫微星君選中了。」我緩緩地笑語。

天水吃驚地抬起臉，眸中依然是憤怒的火焰。

我笑道：「也是。你現在不人，不鬼，不仙，不妖，超脫三界之外，小紫，難怪你會選他。」

「妳到底在說什麼？」他忽然朝我大吼，不屈不撓的精神可敬可佩，但我不爽！我最討厭別人朝我吼！

我立刻沉下臉大喝：「在說老娘是真神！你就該跪我——」渾厚混沌的聲音吼在了天水的臉上，瞬間揚起他的長髮，吹得他整個人後仰，他徹底驚呆在原地，呆呆地仰視我。長髮緩緩回落他的臉邊，幾綹髮絲不規則地落在他肩膀之上。

我收回怒容，再次浮起邪笑：「怎麼？沒見過天神，一直以為天神和你一樣溫柔？哼！告訴你，你錯了，天神若是溫柔，人間便不會再有生死；天神若是有情，人間更不會有這麼多愛恨別離。」

寒意劃過我的雙眸，天水怔怔地看著我，眸光輕顫，他惶惶然地垂下臉，連連搖頭：「我不信，我不信……」他猛地再次抬起臉恨恨看我：「我不信天神會像妳這樣玩弄我！踐踏我的尊嚴！」

他的右手登時揚起，直接扇在自己的臉上。

啪！

「師傅！」

清脆的掌摑聲和鳳麟的驚呼同時揚起，我淡淡地看天水被打腫的、懵然呆滯的臉。

「大師兄……」鳳麟難言地看天水。

「呵，呵呵。」一聲聲苦笑從天水口中而出，宛若遭受了最讓他無法承受的打擊，他雙目茫然地看向自己的雙手，眸光幾乎渙散地無法看清東西：「我被妳變成什麼都不是的東西……妳又開始控制我的身體，把我當做扯線木偶一樣戲耍……這樣活著……還有尊嚴嗎？不如死了！」他忽然揚手打向自己的天靈，立刻，他的手再次僵滯，無法靠近自己天靈一分。

「啊——」他痛苦地仰天痛嚎。

鳳麟擰緊眉，轉身忽然直直瞪向我，我瞥眸看他，他什麼話都沒說，就是那樣直直地瞪視我。

我也斜睨他，他依然用自己灼灼的目光向我提出強烈的不滿。

空氣在我與他的對視中凝固。

「不滿嗎？」我的心語傳入他心底，他收緊了眸光，傳來心語：「當然！」

「哼！」

「請把大師兄的尊嚴還給他！」

我立刻收回眸光，不再看鳳麟，冷冷俯看天水：「夠了，小紫。」

當我話音落下時，天水僵滯在空中的手啪的落下，他立刻拿起仙劍就刺向自己的身體，我飛身躍落月輪，直接抓握仙劍在手中！

「師傅！」鳳麟驚呼，我揚起手：「仙劍傷不了我。」

天水驚訝地看我捏住仙劍的手，我冷冷瞥他一眼，直接抓住他的仙劍從他手中扯出，噹一聲扔在了一邊，拂袖轉身沉語：「成仙成神最後這副軀殼必毀，你如此在意，註定你無法成仙！」

身後的空氣再次寧靜，我轉回身看天水，他低垂臉龐，靜謐無聲。

「誰成仙不歷劫？我到底把你怎麼了讓你如此痛苦？哪個成仙的不是經歷萬劫，你這小小的尊嚴算什麼？天界有的是折磨你的方法！你若連此都過不去，你也別想成仙了！哼！我本就看不慣你！」我拂袖甩過他的面前，飄逸的袖襬掃過他的鼻尖，他身體一緊，後退了一步。

我坐回月輪，冷冷俯視他：「你沒有被任何人控制，紫垣也不會控制你。他只不過讓你成為他在人間的耳目，時時知道我的動向罷了。天水，你現在可是在為真正北極星宮的紫微星君辦事，而不是崑崙什麼破北極殿裡的仙尊！」

我沉沉的話音讓天水跪在地上，半天沒有回神，呆呆地只是看著面前的草地。

絲絲仙氣飄過再次恢復平靜的浮島，嫩綠的小草在仙氣中沙沙搖擺。

鳳麟收回瞪視我的目光，又是老氣橫秋地長嘆一聲：「哎——」

我立刻橫睨他，臭小子又在嘆什麼氣？什麼意思啊？

他一步一步走到我裙邊，在天水的面前蹲下，伸手放落天水的肩膀：「師兄，師傅真的是神，只是……被關在鎖妖塔下三千年，心性古怪，喜怒無常……」

「臭小子說什麼？」我直接抬腳踩在他的頭頂，他只是擰了擰眉，淡定地抬手拂開我的腳，繼續只看天水：「但師傅人真的很好，只是脾氣差點，說話也不會像我們凡人那樣好好說……」

我慢慢瞇起了眼睛，寒氣開始升騰，全身的白裙在鳳麟大逆不道的話音中漸漸變黑。

「她不會主動關心你，嘴裡……也從不會對你說好話，但她的心裡會有你，呵……」一抹溫暖的笑在鳳麟嘴角揚起，我在他這抹帶著甜意的笑容中發了怔，全身的寒氣漸漸散去，溫暖的陽光打落在我的身上，宛如一雙溫暖的手臂將我輕輕環抱。

「你只要別惹她生氣，她會對你很好……」鳳麟的話音在輕悠的風中越發柔和，天水緩緩抬起臉，渙散的視線慢慢在鳳麟的臉上聚攏，鳳麟含笑地繼續說著：「如果她捉弄你，也請你原諒她，因為……」鳳麟的目光暗淡起來，天水微露疑惑和擔憂地看著他，鳳麟側落有些晦澀的臉：「師傅在鎖妖塔底孤獨寂寞了三千年，陪伴她的……只有黑暗……」

心，猛地抽搐了一下，我在天水猛地收緊的目光中側開了臉，很久……沒有這樣的感覺，這種……像是一個普通凡人會心澀的感覺，一絲痛從心底慢慢地蔓延開來，讓我回到那無盡的寂寞與黑暗之中……

「其實，師傅生氣了也只會打打你，沒事的，師傅打人從來不疼。」

我抽起眉角，看來平時打輕了。

「但是，師兄，師傅被眾神封在鎖妖塔底三千年，現在她出來，眾神都在找她。若你不願與我們一起，就算師傅不願意，我鳳麟就算拚了這條命也會把你恢復原樣。這樣，你與我們不會再有干係，我們也不會連累你！」

我轉回目光，看向他們，鳳麟依然扣著天水的肩膀，眸光認真而執著。天水在他的眼中似是看到了什麼，神情動容起來。他擰緊眉，恢復了往日的深沉與沉穩：「你的決定呢？」

鳳麟一怔，似是沒想到天水會忽然問他，他立刻堅定地說：「我會誓死守護師傅！」

天水微露吃驚，抬臉看向我，我瞥眸看他，他擰起如同遠山般清秀的墨眉，拿開鳳麟的雙手起身，看看自己的身體，然後毫不敬畏地直接看向我：「我現在是不是不死之身？」

我邪邪地笑了：「不錯。」

「好！」他只說了一個字，垂臉深思片刻，看向鳳麟：「師弟，我信你！」

「太好了！大師兄！」鳳麟激動地起身抱住了他，他在鳳麟的頸項冷目看向我：「我只是保護鳳麟，不是妳！」那目光更像是怕我害了他寶貝師弟。

「哼～～～隨便～～～」我懶懶地看他們，心裡有點不爽，抱那麼緊還說不喜歡：「你們想在一起我也不會攔著～～～」

「什麼？」天水一時發懵。

「師傅！」鳳麟立刻轉身沉臉看我：「請妳不要再戲耍師兄，他不像我，我跟妳一起已經十二年，他是會當真的！」

「呿！」我懶得看他們：「剛才你們不是追問我清華之事？現在我告訴你們。」我轉回臉，天水和鳳麟的目光都認真起來。

我說道：「清華一直覬覦仙尊之位，所以夥同妖族，害死清虛，得以成為新的仙尊。但現在他對我還有用，你們不准動他。」

「怎麼會這樣……」天水沉痛地閉上雙眸。

我橫目直看鳳麟：「尤其是你！」

鳳麟咬咬牙，捏緊仙劍不甘地甩臉。

我俯看他們：「我不准你們殺的人，你們絕不能殺。因為我是神，而你們是人。」他們又紛紛看向我，天水眸光收緊，鳳麟目露疑惑：「為什麼！為什麼不讓我們替仙尊報仇！」

我勾唇蔑然冷哼：「哼！因為你們殺人，是罪孽，但我殺人，就是神罰。懂了嗎？」我瞥眸看他們，天神殺人，如同捏死螻蟻。

天水怔住了神情，紅唇微開，久久看我沒有移開目光。瀲灩的水光在他的黑眸中顫動，他出神的神情中帶出了一抹或許連他自己也不覺的神往。

鳳麟恍然地吸了一口氣，側開臉，閃爍的眸光中是抹精銳的光芒。

忽的，他轉身抱劍朝我一拜：「謝師傅替仙尊報仇！」

「哼～～～」我咧開了嘴角，登時邪氣叢生：「乖～～～哈哈哈哈哈——」我拔地而起，在大笑中直衝雲天！

鳳麟和天水隨我而起，我們一起懸停在金色的雲海之上，我黑色的衣裙在天雲之間飄逸地飛揚。

我冷看天空盡頭的旭日，陰沉地笑起：「從今開始，你們要努力練習仙術，我會讓你們脫胎換骨！」

「練習仙術？備戰仙法會？」天水在旁問。

「哼……」鳳麟在我另一側輕笑：「仙法會師傅看不上的。」

「不錯～」我陰沉地邪笑：「我們要去妖界，見妖皇帝琊！」

「去妖界！」天水驚呼。

「去妖界做什麼？」鳳麟立刻追問，話音中已是擔憂和心切。

我眯眸看向前方：「去拿回我自己的東西！」

「去拆神骨？師傅三思！妳現在的力量無法與他們抗衡！」果然，鳳麟擔憂的是我去殺神。

我煩躁地瞥眸：「放心，我自有分寸，你以為為師急著去送死嗎？」

「呼……」身後是鳳麟放心的舒氣聲。

「師弟，拆神骨是什麼？」天水疑惑地問。

「就是……」

我拂袖轉身，鳳麟止住了話音，天水也朝我看來。我看他們二人，他們的髮帶在空中一起飄飛，我看看他們腳下的仙劍，冷然抬眸：「你們二人身上皆有新的法力，無需再御劍。今夜子時，我教你們騰雲！」

吃驚立刻在天水的臉上浮現，他神情變得越發複雜，有不可置信，有激動，還有和鳳麟最初以為我是妖時，那時的矛盾與掙扎。

鳳麟已是滿目的欣喜：「知道了，師傅！」隨即目露疑惑：「天水師兄身上怎會有新的法力？」

「你忘了他身上那顆五百年的屍丹了嗎？即使無法完全使用裡面的法力，但也可以增強現在天水的仙力，所以天水可以不再御劍。」

天水驚訝不已地俯看自己的身體。

「而且，師傅有的是仙丹。」我邪邪地笑了：「只是凡體肉身是無法承受仙丹的丹力的，哼，清華真是被我騙了呢～～～哈哈哈哈～～～」

鳳麟一驚：「師傅，妳是用仙丹控制了清華嗎？」他不再稱呼清華為仙尊，而是直呼其名。

天水也抬眸朝我看來，眸光閃亮。

我沒答他，只是神祕一笑，拂袖轉身，嫌棄地向身後白了一眼：「現在還在御劍，真是太丟本尊的臉了。」甩起衣袖，我直落雲間，離他們而去。他們可是我的人，這麼弱，怎麼跟隨我？先給他們升升級，找到合適的神骨，讓他們成仙成神！

哼，遊戲終於開始了。

我陰女大帝魅姬娘娘怎能沒有自己的神兵？你們以為我會急著向你們復仇？你們錯了，你們這麼快死，這遊戲，還有什麼樂趣？

我可是被關了三千年，寂寞了三千年，無聊了三千年！你們這麼快死了，誰陪我繼續玩？我豈不是又要寂寞空虛和無聊了？

哼哼，我要和你們好好玩玩，你們的魅兒絕不會讓你們失望的。

哼哼哼哼，哈哈哈哈——

番外　拍攝日常

（一）

今天是演員定妝的日子。

導演：「服裝！妖后的衣服到了沒有？」

服裝：「妖后的衣服到了！」

服裝拿出一件白色的衣裙，出塵脫俗！很自得。

導演：「這是妖后！妖后要有妖后的邪氣！你拿個白色什麼鬼？妖后要讓人感覺亦正亦邪，我不要九天仙子！給我弄成黑色！黑色！（怒）」

服裝：「來不及了……（哭）」

妖后拿了瓶墨水過來，然後飄過……

（拍攝每天都有各種狀況，各成員要學會隨機應變。）

（二）

休息室裡有拍戲用剩下的香辣牛肉。

妖后懶洋洋癱地在沙發上。

鳳麟想吃。
妖后：「過會有吻戲，你嘴裡不能有肉味。」
鳳麟：「好吧……那我先去刷刷牙。」
麒恆想吃。
妖后：「你最近不減肥嗎？你的小肚子又出來了。」
麒恆：「什麼？我立馬去練我的人魚線（緊張）。」
殷剎開始盯。
妖后盯他。
小剎秒懂，躲起來了。
人全走完，妖后拿起香辣牛肉，在躺椅上舒舒服服地吃了起來。
導演：「服裝！妖后的衣服到了沒有？」
（人生贏家，總是需要一點心機的。）

（三）
導演：「第一場，小鳳麟遇見妖后。」
大家各就各位。
妖后懶洋洋躺在石台上，大腿露在裙子外面，整個片場濃濃的墨汁味。
小鳳麟爬了進來，痴痴地看妖后。

妖后睨他一眼：「看什麼看？快說台詞！」
小鳳麟：「哇——」
全部人：「＝＝」
小鳳麟：「哇——姊姊好凶啊——我不要跟她拍了——哇——」
導演：「妖后，要溫柔！再來！」
小鳳麟看妖后。
妖后盯。
小鳳麟：「哇——哇——」
最後，小鳳麟的母親做了妖后的替身……
（拍劇時，替身是很重要的存在！）

（四）
今天拍攝工作順利結束，大家去吃燒烤。
導演：「妖后啊，妳平時能不能開心一點？那張臉好像我欠妳錢一樣。」
妖后：「你是欠我錢（盯）。」
導演：「咳咳妖后，明天妳跟鳳麟有場床戲，你們先醞釀一下感情。」
鳳麟：「咳咳咳！床戲？上次妖后還說我們有吻戲，我都沒看見。」
麒恆：「那是妖后騙你，她好把肉全吃了（壞笑）。」

霓裳：「導演也是，明明就是丹頂鶴羽毛做成床的那場，什麼床戲？」
麒恆：「那也是床戲～～～（浪笑）」
天水：「專心吃你的。」
麒恆：「喲！小水水吃醋啦～～～」
天水：「妖后，請妳不要處處留情（認真）……妖后？」
大家看妖后，靠，妖后在他們說話的時候早把大家的肉串吃完啦～～～～～
大家：「＝＝」
（在劇組裡，吃東西要手快，手慢吃不到。）

（五）
今天拍丹頂鶴拔毛這場戲。
導演：「丹頂鶴到了沒有？」
劇務：「導演！丹頂鶴不願意！」
導演：「靠！六界多少仙獸來試鏡，給牠們這個機會，牠們還跟我擺架子！」
劇務：「不是的，導演，牠們說這是裸戲……要加錢……」
導演：「…………」
（裸戲加錢是行規哦～～～）

（六）

導演：「廣玥，你準備一下，過會你跟殷剎有一場打戲。」

廣玥：「導演，前面的劇情我還沒演，一上來就打戲我找不到感覺，昨晚和還和剎一起喝酒（擰眉）。」

導演：「（思索片刻）你可以想想殷剎和妖后一起的時候。」

廣玥：「（眸光一閃）我現在有感覺了！」

導演：「各部門準備！結界組準備好了沒？不要誤傷攝製組啊！」

結界組：「導演，結界組已經準備好了！保證不會誤傷攝製組！」

殷剎：「導演，我也準備好了。」

廣玥：「導演，我準備好了。」

導演：「開始！」

殷剎和廣玥戰在了一處。

殷剎：「玥，你來真的？」

廣玥：「既然參與了這部戲，我們就要專業！」

殷剎：「你說得對，那我也來真的了！」

轟！啪！

劇組：「啊——」

結界怎麼撐得住神戰？整個劇組墜落雲端。

導演：「下次再也不拍神戲了——」

殷刹（ＯＳ）：「得先救人，不然和妖后的床戲沒了。」

廣玥（ＯＳ）：「我和妖后還有激情戲，不能沒了！」

於是兩人迅速救人……

（致敬劇組，他們在用生命拍戲^_^）

國家圖書館出版品預行編目資料

六界妖后 / 張廉作. -- 初版. -- 臺北市 : 臺灣角川, 2016.12-
冊 ; 公分. -- (Kadokawa fantastic novels DX)
ISBN 978-986-473-414-6(第1冊 : 平裝)

857.7 105019560

Kadokawa Fantastic Novels DX

六界妖后1

2016年12月27日　初版第1刷發行

作　　者：張廉
插　　畫：Izumi

發 行 人：成田聖
總 編 輯：蔡佩芬
副 主 編：林秀儒
責任編輯：邱璨萱
資深設計指導：黃珮君
美術設計：李思穎
印　　務：李明修（主任）、張加恩、黎宇凡、潘尚琪

發 行 所：台灣角川股份有限公司
地　　址：105台北市光復北路11巷44號5樓
電　　話：（02）2747-2433
傳　　真：（02）2747-2558
網　　址：http://www.kadokawa.com.tw
劃撥帳戶：台灣角川股份有限公司
劃撥帳號：19487412
法律顧問：寰瀛法律事務所
製　　版：尚騰印刷事業有限公司
ＩＳＢＮ：978-986-473-414-6

香港代理：香港角川有限公司
地　　址：香港新界葵涌興芳路223號新都會廣場第2座17樓 1701-02A室
電　　話：（852）3653-2888